떠난 이들과 남은 이들

Copyright ⓒ Parinoush Saniee 2017
All Rights Reserved

Korean translation copyright ⓒ 2025 by BOOKRECIPE
Korean translation rights arranged with THE SUSIJN AGENCY LTD.
through EYA Co.,Ltd

이 책의 한국어판 저작권은 EYA Co.,Ltd를 통해
THE SUSIJN AGENCY LTD.와 독점 계약한 '북레시피'에 있습니다.
저작권법에 의하여 한국 내에서 보호를 받는 저작물이므로 무단전재 및 복제를 금합니다.

떠난 이들과   남은 이들

Those Who've Gone and   Those Who've Stayed

파리누쉬 사니이 장편소설   이미선 옮김   북레시피

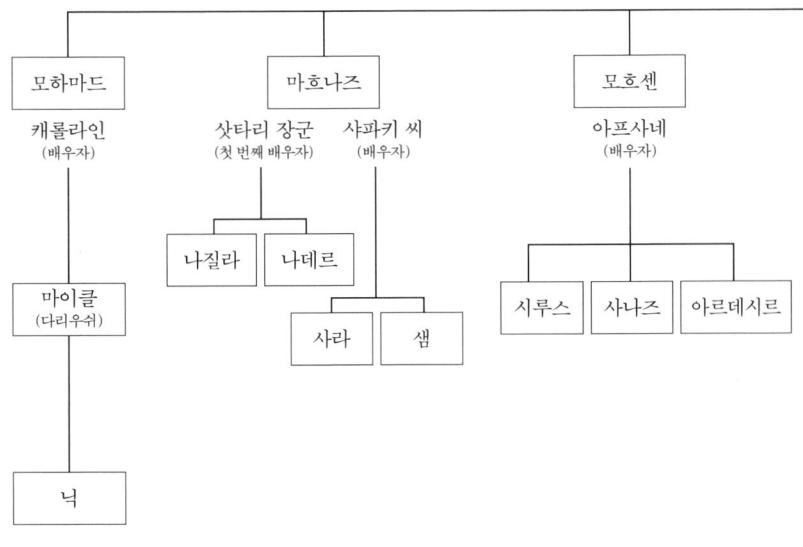

가계도

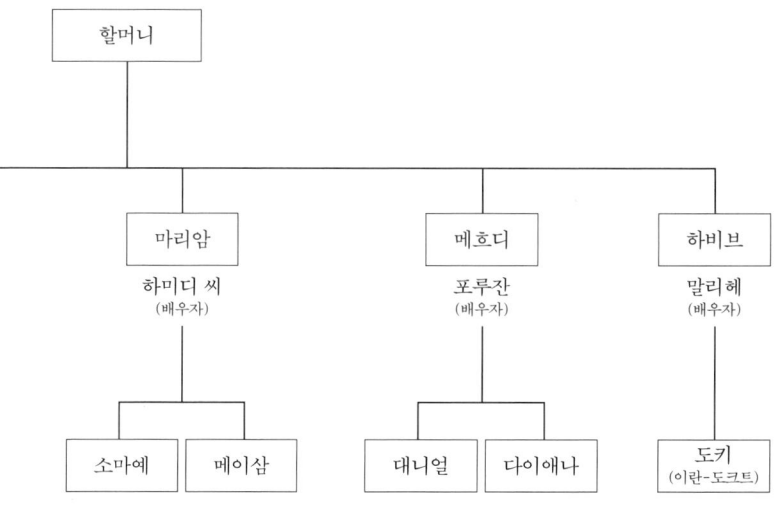

차례

서문 —————————— 9

첫날 —————————— 15
둘째 날 ————————— 58
셋째 날 ————————— 72
넷째 날 ————————— 83
다섯째 날 ———————— 99
여섯째 날 ———————— 115
일곱째 날 ———————— 128
여덟째 날 ———————— 163
아홉째 날 ———————— 173
열째 날 ————————— 278

옮긴이의 말 ———————— 293

서문

　이민은 이란 사회에서 비교적 최근에 일어난 현상으로, 많은 이란인이 세계 여러 지역으로 이민을 떠났다. 이 개념은 역사적으로 뿌리가 깊지만, 이민이 오늘날과 같이 대규모로, 다양한 형태로 이루어진 적은 없었다.

　정부 수반이 바뀌고 정치적 변동이 일어날 때마다 많은 사람이 이란을 떠나 세계 여러 지역으로 이주하곤 했다. 그러나 이들은 대개 사회 특정 계층의 사람들로, 여기에는 이전 왕조와 관련돼서 목숨이 위태로운 사람들, 새로운 통치 세력의 분노를 유발한 시인들이나 유명 인사들, 반체제 인사들, 혹은 이슬람 이전의 마니교와 조로아스터교를 믿는 비국교도들이 포함된다. 규모와 다양성 면에서 현재의 이민 현상에 버금갈 만한 유일한 역사적 사례는 아랍 침공 이후 일어난 이란인의 이민이었다. 뭄바이에서 비교적 큰 커

뮤니티를 형성하고 있는 인도의 파시교도(조로아스터교의 한 종파)들은 이 이민에 뿌리를 두고 있다.

문화적 근접성 때문에 이민자들은 인도나 현재의 튀르키예로 옮겨가는 경우가 많았다. 이란 이민자들이 거주국에 미친 영향은 인도와 오스만 궁정에 미친 페르시아어의 영향력과 페르시아어를 사용한 시인들의 수를 통해 잘 드러난다. 그러나 이전 세기까지만 해도 해외여행은 종교적인 목적으로 메카(사우디아라비아에 있는 이슬람교의 성지)나 메디나(사우디아라비아에 있는 이슬람교의 성지), 카르발라(이라크 중부 도시로 시아 이슬람의 성지), 현재의 시리아나 레바논의 일부 도시로, 드물게 카이로로 순례 여행을 다녀오는 경우가 일반적이었다. 유럽 여행은 카자르 왕조(1779년부터 1925년 사이에 이란을 지배함) 말기에 시작됐고, 레자 샤 팔레비(1919~1980) 통치 기간에 해외로 학생들을 파견하면서 인기를 얻게 됐다.

세계 2차 대전 중 대부분의 유럽 국가가 혼란스러웠기 때문에 1940년대에는 유럽 여행이 줄어들었다. 그러나 전후에는 여행 경로가 확대되면서 교육적, 정치적 목적의 여행이 증가했다. 이란의 경제 상황이 나아진 1960년대 중반과 1970년대 초반에는 일뿐만 아니라 여가를 즐기기 위한 해외여행이 늘어났다. 그러나 이런 여행이 해외 영주 이민으로 이어지는 경우는 드물었고, 대부분 최종 목적지는 귀국이었다.

이란 혁명(1979년 이란에서 발생한 혁명으로 입헌 군주제인 팔레비 왕조가 무너지고 루홀라 호메이니의 이슬람 공화국이 들어선 역사적 사건) 후 이란의 이민 물결은 이전과 완전히 다른 양상을 띠었다. 이민의 목적지와 목적도 천차만별이었고 이민자들의 정치적, 사회적, 경제적 배경도 다양했다. 이들에 대한 분류가 이루어지고 더 명확한 맥락이 제시되려면 더 포괄적인 연구가 필요하다. 그러나 한 가지 확실한 사실은 그런 사건이 일어났고 수많은 이란인이 이란을 떠나 세계의 다른 지역에 이식된 지 삼십 년 이상 지났다는 점이다. 혁명 후 이란을 떠난 사람들도 있었지만, 잠시 여행을 떠났다가 혁명 후에도 당시의 사회적 여건 때문에 귀환이 막혔거나, 이란에 돌아가는 것이 안전하지 않다고 우려해서 거주국에 남은 사람들도 있었다.

　오늘날 이란의 거의 모든 도시 가정에는 해외에 거주하는 가족 구성원이 몇 명씩 있다. 이런 현 상황 때문에 가족 관계가 과거와 달라져서 특정한 행동 유형이 생겨났다. 과거에는 형제자매뿐만 아니라 친가와 외가 쪽 사촌까지 경험을 공유하며 가까운 곳에서 살았다. 그러나 오늘날에는 가까운 친척조차 한 번도 만나지 못하는 경우가 있다. 서로 너무 다른 삶을 살고 있어, 상대방이 어떤 상황에서 살고 있는지 상상조차 할 수 없다. 떠난 사람들은 아주 오래전 어린 시절을 희미하게 기억하고 있거나, 이란을 잠시 방문했을 때 자신들을 위해 마련된 모임과 축제의 몇 장면만 마음속에 간직하고 있을 뿐이다. 남은 사람들은 떠난 사람들이 이국적인 풍경 속에서 엄청나게 안락한 삶을 살고 있을 것이라 상상하며 지구 반대편의 삶에 대해 유토피아적 환상을 가지고 있다. 이런 관점 중 어느 것도 현실과 일치하지 않는다. 시간적, 지리적으로 너무 멀리 떨어져 있어서 때로는 혈연관계와 정서적 유대감으로도 그 거리감이 좁혀지지 않는다. 그렇게 관계가 소원해지면서 친척들은 각자의 오해로 인해 서로 멀어지게 된다. 오해와 의견 불일치, 실망감 때문에 친척들이 익숙한 낯선 사람으로 변할 정도로 감정적 거리감이 생겨난다.

그들은 정서적 애착 관계는 계속 유지하지만 더 이상 경험이나 추억, 두려움, 문제, 기쁨과 고통, 고생을 공유하진 않는다. 일어난 일들과 활동을 편지나 이메일, 소셜미디어에 설명하며 관계를 유지하려 하지만 상대방은 그 상황을 완전하게 이해하고 상상하지 못한다. 이미 사건이 발생한 후에야 사건에 대해 알게 된다는 사실은 사건의 중요성과 즉각성을 떨어뜨린다. 시간이 흐르면서 거리감은 더 커지고 결국에는 양측 모두 더욱 멀어진다. 이런 소외는 공유하는 초기 기억이 전혀 없는 2, 3세대에게 더 빠르게 일어나서 더 이상 동포라고 부를 수 없을 정도가 된다.

최근 몇 년 동안 소셜미디어에서 가족의 재회나 모임을 일방적으로 묘사하는 것을 보면 오랜 세월의 이별로 인한 감정적 단절이 명확하게 드러난다. 이런 상황에 대한 반응은 집단마다 다르지만 이런 관계는 도표화될 수 있다. 스펙트럼의 한쪽 끝에는 서로에 대한 편견과 의심을 품게 된 집단이 있다. 그리고 스펙트럼의 다른 쪽 끝에는 서로 멀어졌다는 사실을 부정하듯 정서적, 문화적 분리를 거부하는 집단이 있다. 이 두 접근 방식 모두 현실과 거리가 멀다. 대부분은 이 두 극단 사이 어딘가를 맴돌며 동포로서의 연결고리를 되살리려 애쓴다. 연결을 유지할 것인가, 아니면 완전히 단절할 것인가? 우리 자식들은 연결을 이어나갈 것인가, 아니면 더 멀어질 것인가? 동포로 남을 것인가, 아니면 뿌리를 완전히 제거하고 이식된 새로운 곳에 정착할 것인가? 이런 운명적인 질문에 대한 답은 궁극적으로 전 세계에 흩어져 있는 사람들이 어떤 관점을 가지고 있느냐에 따라 결정될 것이다. 올바른 해결책은 무엇인가? 동포가 된다는 것의 정확한 의미는 무엇인가? 단지 특정한 지리적 위치에 사는 것으로 그 의미가 정의되는 것일까? 아니면 다른 요소들에 의해 정의되는 것일까?

근접성은 중요한 요소지만 서로를 가깝거나 비슷하다고 생각하지 않는 이웃이나 룸메이트도 많다. 같은 나라에 살고 있다는 사실이 동포가 되는 유일한 기준은 아닌 것 같다. 사실 우리를 하나로 묶어주는 것은 공유된 문화다. 각자 세계의 다른 지역으로 던져져서 우리의 삶이 단절되고 우리 문화가 다른 세계 문화와 뒤섞여 있다 해도, 동포로 남고 싶다면 정서적 유대감을 최대한 유지해야 한다. 지리적 거리감은 어쩔 수 없다 해도 적어도 문화적 차이는 최소화해야 한다.

이런 생각을 품고 2005년에 이 책을 썼지만 사실 멀어져버린 관계를 되살릴 수 있을 것이라는 희망은 눈곱만큼도 없었다. 당시만 해도 나는 떠난 사람들과 남은 사람들 사이의 연결이 끝났고, 차이와 간격이 너무 커서 극복할 수 없을 것으로 생각했다. 다행히 이후의 여러 일들, 특히 수감당한 동포들의 자유를 외치며 고국을 떠난 사람들의 참여로 인해 우리를 연결해주는 깊은 유대감이 여전히 존재함을 알 수 있었다.

이 책에서 나는 양측이 서로에게 제기하는 가장 혹독하고 부당한 비난을 재현해보려 했다. 의심할 여지 없이 양측 모두 자신들에 대한 비난에 당황할 테지만 어쩌겠는가? 할 말은 해야 한다. 서로를 더 친절하고 공정하게 판단하기 위해서는 진실을 직시해야 한다. 우리는 서로를 이해하고, 어두운 시절에 서로의 손을 잡고, 모두가 바라는 것을 한목소리로 외쳐야 한다.

파리누쉬 사니이

첫날

땅이 내 눈앞에서 빠르게 사라졌다. 띄엄띄엄 서 있는 나무들은 나와 함께 움직이는 것 같았지만, 저 멀리 보이는 보라색 산들은 전혀 움직이지 않았다. 나는 모흐센 삼촌의 목소리에 깜짝 놀랐다.

"뭘 보고 있니?"

삼촌이 언제 이 객실에 들어왔지? 모르겠다!

"자연과 풍경, 그리고 세상을 보고 있어요. 모든 것이 저쪽과 얼마나 다른지 보고 싶어요."

"그래서 뭐가 다른 게 있니?"

"전혀요. 땅 색깔도 똑같고, 나무도 강도, 배경에 있는 산들도 똑같아요. 맞아요! 전부 똑같아요. 적어도 지금은요. 기후가 같은 한 그렇겠죠."

"국경을 지나자마자 모든 게 바뀔 거라고 생각했니?"

"전부는 아니지만 뭔가 달라지긴 했어요. 못 느끼셨어요?"

"뭘? 나무 종류가 달라졌니?"

"아니요! 마음속에서 뭔가가 달라졌어요. 세상 어디나 다 같을 수 있겠죠. 더 아름다운 곳이 있을 수도 있고요. 그런데 국경을 넘기 전에는 제 기분이 달랐어요. 소속감이 느껴졌고, 모든 것이 제 것처럼 느껴졌으니까요. 그런데 여기서는 모든 것을 보고 싶긴 한데 그게 저하고 별 상관이 없는 것처럼 느껴져요. 제가 관찰자가 된 기분이에요. 어떻게 설명해야 할지 잘 모르겠어요."

삼촌이 놀라서 자기도 모르게 미소를 지으며 나를 쳐다봤다.

"브라보! 결론이 좀 빠르구나! 얘야, 너무 심각하게 생각하지 마라! 그건 네가 지금까지 배워온 상투적 생각일 뿐이야. 국경을 넘기 전에도 네 것이라곤 눈곱만큼도 없어."

"한 곳에 소속되고 그 나라에 뿌리를 두는 게 삼촌에게는 아무 의미가 없어요?"

"응, 없어! 거기 말고 다른 곳에서 태어났더라면 더 좋았을 거라는 건 알아." 그가 투덜대며 말했다. "적어도 너한테는 더 좋았을 거야."

나는 그의 주름진 얼굴을 빤히 쳐다봤다. 삼촌의 얼굴은 항상 긴장하고 지쳐 보였지만, 나는 그 얼굴을 사랑했다. 내가 빤히 쳐다보자, 삼촌이 긴장했다. 삼촌은 자신이 한 말을 후회하며 목소리를 높여 화제를 바꿨다. 그가 양손을 휘저으며 연극배우처럼 시를 낭송했다.

애국심은 훌륭한 자질이다.
그렇다고 여기서 태어났다는 이유만으로
고통당하며 죽어야 할까?*

할머니의 목소리에 우리 둘 다 몸을 돌렸다.
"도키, 물 한 잔 줄래?"
모흐센 삼촌이 할머니의 어깨에 손을 얹었다.
"어머니, 기분이 나아지셨어요?"
"나쁘지 않아. 너무 긴장해서 밤새 잠을 잘 수가 없었는데 이 아이가 줄곧 내 곁을 지켜줬어." 할머니가 따뜻한 시선으로 나를 바라봤다.
"신의 축복이 있기를!" 할머니가 내가 내민 물잔을 받으며 말했다.
"대단한 일도 아닌데요. 당연히 해야 할 일이죠."
"당연히 할 일이라니, 얘야! 손주들 가운데 너처럼 살뜰히 날 돌봐준 아이는 여태 없었단다."
"다른 손주들은 모두 부모님이 계시지만 저는 할머니가 키워주셨잖아요. 그러니까 다른 손주들과 다르게 할머니께

---

* 13세기 페르시아의 주요 시인인 사디 시라즈의 시.

도리를 다해야죠."

모호센 삼촌이 할머니 옆에 앉았다.

"긴장할 게 뭐가 있어요? 어머니가 요청하신 대로 다 됐는데요. 비행기는 타기 싫다 하셔서 기차를 타고 가고 있잖아요. 우리 모두 함께 가야 한다고 해서 함께 가고 있고요. 기념품과 간식을 가져가자고 하셔서 가져왔고요. 그런데도 뭘 걱정하세요?"

"너희들이 모든 걸 다 해놓은 걸 알지만 어쩔 수 없이 긴장되는구나. 오늘 초저녁이 돼서 자식들을 모두 다시 만날 걸 생각하면 심장이 잠깐씩 오그라드는 것 같아. 벼랑 끝에서 떨어지는 것처럼 아득해져. 28년 동안 이날만 고대하며 살아왔다. 이 순간을 생각하고, 계획하고, 무슨 말을 할지 연습하면서 말이야. 마음속으로 수도 없이 아이들을 품에 안고 냄새를 맡고 입을 맞췄는데, 실제로 그렇게 할 수 있다니 믿을 수가 없구나. 내가 잘 버틸 수 있을지, 아이들을 보지도 못하고 죽는 건 아닌지 걱정이 된다. 심장마비가 올 것 같아. 불쌍한 네 아버지는 자식들을 다시 보고 싶다는 소원을 끝내 이루지 못하고 저세상으로 떠났어." 할머니의 목소리가 떨렸다. 할머니가 눈가에서 눈물 한 방울을 닦아냈다.

"어머니, 제발 지금부터 울지 마세요."

객실 문이 열리며, 항상 얼굴에 미소를 잃지 않는 마리암 고모가 문에 끼지 않도록 차도르 자락을 잡고 걸어 들어왔다.

"어머니, 벌써 깨셨네요!"

"깨긴 했는데 깼다고 할 수가 없다. 멍한 기분이야. 자려고 하면 생각이 계속 이어져서 잘 수가 없더구나. 깨서도 계속 꿈꾸고 있는 것 같아. 너는 어떠니? 잘 잤니?"

"하미디는 베개에 머리를 대자마자 곯아떨어졌어요. 소마예와 메이삼은 기운을 다 써버려서 피로에 지쳤고요. 그런데 모두를 만날 생각에 너무 들떠서 저도 잠을 잘 수가 없었어요."

"그랬을 거야."

마리암 고모와 모흐센 삼촌이 시선을 교환했다. 두 사람은 할머니 옆에 앉아서 기분을 돋우려고 애썼다. 마리암 고모는 양팔로 할머니의 목을 감싸고 미소를 지으며 말했다. "어머니, 솔직히 말씀해보세요. 누가 제일 보고 싶어요?"

모흐센 삼촌이 어깨를 으쓱하며 말했다. "보나 마나 의사인 모하마드 형이지. 아버지 식으로 표현하면 왕세자잖아! 더구나 모하마드 형을 어머니가 제일 오랫동안 못 봤잖아. 몇 년이 지났죠?"

"30년이야."

마리암 고모가 놀라는 척하며 말했다. "30년이라고요? 그런데 그동안 이란에 다녀간 게 두 번이잖아요. 떠난 지 얼마나 됐는데요?"

"35년 됐어. 그동안 딱 두 번 돌아왔지. 73년에 한 번, 그리고 76년에 한 번."

"어머니 기억력이 정말 좋아요! 그런데도 늙었다고 하시잖아요. 저는 하나도 기억나지 않는데 어머니는 날짜까지 전부 기억하고 계시네요."

"내 평생 가장 중요한 날들이었으니까. 잊을 수가 없지. 자식들 생일이나 내 결혼기념일처럼 중요해. 이별한 날이었으니까. 처음으로 떨어진 거라 정확한 시간과 날짜도 기억나. 모하마드가 떠날 때 내 일부도 가져갔어. 그때 나는 아직 젊었고 다른 자식들을 돌보느라 바빴지. 책임져야 할 일이 많았으니까 그 일을 해내면서 살아야 했어. 그래도 항상 마음이 아팠다."

모흐센 삼촌의 목소리가 흔들렸다. "그게 자연스러운 거죠. 어머니에게 가장 소중한 존재가 떠나버렸으니까요."

"나한테는 너희들 모두 다 소중한 존재야. 나는 너희들 중 누구도 떠나지 않길 바랐어."

"그런데 어머니가 붙잡아둔 건 겨우 저뿐이잖아요."

"네 아버지는 너도 보내고 싶어했어. 모하마드가 등록금을 스스로 해결할 수 있게 되면 곧장 너를 보내겠다고 했지. 그런데 네가 이란에 있는 대학에 합격했고, 중도에 그만두고 떠나기가 아까웠어. 그래서 모하마드와 상의한 다음 널 대학원 때 보내기로 결정한 거야."

마리암 고모가 원래의 화제로 말을 돌렸다. "내 생각에는 어머니가 메흐디를 제일 보고 싶어하실 것 같은데요. 막내니까요."

일기장에서 고개를 들고 내가 말했다. "불쌍한 마흐나즈 고모. 고모를 보고 싶어하는 사람이 아무도 없나 보네요. 뭐, 떠난 지 27년밖에 안 됐으니까요!"

할머니는 말할 때마다 한숨을 쉬었다.

"내가 뭐라 하겠니? 누구를 가장 보고 싶다고 하겠어? 하나하나 다 보고 싶어. 그건 내 마음의 어느 부분이 더 아픈지 말하는 거나 같아."

마리암 고모가 고개를 돌리며 짜증스럽게 말했다. "어머니, 제발요. 그걸로 충분해요. 이번 여행 전까지만 해도 잘 참아오셨잖아요. 저는 어머니의 논리적인 생각과 인내심과 믿음을 존경했어요. 어머니가 자식들과의 이별을 받아들이고 익숙해졌다고 생각했죠. 그런데 다시 만나기로 정해놓고 나니까 갑자기 초조해져서 잘 먹지도 주무시지도 않잖아요. 살도 빠지고요. 불안해하면서요. 조리 있고, 참을성 많은 어머니에게 도대체 무슨 일이 일어난 거예요?"

할머니가 창문 밖으로 걱정스러운 시선을 돌리며 먼 곳을 응시했다. 할머니의 목소리는 차분하고 조용했다. "저 강을 봐라. 강물은 흘러가는 게 자연의 이치야. 그런데 강에 둑을 쌓으면 호수로 바뀌어버려. 둑에 균열이 생길 때까지는 잔잔하고 조용해 보이지. 둑 안에 모여 있던 물이 차분하고 조용하게 밖으로 흘러나갈 것 같니? 아니야! 우르릉 쾅쾅 굉음을 낼 거야. 더 이상 한순간도 둑을 견딜 수 없게 되는 거지. 둑이 무너질 때까지 쉬지 않고 온 힘을 다해

둑을 밀어낼 거야. 그러면 홍수를 막을 수 없게 되고, 홍수가 휩쓸고 지나가면 모든 게 파괴돼. 내 자식들을 다시는 볼 수 없을 거라고 믿었을 때 겉으로는 호수처럼 평온함을 유지했어. 그러나 이제는 둑이 부서진 걸 알았기 때문에 이 세월 내내 마음속에 가둬뒀던 감정을 억누를 수가 없구나. 길이 열렸기 때문에 온 힘을 다해서 이 이별을 끝내고 싶어. 나더러 더 이상 참으라고 하지 마라. 내 인내심은 하비브에게 몽땅 다 써버렸다."

할머니는 여러 해 동안 문학을 가르쳤기 때문에 지금은 거의 걸어 다니는 관용구, 시, 이야기의 모음집이라 할 수 있었다. 할머니가 진지한 어조로 말하자 무엇 때문인지 화가 났다. 나는 일어서서 삼촌에게 물었다. "할머니와 이야기를 나누시는 동안 삼촌 객실에 가서 누워 있어도 돼요?"

"그럼. 거기 아무도 없어. 모두 식당칸에 갔어. 뭘 가져가는 거니?"

"일기장요. 이번 여행에 대해 하나도 빠짐없이 적어놓으려고요. 이 추억을 간직하고 싶어서요."

"왜?"

"모르겠어요. 그냥 그러고 싶어요."

나는 우리 객실을 나와 모흐센 삼촌의 객실로 갔다. 펼쳐진 침대들 위에는 시트가 구겨져 있었다. 나는 위층 침대 위에 누웠다. 슬펐다. 다른 가족들은 모른다. 기억이 없다는 것이 무슨 의미인지 아무도 모른다. 나는 무슨 일이 일어날 때마다 그 순간의 맛과 느낌을 담아서 정확하게 기록하고 싶다. 바로 그런 이유로 나는 계속 일기를 쓰거나, 나중에 일기장에 쓰려고 모든 걸 마음속에 기억해둔다. 손이 피곤하고 눈까풀이 무겁게 느껴진다. 낮잠을 자는 게 좋겠다.

◯

 막 잠이 들려는 순간 아프사네 숙모가 시끄럽게 객실 문을 열었다. 모흐센 삼촌이 짜증스럽게 화를 냈다. "도대체 이번에는 뭐가 문제요? 한순간이라도 좀 평온히 보낼 수 없는 거요?"
 "그 사람한테 말해요. 자기 일에나 신경 쓰라고 누구든 말해줘야 해요. 그냥 재수가 없어요. 겨우 해외여행을 하게 됐는데 도덕경찰*이 따라온 것 같아요. 그 사람은 우리를 가만히 내버려두질 못하나 봐요."
 "누가? 누굴 말하는 거요?"
 "독실한 당신 매제요!"
 "어… 매제가 무슨 짓을 했는지 말해봐요."
 "내가 지나가는데 '국경을 지나자마자 스카프를 벗었어요? 여기서는 죄가 덜 된다고 생각해요?'라고 하더군요. 이

---

* 적절한 복장 착용과 스카프 착용 같은 문제나 가족 이외 이성과의 접촉 같은 도덕 문제를 담당하는 이란의 경찰.

건 전부 당신 잘못이에요. 당신이 너무 오랫동안 그 사람을 그렇게 내버려뒀잖아요. 그 집 사람들이 이 여행을 망쳐놓을 거라고 내가 말했죠?"

"우리가 여기 놀러 온 게 아니잖소. 어머니를 위해서 앞으로 열흘 동안 그 사람들을 참아보자고 동의했잖아요. 어쨌든 공짜 여행이고, 당신도 동의했잖소. 그러니 참아봐요."

객실 문이 다시 열렸다 닫혔다. 항상 그랬듯이 모흐센 삼촌은 불편한 상황에서 도망쳤다! 아프사네 숙모의 짜증 난 표정이 눈에 선했다.

"그건 당신 생각이고요! 나는 생각이 달라요. 아이들 장래 문제만 아니라면 그 사람들과 함께 여행하는 데에 절대 동의하지 않았을 거예요. 이 여행으로 우리 삶이 완전히 달라져야 해요. 사나즈, 알겠니? 이건 전부 너한테 달려 있어. 어떻게든 네 사촌 중 한 명을 잡아서 결혼해야 해. 모하마드 삼촌의 아들 마이클이 신랑감으로 딱이야. 네 고모 마흐나즈가 잘난 척하는 걸 도저히 참을 수가 없어."

"세상에, 엄마! 마이클은 나이가 너무 많아요. 저보다 열세네 살 정도 연상이라고요."

"열세 살은 아무것도 아냐. 그 애는 살면서 해볼 건 다 해봤으니, 이제는 결혼해서 마누라가 뭔지도 알아야지."

"살면서 온갖 걸 다 해봤을 테니 일흔 살 먹은 노인하고 결혼하는 건 어때요?"

"버르장머리 없이 굴지 마라."

"저도 진지해요. 사촌 오빠야 여러 가지를 해봤겠지만 저는 어떤데요? 저는 아직 해본 게 없다고요. 제가 하고 싶은 걸 할 수 있는 때는 언젠데요? 어쨌든 저는 연상은 싫어요. 도키 언니에게 더 잘 어울릴 것 같아요."

"불쌍한 도키. 그 애가 결혼할 수 있었다면 벌써 했겠지."

두 사람은 내가 있다는 것을 모르는 것 같았다. 그래도 두 사람의 뒷담화를 더 듣고 싶은 생각은 눈곱만큼도 없었다. 아프사네 숙모가 나를 어떻게 생각하는지는 이미 잘 알고 있었다. 들어봐야 우리 둘 사이만 더 멀어질 것 같았다. 어차피 나한테는 모흐센 삼촌뿐이다. 진심으로 나를 위해 주는 사람은 모흐센 삼촌뿐이다. 다들 문제가 있긴 하지만 나는 삼촌의 가족도 좋아한다. 침대에서 일어서다가 머리를 천장에 찧었다. 아프사네 숙모가 비명을 질렀다. "그 위에서 뭘 하고 있었던 거니?"

"모흐센 삼촌이 여기 객실이 비었다고 해서요…." 삼촌 부부가 또 부부 싸움을 하는 건 아닌지 걱정이 돼서 잠깐 말을 멈췄다. "…졸려서요. 여기 위층 침대에 누워 있으면 아무에게도 방해되지 않을 것 같았어요."

"괜찮아." 숙모는 자신들의 대화를 내가 얼마나 들었을지 알아보려고 탐색하는 눈빛으로 나를 바라봤다. "사실 네 이야기를 하고 있었어."

"정말요? 무슨 이야기를 하셨는데요?"

"중요한 건 아니야."

사나즈가 끼어들었다. "엄마가 내 장래 계획을 짜주고 있었어. 내가 마이클과 결혼해야 한대! 황당하지 않아? 나는 언니가 사촌 오빠랑 결혼해야 한다고 생각해. 언니한테 더 잘 어울릴 거야."

"나는 결혼할 준비가 안 돼 있어."

아프사네 숙모의 호흡이 조금 진정됐다. "나도 똑같은 말을 했다. 사실을 말해봐. 준비가 안 된 거니? 아니면 할머니를 위해 결혼을 안 하는 거니? 너 자신과 미래를 생각해야지. 너와 결혼하고 싶어한 사람들도 있었잖아. 왜 모두 퇴짜를 놓은 거야?"

"잘 모르겠어요. 지금 당장은 결혼에 대해 생각할 수가 없어요."

"그렇지만 벌써 늦었어. 네 부모님이 계셨다면 지금쯤 틀림없이 네 남편감을 찾아줬을 거야."

"숙모, 이 문제는 더 이상 이야기하지 마세요. 심란해지니까요."

아프사네 숙모가 조용해졌다. 항상 그랬다. 어느 순간 사납고 격해졌다가 곧바로 조용하고 차분해졌다. 숙모가 침착하게 말을 이어나갔다. "누군가 이런 말을 해줘야 해. 자식 셋을 걸고 맹세하지만 네가 진짜 걱정이다. 나는 네가 이 집안에서 최고라고 생각해. 어쨌든 너는 우리 모두의 자식인데 우리가 제대로 돌보고 있지 않은 것 같아. 이 집안 사람들은 생각이 없어. 어쩌면 너를 붙잡아두는 게 더 낫겠지. 그러면 혼자 계시는 어머니에 대한 걱정도 덜고 책임도 덜 수 있을 테니까."

"사실 할머니와 마리암 고모가 저한테 결혼 이야기를 여러 번 꺼내셨어요. 그런데 아시다시피 저한테 문제가 좀 있잖아요. 저 자신에 대해 아직 잘 모르겠어요. 제가 누구이고 뭘 해야 할지도요. 뭘 원하는지도 아직 몰라요. 이런 게 모두 혼란스러운데 제가 어떻게 다른 사람과 삶을 꾸려나가겠어요?"

"얘야, 그건 잘못 생각하는 거야. 이 모든 혼란은 일단 결혼하고 나면 다 사라질 거야."

사나즈가 특유의 유머 감각으로 이 대화를 일단락시켰다. "나도 아직 준비가 안 됐는데 엄마한테는 그게 중요하지 않아. 엄마는 남편만 있으면, 특히 지구 반대편에 사는 남편만 있으면 모든 문제가 다 해결될 거래. 벌써 마음속에 후보도 정해졌다니까. 내가 결혼하고 싶어하지 않는다거나, 그 사람이 이런 계획을 전혀 모르는 상태라는 건 중요하지 않아. 서로 대화할 수도 없고, 만난 적도 없고, 서로에 대한 감정이 없다는 것도 전혀 중요하지 않아. 엄마가 일단 결정을 내리면 절대 그걸 바꿀 수 없어. 가만히 내버려두면 엄마가 언니한테도 결정을 내려줄 거야."

"다 널 위해서 이런 말을 하는 거야. 너한테 좋은 길을 찾는 중이야. 어쩌면 네 불쌍한 오빠도 함께 데려갈 수 있을지 모르잖아."

"봐! 엄마는 시루스 오빠가 잘 살 수 있도록 나를 함정에 빠뜨리고 있어."

"함정이라니? 네가 더 잘 살 수 있는 길이지. 그리고 거기서 시루스가 뭔가 일을 시작하면 좋잖아. 도키, 제발 그 애와 이야기를 나눠보렴."

"누구랑요?"

"시루스 말이다. 그 애가 약 먹는 걸 다시 그만뒀어. 이번 여행으로 그 애 기분이 더 나아지길 바랐는데 지금까지는 더 나빠졌을 뿐이야. 그 애가 매우 불안해하고 있어."

"지금 어디 있는데요?"

"모르겠다. 복도를 오르내리고 있어. 지겨운가 봐."

형의 아이패드를 가지고 놀고 있던 아르데시르가 말했다. "도키 누나, 여기로 형을 데려오지 마! 날 잡아먹을 듯이 혼낼 거야. 놀지도 못하게 할 거고."

나는 웃으며 객실을 나와 복도 위아래를 죽 살펴봤다. 기차의 창문은 똑같은 풍경을 살짝 다른 각도로 보여주는 연속 그림 같았다. 나는 우리 객실과 반대쪽으로 걸어갔다.

○

시루스는 두 칸 떨어진 곳에 있었다. 그는 출입문 옆의 창문 밖으로 머리를 내민 채 눈을 감고 서 있었다. 머리카락이 바람에 휘날렸다. 나는 아무 말 없이 그의 곁에 섰다.

"뭔데? 내 뒤를 따라가보라고 또 널 보낸 거야?"

"또라니? 오빠 뒤를 졸졸 따라다닌 거 아냐. 차를 마시고 싶은데 오빠도 함께 마시고 싶은지 물어보러 온 거야. 혼자 마시고 싶지 않아서."

그는 창문에서 물러서서 양손으로 머리를 정돈했다.

"우리 문제가 뭔지 알아? 친척이 너무 많은데도 여전히 외롭다는 거야."

"철학적인 이야기는 그만두고. 갈 거야, 말 거야?"

"가자. 단 거기 다른 사람이 아무도 없으면."

"걱정하지 마. 가족 중에 우리 둘이랑 시간을 보내고 싶어하는 사람은 아무도 없으니까."

"좋아. 다른 사람들은 지루해."

우리는 천천히 식당차를 향해 걸어갔다. 몇 분마다 반대 방향에서 누군가가 나타났고 그때마다 우리는 그들이 지나갈 수 있도록 옆으로 비켜섰다. 나는 시루스가 도망치지 못하게 막는 것처럼 그의 소매를 꼭 붙잡았다. 식당차는 거의 텅 비어 있었다. 우리는 창문 옆의 칸막이 좌석에 자리를 잡았다.

"그러니까 가족 모두가 오빠의 신경을 거스르는 이유가 뭐야? 뭘 어떻게 했는데 그러는 거야?"

"모두 꼬리가 두 개인 강아지 같아. 마치 모든 꿈이 다 실현되고 있는 것처럼 행동하고 있잖아."

"무슨 꿈을 말하는 거야?"

"바보 같은 꿈들 말이야. 동전 한 푼 안 쓰고 공짜로 해외여행을 하고, 스카프를 쓰지 않고 돌아다닌다거나, 태형당할 걱정 없이 술을 마시고, 수감당할 걱정 없이 마음대로 이야기를 나누고, 카바레에 가고, 마음껏 음악을 듣는 것 등등이 있잖아."

"몇 년 동안 못 본 형제들을 만나는 것도 있고."

"그건 그냥 핑계일 뿐이야. 이제는 잘 알지도 못하는 친척들을 보는 게 무슨 의미가 있어?"

"무슨 의미냐고? 그렇게 오래 못 만나다 서로 만나는 게 기쁘지 않아?"

"왜 기쁜데? 나는 그 사람들을 잘 알지도 못하는데 뭐. 그들을 보건 안 보건 무슨 차이가 있어?"

"그 사람들을 모르다니 무슨 말이야? 같은 핏줄에 같은 뿌리를 가졌잖아. 그들 이야기도 엄청 많이 듣고. 할머니와 다른 사람들이 그들에 대해, 함께한 어린 시절과 예전에 했던 일들에 대해, 수도 없이 이야기했어. 어떤 이야기는 너무 많이 들어서 내가 직접 내 눈으로 본 것 같은 기분이 들기까지 해."

그가 입술을 꼭 다물며 말했다. "그렇다고 그들을 잘 아는 건 아니야. 물론 할머니가 어린 시절 이야기를 해주셨지. 그래서 의사인 큰삼촌이 다섯 살 때 손님들 앞에서 분수에 오줌을 쌌다거나, 마힌 씨 댁에서 기묘한 과일 그릇을 깨뜨렸다거나, 아홉 살 때 우리 아버지를 지켜주려고 이웃

집 아들의 머리통을 깼다는 걸 알고 있어. 마흐나즈 고모가 네 살 때 차도르를 쓰고 결혼한 여자인 척했다는 일도 알아. 메흐디 삼촌이 모두에게 귀여움을 받았다는 것도 알고. 삼촌은 일곱 살 때까지 할아버지 품에서 잤고 몰래 젖꼭지를 빨았대. 그런데 지금 내가 그들에 대해 알고 있는 것은 엄마 아빠가 그들과 통화할 때 일 년에 한 번씩 억지로 내게 새해 인사를 시켰을 때 들은 불분명하고 알아들을 수 없는 목소리뿐이야. 우리가 생각하는 그들의 모습과 곧 만나게 될 비틀거리는 나이 든 사람들은 완전히 다를 거야."

"삼촌들과 고모를 만나고 싶지 않아? 사촌들도?"

"응! 뭣 때문에? 내내 떨어져 지냈고 앞으로도 영원히 떨어져 지낼 텐데. 그 사람들이 자기네 삶에 대해 떠벌리는 걸 내가 들어줘야 해? 그들이 사는 집의 사진을 보고, 대학 입학시험이 없다는 걸 부러워해야 해? 아니면 멍청한 애도 의사나 엔지니어가 될 수 있다는 걸 부러워해야 하는 거야? 아니면 나보다 어린 아이들이 남자 친구나 여자 친구에 관해 이야기하거나, 내가 꿈만 꿀 수 있는 파티나 디스코에 관해 이야기하는 걸 들어줘야 해? 그들의 독립적인 삶에 관한 이야기를 들어야 하느냐고. 나는 20년을 일해도 꿈도 꿀 수 없는 최신형 자동차를 두 달만 일하고도 사는 방법에 관한 이야기를 들어줘야 해?"

"진짜로 샘이 나나 보네. 맞지? 어디나 장단점은 있어. 우리에게는 그들에게 없는 것들이 있어."

"진짜? 예를 들어?"

"우리에게는 고국이 있잖아! 그들은 어떤 면에서 실향민이야. 그들이 이란을 얼마나 그리워하는지 모르겠어?"

"알지. 술을 한두 잔 마시면 고국이 그립겠지. 너무 외롭다고 넋두리를 시작하면서 진창 도랑이 있는 고국을 그리워하겠지. 사람들이 이란을 그리워할 때마다 곧바로 진창을 떠올린다는 걸 알고 있었어? 진짜 웃기는 연상 아냐? 혹시 진창이 너무 그리웠다고 말하는 놈이 있으면 얼굴을 갈겨줄 거야!"

"진정해! 그들을 그렇게 싫어하는지 몰랐어. 한 번도 만나본 적 없고, 오빠한테 아무 짓도 하지 않은 사람을 어떻게 미워할 수 있지?"

"한 번도 만난 적이 없다고?" 그가 창문 쪽으로 고개를 돌렸다. 비꼬지 않고는 한마디도 할 수 없다는 듯 그의 말투가 바뀌었다. "그들과 비슷한 사람을 천 명은 만났어. 외가 식구가 매년 야단법석을 떨며 돌아오곤 했어. 안타깝게도 이란에 남은 가족이 우리뿐이라 그들이 돌아올 때마다 대접하는 영광을 우리 집이 차지하곤 했지. 몇 시간씩 공항에서 기다렸다가 무거운 가방을 옮기는 특권을 누리면서 말이야. 집으로 데려오면 그들이 우리 집에서 왕 노릇을 했어. 우리는 거실에서 홀로, 홀에서 복도로 침낭을 옮기며 자야 했고. 믿을지 모르겠지만 어떤 날에는 내가 주방에서 잔 적도 있어. 그 사람들은 중고 가게에서 대폭 할인할 때

사온 선물을 가지고 온갖 생색을 내면서 우리가 기뻐 팔짝팔짝 뛰길 바란다니까."

"정말 염치가 없다! 그런 선물 때문에 오빠가 항상 좋은 옷을 입는 거잖아!"

"거기서는 중고 할인 옷도 멋져. 크게 힘들이지 않아도 이런 것을 우리한테 구해다 줄 수 있다고. 고생하는 사람은 우리지. 불쌍한 엄마는 온종일 아침, 점심, 저녁 세 끼 식사를 준비해야 하고. 그들의 못된 자식들 비위도 맞춰줘야 한다니까. 먹고 싶어하는 음식은 또 어찌나 많은지 누들 수프, 채소 스튜, 할바(으깬 깨나 아몬드 따위를 시럽으로 굳힌 터키, 인도식 과자) 같은 음식을 계속 만들어줘야 해. 그런데 그걸 먹고 나서는 결국 설사를 해댄다니까. 그러면 시무룩해져서 고개를 저으며, 엄마 기분을 상하게 하지 않으려고 애쓰면서 뭔가 상한 걸 먹은 게 틀림없다고 말해. 불쌍한 엄마는 맹세코 모든 걸 깨끗이 씻었다고 여러 번 사과하고. 한 자리에서 과일과 여러 음식을 그렇게 마구 먹어대면 누구나 탈이 날 수 있다는 걸 아무도 인정하지 않아! 대기오염으로 눈과 목이 따끔거리면 그 사람들은 우리더러 어떻게 견디고 사느냐며 감탄해! 코딱지가 검게 변한 것을 보고 죽지 않을까 걱정하는 그 사람들을 달래도 줘야 한다니까."

"뭐가 검게 변한다고?"

"코딱지 말이야. 로야 이모의 시아버지가 그랬대. 이란에서는 대기오염으로 코딱지가 검게 변했는데 자기가 사는 곳에서는 더 밝은색이었다고." 나는 웃음을 터뜨렸지만 시루스는 계속 말을 이어나갔다. "그러고 나면 이란의 교통이 불편하고 운전이 거칠다고 불평하곤 해. 차에 탈 때마다 손잡이를 꽉 붙들고는 끊임없이 비명을 질러대며 우리더러 안 무섭냐고 묻는다니까."

"근데 그 말이 맞잖아. 대기오염이 심각한 게 사실인 데다 그 사람들은 그게 익숙하지 않잖아. 그리고 테헤란의 운전과 교통 상황이 끔찍하다는 점은 오빠도 인정해야 해. 운전할 때면 오빠도 욕을 입에 달고 살잖아."

그러나 시루스는 자기 생각에 빠져서 내 말을 전혀 듣지 않았다.

"손님을 치르는 돈이 두 배로 불어나면 엄마 아빠의 부부 싸움도 두 배로 늘어나. 결국 아버지는 초과근무를 하고, 허세를 유지하려고 돈을 빌려. 그런데 손님들은 밤마다 환영 잔치에서 과식하고는 살이 쪘다고 투덜대더라고. 살짝 취기가 오르면 고국을 그리워하며 신세타령하는 노래를 불러대지. 이란에서 사랑과 우정 속에 사는 우리가 진짜 행복한 거래. 자기들이 사는 곳에는 정이라곤 눈을 씻고 찾아봐도 없대. 자기가 죽었는지 살았는지 신경 쓰는 사람이 아무도 없다는 거야. 이란에서 평생 살 수 있다면 좋겠다고 해놓고는 돌아가는 비행기표가 단 하루라도 지연되면 난리가 난다니까! 새장 안에 갇힌 새처럼 두려움에 떨며 기도하더라고. 떠나게 해주면 뭘 하겠다는 둥 결의를 다

지면서 말이야. 그러다 마침내 출발일이 다가오잖아? 그러면 떠날 사람들에게 줄 선물을 사고 송별회를 열어줘야 해. 배웅하러 공항에 따라 나가서는 그 사람들이 떠날 때까지 공항에서 밤새 죽치고 있어야 하고. 그렇게 한 팀이 떠나고 나면 곧바로 다음 손님들이 도착해. 그러면 우리는 종종거리며 또 똑같은 과정을 반복하게 돼. 우리 생활이라는 건 애당초 없어. 오로지 손님들 뒤치다꺼리하기 위해 사는 거 같아. 그런데 혹시라도 우리가 그 사람들이 사는 곳에 간다고 하면 무슨 일이 벌어지는 줄 알아? 자기들이 너무 바쁘다면서 아무렇지 않게 발뺌을 해버려. 공항에 마중 나오는 일조차 할 수 없다는 거야. 우리 의사 삼촌이 파빈에게 그렇게 말했대."

"삼촌이 진짜로 바빴겠지. 수술이 있어서 말이야. 너무 많은 것을 기대하지 마."

"왜 그들 편을 드는데? 넌 그 사람들을 만나본 적도 없잖아. 아, 내가 깜빡했다. 공정해야지. 이 사람들이 한 가지에 대해서는 모두 한마음이더라고. 죽어서는 다 이란에 묻히고 싶대. 이란이 최고의 묘지라는 거지. 나쁜 생각은 아니야. 평생 세계 최고의 나라에서 살다가 죽음은 이란에서 맞겠다는 거지."

"그건 공정한 태도가 아닌 것 같아. 오빠네 이모들이 올 때마다 여기 가족을 만나면 굉장히 기뻐하잖아. 숙모가 친정 식구들과 함께 있을 때 얼마나 행복해하는지 본 적이 있어. 할 일은 더 많아지겠지만, 적어도 더 행복하고 즐겁게 시간을 보내잖아. 사나즈 말로는 이모들이 이란에 올 때가 제일 좋다고 하던데."

"걔는 미쳤나 봐. 이모들이 떠날 때마다 운다니까. 엄마한테도 한동안 말을 붙일 수가 없어. 누가 죽기라도 한 것처럼 슬퍼해. 해외에서 온 귀한 손님들이 남겨두고 떠나는 게 바로 이거야."

"오빠를 이해할 수가 없어. 왜 항상 매사 어두운 면만 보는 거야?"

"있는 그대로 현실을 보는 거지. 내가 한 말 중에서 뭐가 틀렸다는 건데? 내 말이 전부 맞는다는 거 너도 알잖아. 그 사람들은 역겨워."

"그런데 왜? 그 사람들이 오빠한테 무슨 짓을 했다고?"

"우리를 이용하는 것 같아. 우리를 불구덩이에 남겨두고 떠나놓고 이제는 우리를 놀리는 거지. 자랑하려고 일 년에 한 번씩 돌아오는 것 같아."

"그 사람들은 자기네 걸 가지고 떠났어. 그게 오빠랑 무슨 상관인데? 심지어는 자기 물건도 많이 두고 떠났잖아. 오빠는 그들에게 화를 내는 게 아니라 오빠 자신에게 화가 난 것 같아. 자기 자신에게 정직해져봐. 오빠는 오늘 저녁 만날 사람들에 대해 칼을 갈고 있지만, 그 사람들은 오빠와 같은 핏줄이야. 오로지 우리를 보기 위해 지구 반대편에서 먼 길을 찾아온 거라고. 우리 여행 비용을 모두 대면서 우리를 이 재회에 초대한 거야. 우리 친척이잖아. 조금 더 다정한 시선으로 그 사람들을 보도록 해. 검은색안경은 벗고."

"안경을 벗으면 아무것도 안 보일 텐데. 박쥐처럼 앞이 안 보일 거야."

"맘대로 해! 세상 모든 사람을 적으로 보느니 차라리 앞이 안 보이는 게 더 낫겠다."

마리암 고모와 하미디 고모부가 소마예와 메이삼과 함께 식당 안으로 들어왔다. 나는 그들에게 손을 흔들었다. 우리 쪽으로 걸어오던 하미디 고모부가 나를 보자마자 눈을 내리뜨더니 첫 번째 빈 테이블에 앉았다. 나도 모르게 스카프를 쓰지 않은 내 머리를 만지며 죄의식을 느꼈다.

"안녕, 애들아! 즐거운 시간을 보내고 있니?"

"시루스 오빠만 아니면 그럴 거예요. 부정적인 태도를 멈출 수가 없나 봐요. 세상을 어둡고 비참한 곳으로 만들고 있어요. 왜 그렇게 비관주의자가 됐는지 모르겠어요."

"네 아버지가 널 찾고 있더라, 시루스."

"절 찾아다니는 게 지겹지도 않나 봐요. 숨이 막혀요. 제가 애도 아니고, 장애인도 아니라고 계속 말씀드리는데도 제 말을 듣질 않아요."

"와… 긴말이 필요 없어. 그렇게 관심 많이 받는 걸 다행이라 여겨. 오빠가 내 아들이라면, 오빠를 어딘가에 버려버리고 절대 다시 찾지 않을 거야! 나는 모흐센 삼촌이 바라는 게 뭔지 알아. 오늘 아침에 약 안 먹었지?"

"일부러 안 먹은 거야. 더 이상 안 먹고 싶어."

"좋은 생각이다. 나도 네가 약을 끊어야 한다고 생각한다. 진정제는 먹어봐야 멍하고 졸릴 뿐이야. 좋을 게 하나도 없다."

"안 먹으면 잠을 못 자요. 심한 불면증이 와요."

"그렇다면 가서 약을 먹어라. 네 잔소리와 불평에 신물이 난다. 너는 우리 말에 무조건 반대하는구나."

시루스는 어쩔 수 없어 나가는 척하며 부스에서 빠져나와 테이블 사이의 좁은 통로를 따라 출입구로 걸어갔다. 마리암 고모가 웃음을 터뜨렸다. "잘했어요! 저 애한테 그렇게 말할 수 있는 사람은 당신뿐이에요. 우리 테이블로 와서 앉으렴. 같이 차 마시자."

나는 일어서서 고모 말에 따랐다. 열두 살 된 소마예는 자기 아버지 옆에 앉아 있었다. 그녀의 청춘이 머리 뒤에 고무줄로 고정된 검은 차도르 아래 가려져 있었다. 그러나 그 애는 베일을 쓰고 있는 게 싫은 모양이었다. 소마예는 손가락으로 테이블 위를 두드리며 계속 박자를 맞추고 있었다. 입 모양으로 봐서는 속으로 노래를 부르고 있는 것 같았다. 소마예가 창밖으로 무엇을 보는 건지 알 수 없었지만, 기차 안에 있고 싶지 않은 건 분명했다. 메이삼 역시 창문에 바싹 붙어서 양을 세고 있었다. 하미디 고모부는 나를 보더니 이어 찡그린 얼굴로 난생처음 보는 것처럼 찻주전자만 뚫어지게 쳐다봤다. 내가 일어서며 말했다. "저는 차를 이미 마셨어요. 괜찮으시다면 할머니께 가볼게요. 필요하신 게 있을지 모르니까요."

○

할머니는 의자 등받이에 머리를 기대고 있었다. 목주름이 어느 때보다 더 눈에 띄었다. 창밖을 보고 있지만 그녀가 무슨 생각을 하고 있는지 누가 알겠는가. 할머니를 보고 있자니 시구 하나가 떠올랐다.

"당신을 보면
창문 밖으로
불타오르는 것 같은
노란 가을 잎으로 뒤덮인
나무 한 그루가 보여요.
흐르는 시냇물의
소란스러운 표면 위에 반사된
이미지가 보여요."*

나는 고개를 저었다. 어두운 생각으로 하루하루를 어둡게 만들지 말자. 바스락거리는 소리는 할머니가 꿈에서 돌아왔다는 신호였다. 내가 살짝 움직이는 소리를 할머니가 알아챈 것 같았다.

할머니가 물었다. "뭘 쓰고 있니?"

나는 대답 없이 일기장에서 고개를 들지 않은 채 미소를 지었다. 할머니는 내가 무엇을 하고 있는지 알고 있었다. 할머니는 피곤해 보였다.

"얼마나 있어야 도착할까? 숨이 막혀."

"거의 다 왔어요. 차 좀 드실래요?"

"아니다, 얘야. 흔들리는 화장실에 가고 싶지 않아."

"화장실 가실 때 필요하면 제가 도와드릴게요."

"괜찮다. 차는 진짜로 안 마시고 싶어. 빨리 도착하면 좋겠다."

"낮잠을 한숨 주무세요. 그러면 시간이 더 빨리 갈 거예요."

"잠을 잘 수가 없구나."

"책을 읽어드릴까요?"

"기차가 움직이고 있을 때 책을 읽으면 머리가 아플 텐데."

---

* 이란의 주요 시인인 포루그 파로흐자드의 시. 파로흐자드는 1967년 자동차 사고로 32세의 나이에 요절했다.

"아니에요! 익숙해져서 괜찮아요."

나는 책을 꺼내서 읽기 시작했다. 몇 쪽 읽지도 않아 내 목소리가 머릿속에서 이상하게 울리기 시작했다. 눈이 따끔거리고 시간과 장소가 뒤섞여서 아득해졌다. 달리는 바퀴가 내는 단조로운 소리와 함께 단어들이 멀리 날아갔다. 손이 더 이상 책의 무게를 지탱할 수 없었다. 책이 떨어지는 소리가 들렸고 나는 어두운 터널 속으로 떨어졌다.

○

방은 거의 아무것도 보이지 않을 정도로 어두웠다. 벽이 아득히 높았다. 보이지 않는 창문은 손이 닿지 않는 곳에 있었다. 그을음으로 뒤덮인 전구에서 발산되는 음산한 빛이 벽에 기이한 그림자를 드리우고 있었다. 구석에서 몇 사람이 이야기를 나누고 있었다. 지치고 지루해진 아이는 침대 밑에서 작은 여행 가방을 끌고 나왔다. 아이는 앙증맞은 손가락으로 죔쇠를 눌렀다. 손가락에 날카로운 통증을 느낀 아이는 작은 이로 입술을 깨물었다. 마침내 간신히 여행 가방을 열었을 때 아이의 눈에 눈물이 차올랐다. 아이는 승리의 미소를 지었다. 종이 드레스가 여행 가방 밖으로 날아갔다. 겁에 질린 여섯 개의 얼굴이 아이를 쳐다봤다. 누군가 비명을 질렀다. 그들의 얼굴 피부가 늘어나기 시작했다. 아이가 몇 걸음 뒤로 물러섰다. 얼굴들이 녹색이었다. 공기가 점점 더 무거워졌다. 공기가 없어… 공기가 없어… 공기가 없어… 공기가 없어….

"도키, 애야! 일어나라, 애야!" 가볍게 뺨을 몇 번 맞자, 얼굴이 얼얼해지고 온몸에 따뜻함이 퍼져나갔다.

"분무기 어디 있어요? 가방은 어디 있어요?"

나는 눈을 떴다. 눈물인지 땀인지 알 수 없지만 얼굴이 젖어 있었다. 나는 분무기에서 뿜어져 나온 액체를 게걸스럽게 삼켰다. 모두가 서서 나를 내려다보고 있었다. 모흐센 삼촌은 화가 난 것처럼 보였고, 마리암 고모의 눈은 눈물로 흥건했다. 아프사네 숙모는 책으로 내 얼굴에 부채질을 하고 있었다. 이번에는 간신히 숨을 쉴 수 있었다. 머릿속에서 목소리가 들려왔다. "다음번에는 그러지 못할 수도 있어."

◯

서쪽으로 지는 해를 받아서 그림자가 훨씬 더 길어졌다. 기차가 속도를 줄였다. 띄엄띄엄 지나가던 건물이 점차 빽빽해졌다. 혼란스러웠다. 천식 발작 후에는 항상 무기력하고 우울해졌다. 아무도 없는 구석에 가서 실컷 울고 싶었다. 여행의 들뜬 기분에 푹 빠져서 자유와 기쁨을 만끽하고 싶었지만, 보이지 않는 손이 나를 끌어당기고 있는 것 같았다.

아르데시르가 객실 문을 열고 신나게 들어왔다. 얼굴이 발개져 있었다. "거의 다 왔어요! 사람들이 모두 여행 가방을 복도로 들고 갔어요. 근데 왜 아직도 앉아 있는 거예요?"

모두 마음이 급해졌다. 공기에서도 들뜬 분위기가 느껴졌다. 나는 손잡이가 긴 가방 한 개는 어깨에 메고, 다른 가방은 손에 든 다음, 나머지 손으로 할머니의 팔을 잡았다. 마리암 고모가 할머니의 다른 팔을 잡았다. 할머니는 나무다리로 걷는 것처럼 질질 발을 끌었다. 복도에서 사람들 사이를 뚫고 출구 앞에 도착하기까지 한참이 걸렸다.

모흐센 삼촌 앞의 플랫폼에 가방들이 길게 줄지어 세워졌다. 큰 가방을 기차 계단 아래로 밀던 하미디 고모부가 씩씩대며 말했다. "모흐센, 이건 무거워요. 시루스에게 한쪽 끝 좀 잡으라고 해봐요."

시루스가 고개를 돌렸다. 모흐센 삼촌이 입술을 꾹 다물더니 말했다. "내가 할게." 아프사네 숙모가 부리나케 앞으로 가서 도왔다.

나는 신기해서 주변을 둘러보며 전에 본 사진들을 모두 떠올렸다. 어느 사진이 똑같지?

할머니는 허공을 바라보고 있었다. 마리암 고모가 속삭였다. "할머니 약은 챙겼지?"

"네, 물도 챙겼어요."

모흐센 삼촌이 말했다. "어머니, 제 손을 잡으세요. 내려오세요. 다른 사람들이 기차에서 내리려고 하니까요."

할머니의 시선을 따라가 보니 한 무리의 사람이 보였다. 남자, 여자, 나이 든 사람들과 젊은 사람들이 섞여 있었다. 마지막 햇살에 눈이 부셔서 눈을 가늘게 떠야 했다. 멀어서 그들의 얼굴이 선명하게 보이지 않았다. 그들의 숫자를 셌다. 일곱, 여덟, 아홉, 아이들까지 모두 열 명이었다. 어른들은 돌아서서 우리 기차를 바라봤지만, 아이들은 노느라 정신이 팔려 있었다. 저 사람들이 그들일까?

○

가족 소개는 할머니의 끊임없는 눈물과 입맞춤으로 끊겼다. 우리는 분무기로 쉴 새 없이 할머니의 얼굴에 물을 뿌려댔고, 결국 할머니의 옷깃이 땀과 눈물로 젖은 건지, 아니면 우리가 뿌린 물 때문에 젖은 건지 알 수 없는 상태가 됐다. 주변을 둘러보니 모두의 얼굴이 눈물로 반짝이고 있었다. 우리 주변에 몰려든 낯선 사람들조차 눈물을 훔쳤다. 다른 사람들이 다 보고 있다는 사실에 창피해진 우리는 정신을 차리고 서둘러 기차역을 떠났다. 반짝이는 깨끗한 미니버스가 기다리고 있었다. 삼촌들을 제외하고 모두 버스에 올라탔다. 삼촌들은 자동차를 타고 버스 앞을 달렸다. 날이 어두워지고 있었다. 나는 같이 탄 사람들에게 신경 쓰느라 주변을 둘러볼 겨를이 없었다.

이층으로 된 빌라는 바다 쪽으로 창문이 나 있었다. 관목으로 둘러싸인 정원에는 낮은 철문이 설치돼 있었고, 마당에 깔린 돌 사이로 싱싱하고 푸른 풀이 자라고 있었다. 앞쪽 테라스에서 세 계단으로 이어지는 길 양쪽에는 키 큰 하얀 포플러가 줄지어 서 있었다. 그리고 마당 곳곳에 보라색 재스민이 피어 있었다.

넓은 앞쪽 테라스에는 양탄자가 깔린 나무 벤치가 벽에 기대어 놓여 있었고, 테이블과 여러 개의 의자도 있었다. 아직 주변을 다 탐색하지도 못한 상태에서 나는 큰 홀로 이끌려 들어갔다.

입구 왼쪽에 있는 주방은 길고 좁은 조리대로 복도와 분리돼 있었다. 조리대 양쪽에 놓인 높은 의자를 보자 지친 발을 걸쳐놓고 쉬고 싶은 생각이 굴뚝 같았다. 오른쪽으로는 갈색 가죽 가구와 타원형 커피 테이블이 놓인 넓은 공간이 보였다. 입구 맞은편에 있는 넓은 계단은 이층으로 이어졌다. 모하마드 삼촌이 설명했다. "한 가족당 방을 하나씩 배정해봤어요. 메흐디와 마흐나즈, 저는 아래층 방을 쓸 거예요." 복도 쪽으로 닫혀 있는 문들이 보였다. "위층에 있는 세 방은 모흐센, 마리암, 어머니가 사용할 거고요. 마음에 드는지 가서 확인해보세요. 원하면 바꿀 수도 있어요." 할머니는 2인용 소파에 앉았다.

"어머니, 계단 오르는 게 조금 힘드시겠지만 그게 이 집에서 제일 좋은 방이에요. 방도 크고 바다를 볼 수 있어요."

"괜찮다, 얘야. 위층에 올라갈 수 있어."

마흐나즈 고모가 말했다. "가서 자리 잡고 계세요. 여행 가방은 여기 두고 가시고요. 샤워를 하셔도 되고요. 마실 것과 음식을 장만해볼게요. 그런 다음 함께 모여서 남은 이야기를 마저 해요."

정말 좋은 생각이었다. 너무 흥분해 있어서 나야말로 피곤했다.

우리 방은 큰 창들이 바다를 향하고 있어서 안락해 보였다. 메흐디 삼촌이 문 옆에 여행 가방들을 놓고 말했다. "욕실이 딸려 있어서 이 방을 어머니께 드린 거예요. 여기가 더 편안하실 거예요."

샤워기 아래 한참 서 있었더니 머리가 식으면서 나도 더 차분해졌다. 나는 방으로 돌아가서 일기장을 집어 들고 목욕가운을 입은 채로 창문 옆 침대에 누웠다. 할머니가 어디 계신지 궁금했다. 그러다 문득 이런 생각이 들었다. '신경 쓰지 마! 자식들이 모두 여기 와 있는데, 뭘. 너보다 더 잘 보살펴드릴 거야.' 나는 몸을 돌려 엎드리곤 일기장의 페이지를 넘겼다. 사나즈가 문을 열고 뛰어 들어왔다.

"언니는 왜 그렇게 한가한 거야? 왜 아직도 거기 누워 있어? 지금은 일기나 쓰고 있을 때가 아니야. 일어나서 준비해. 모두 아래층에 있어. 머리를 내릴까? 올릴까?"

"어떻게 해도 예뻐."

"옷은 어때? 괜찮아?"

"아주 좋아. 그런데 파티에 더 잘 어울릴 것 같아. 더 편한 걸 입어봐."

"맞아. 가서 갈아입을게. 언니는 뭘 입을 거야? 서둘러, 어서."

"뭘 입을지 모르겠어. 찾아볼게. 먼저 가면 나도 따라갈게."

사나즈에게는 잘된 일이다. 그 애는 들떠 있었지만 나는 살짝 긴장했다. 시간이 필요했다. 아까 본 얼굴들을 천천히 돌이켜보며 마음을 가다듬을 필요가 있었다. 너무 감정적이거나 가벼운 사람처럼 보이고 싶지 않았다. 메흐디 삼촌을 제외하고 다른 사람들은 모두 처음 보는 사이였다. 사실 메흐디 삼촌에 대한 기억도 많지 않았다. 이란에서 탈출하려고 애쓰던 청년에 대한 기억의 단편이 희미하게 몇몇 남아 있을 뿐이었다.

○

나는 살짝 긴장한 상태로 계단을 내려갔다. 모두 말을 멈추고 내 쪽으로 고개를 돌렸다. 다시 한바탕 소개가 이루어졌다. 그때쯤에는 그들도 나만큼 정신이 없어서 뺨을 내미는 사람이 있으면 자동으로 입을 맞추는 것 같았다. 모하마드 삼촌이 일어나서 몇 발 앞으로 나와 따뜻하게 나를 안았다. "하비브의 딸이구나! 숙녀가 다 됐네!"

내 목덜미에 삼촌의 눈물이 뚝뚝 떨어졌다. 모두 조용히 우리를 지켜보고 있었다. 딱히 특별한 생각을 하진 않았지만 삼촌의 품에 안겨 있으려니 이상하게 편안해져서 나는 그의 가슴에 머리를 묻었다.

마흐나즈 고모는 내가 가까이 다가가기도 전에 울기 시작했다. 고모는 떨리는 목소리로 "아이고, 애야."라는 말만 반복했다. 나를 안고 있는 고모의 온몸이 떨리고 있었다. 그런 고모가 안쓰러워서 나는 진정하라는 말을 해주고 싶었다. 고모는 내게 여러 번 입을 맞춘 다음 내 얼굴을 잡고 찬찬히 들여다봤다. 고모가 무엇을 찾고 있는지 알 수 없었다. 고모의 눈이 반짝하고 빛났다. "예쁜 눈이 딱 네 아버지 눈을 닮았구나." 모두가 다시 울기 시작했다.

나는 사람들을 울리고 싶지 않았다. 그들은 내 존재의 모든 부분을 분석하고 있었다. 모두 내게서 아버지의 흔적을 찾고 있는 것 같아 그들의 시선이 부담스러웠다. 날 구해주러 온 건지는 모르겠지만, 메흐디 삼촌이 내게 다가와 웃으며 말했다. "안녕, 이쁜이. 나를 기억하니? 나는 스웨덴에서 온 메흐디 삼촌이야. 아니 네 짐꾼으로 더 잘 알려져 있지!" 삼촌은 과장되게 정중한 태도로 몸을 숙여 인사하고 내 손에 입을 맞춘 다음 나를 끌어당겨 품에 안았다. 삼촌이 자기 바짓가랑이를 붙잡고 있는 남자아이를 가리키며 말했다. "애는 대니얼이야. 여덟 살인데 항상 나한테 딱 달라붙어 있어. 엄마와 함께 사는 여동생 다이애나하고는 달라."

나는 두 사람에게 입을 맞추고 말했다. "숙모와 다이애나도 여기 함께 왔으면 좋았을 텐데요."

"아… 우리는 5년 전에 헤어졌어. 그 사람은 지금 다른 남자와 살고 있어."

마흐나즈 고모가 내 머리를 쓰다듬었다. "이리 와서 고모부한테 인사하렴." 샤파키 고모부는 나이가 지긋한 신사였다. 키가 크고 잘생겼으며, 은발에 옷차림이 세련됐다. 그의 옷차림은, 특히 스카프는 영화에서나 보던 것이었다. 고모부가 일어나서 악수를 청했다.

우리 중 그를 만나본 사람은 아무도 없었다. 아들과 딸을 데리고 이란을 떠났을 때만 해도 마흐나즈 고모는 샷타리 장군과 결혼한 상태였다. 고모와 장군이 마지막으로 본 것은 공항에서 작별을 고했을 때였다. 장군은 파리에 있는 가족과 다시 합류하지 못했고, 고모는 계속 혼자 지냈다. 고모가 어떤 삶을 살았는지 정확히 아는 사람은 아무도 없었다. 이란에 있는 그들의 집과 재산은 혁명 후 몰수당했다. 그러나 장군이 가진 돈을 전부 아내에게 들려 국외로 반출했다는 소문도 있었다. 나질라와 나데르가 다 큰 뒤 마흐나즈 고모는 이미 두 번의 결혼으로 자녀가 여럿 있는 남자와 재혼했다. 열두 살 사라와 열 살 샘은 마흐나즈 고모와 샤파키 고모부와 함께 살았다. 이렇게 나이 많은 사람에게 이런 어린 자식들이 있다는 게 믿어지지 않았다. 마흐나즈 고모가 말했다. "얘는 샘이고 얘는 사라란다. 소마예, 메이삼과 동갑이지. 서로 좋은 친구가 될 거야."

마리암 고모의 남편인 하미디 고모부가 얼굴을 찡그렸다. 나는 마음속으로 아이들을 비교하며 공통점을 찾아보려 했지만, 그럴 수가 없었다. 샘과 사라는 프랑스어로 뭐라고 한 다음 방에서 나갔다. 소마예와 메이삼이 호기심 어린 시선으로 그들을 쫓았다. 마흐나즈 고모는 두 아이가 방을 나간 게 대수롭지 않은 것처럼 행동했다. 고모는 어깨를 한번 으쓱하고 말했다. "나데르, 와서 사촌에게 인사하렴."

컴퓨터 뒤에서 키 큰 청년이 일어섰다. 그는 앞으로 몇 걸음 나와서 이상한 억양으로 말했다. "또 다른 사촌?" 내가 손을 내밀었다. 그는 내 손을 잡고 나를 끌어당겨 양 볼에 입을 맞췄다. 내 얼굴이 붉어졌다.

"맞아! 널 알아. 도키지? 사진보다 더 예쁘네." 모두 웃음을 터뜨렸다. 그가 자기 어머니에게 프랑스어로 뭐라고 하자 고모가 번역했다. "쟤 말로는 네가 나질라를 닮았대." 그 이름을 듣자 할머니는 손주가 한 명 더 있다는 사실을 기억해냈다.

"나질라는 어디 있니? 왜 안 온 거야?"

"남자 친구와 여행 갔어요. 캠핑을 좋아해 지금 유럽에서 배낭여행을 하고 있어요."

사나즈의 눈에서는 부러움이, 시루스의 눈에서는 분노가 엿보였다. 할머니가 말했다. "세상에나! 그 애가 결혼한 걸 몰랐구나."

"아니에요, 어머니. 결혼한 게 아니에요."

하미디 고모부가 고개를 젓고는 억지웃음을 지으며 말했다. "남편이 아니라 남자 친구와 함께 갔다고 하잖아요."

문제 해결 담당인 마리암 고모가 뛰어들었다. "두 사람은 약혼했어요, 어머니. 나중에 결혼할 거예요."

샤파키 고모부가 무슨 말인가 하려고 했지만, 모하마드 삼촌의 목소리에 모두 고개를 돌렸다. "그리고 얘가 마이클이에요."

할머니가 항의했다. "왜 걔를 마이클이라고 부르니? 걔 이름은 다리우쉬야. 예전에는 그렇게 불렀잖니."

"그때는 이란으로 돌아올 예정이었지만 상황이 바뀌어서 계획도 바뀌었어요. 그리고 이란식 이름이 거기서는 좀 문제가 돼요. 그래서 저 아이의 두 번째 이름인 마이클을 쓰고 있어요. 얘야, 이리 와서 인사하렴."

마이클이 영어로 대답했다. "다 만나지 않았어요?"

모하마드 삼촌이 페르시아어로 말했다. "아니! 아니야! 아직 도키와 인사를 나누지 않았잖니. 얘는 세상을 떠난 내 동생 하비브의 딸이야."

마이클이 매우 정중하게 손을 내밀며 말했다. "안녕, 반가워."

나는 호기심에 찬 눈빛으로 그를 바라봤다. 다른 사람들과 마찬가지로 낯이 익었다. 나이는 서른두세 살 정도 돼 보였고 삼촌들처럼 머리가 벗어지고 있어서 이마가 더 넓어 보였다. 그가 미국인 어머니에게서 유일하게 물려받은 것은 피부색이었다. 마치 표백제에 들어갔다 나온 것처럼 피부와 머리, 눈이 다른 사람들보다 몇 단계 더 연했다. 무관심한 것인지 아니면 수줍어하는 것인지 알 수 없는 표정이었다. 마이클은 더 이상 아무 말도 하지 않았고, 나도 고개만 까딱했다. 그는 자신을 향해 달려온 다섯 살짜리 남자아이의 손을 잡았다.

모하마드 삼촌이 유쾌하게 말했다. "그리고 얘는 마이클의 아들인 닉이다."

나는 닉의 머리를 쓰다듬으며 말했다. "마이클 오빠가 결혼해서 아이가 있다는 것은 몰랐어요."

아프사네 숙모가 약간 비꼬는 어조로 덧붙였다. "우리도 몰랐단다."

모하마드 삼촌이 웃었다. "재도 놀랐을 거예요. 여자 친구가 아이를 가졌는데 지금은 헤어졌어요."

이란에서 온 가족은 억지 미소를 지으며 고개를 저었다. 우리는 상황을 이해할 수 있고 그게 별일 아닌 척했다. 할머니만 유일하게 항의했다. "불쌍한 녀석! 저 아이의 출생증명서는 어떻게 하고!"

마리암 고모가 살짝 불안해했다. 남편 앞에서 온갖 불경스러운 주제가 논의되는 것이 불편한 듯했다. 고모는 화제를 바꾸려고 애썼다. "날씨가 너무 좋네요. 모두 테라스에 나가서 앉을까요?"

마흐나즈 고모가 거들었다. "좋은 생각이야. 음식을 전부 밖으로 들고 나가자. 그러면 다시 안으로 들어올 필요가 없을 테니까."

의자들이 옮겨졌다. 할머니는 양탄자가 깔린 벤치에 앉았다. 메흐디 삼촌은 할머니의 어깨에 팔을 두르고 할머니 옆에 기대앉았다. 모하마드 삼촌은 할머니 앞에 앉아 다정한 눈빛으로 할머니를 바라봤다. 마흐나즈 고모는 베개 두 개를 등에 받치고 할머니 옆에 앉았다. 하나같이 미리 어디에 앉을지 생각해둔 것 같았다. 행성 주변을 도는 위성들처럼 나머지 사람들은 의자를 가까이 끌어당겨서 둥그렇게 둘러앉았다. 이제는 나이가 들었어도 어린아이처럼 사랑을 갈구하는 자식들을 할머니는 사랑스럽게 바라보고 있었다. 정말 보기 좋은 모습이었다. 마리암 고모가 주변을 둘러보며 말했다. "여기는 정말 아름다워. 어떻게 이런 곳을 찾아낸 거야?"

모하마드 삼촌이 말했다. "이런 일을 해주는 회사들이 있어. 어떤 집을 찾는지 알려주면 그들이 여러 가지 제안을 해줘. 우리 일행이 모두 스무 명쯤 되고, 가족마다 하나씩 방이 있어야 하니까 적어도 방이 예닐곱 개 필요하다고 했지. 넓은 거실에다 어머니가 즐길 수 있도록 바다가 보이는 테라스 딸린 집을 원한다고 말했어."

"정말 좋은 곳을 찾아냈어. 비용이 많이 들었을 텐데."

아프사네 숙모가 안절부절못하는 것 같았다. "돈이란 쓰라고 있는 거예요. 해외에 사는 사람들에게 이 정도는 아무것도 아니죠. 돈을 쓸어 담듯이 벌 테니까요."

해외에 사는 가족들은 숙모가 매우 이상한 말을 한 것처럼 놀라서 그녀를 쳐다봤다.

모하마드 삼촌이 할머니를 향해 물었다. "건강은 어떠세요? 제가 말씀드린 대로 검사를 받아보셨어요?"

마리암 고모가 할머니를 모시고 병원에 갔을 때처럼 보고를 하기 시작했다. "응. 검사했어. 검사 결과와 스캔본을 도키가 다 가지고 있어. 그런데 어머니 상태가 좋진 않아. 온몸이 쑤시는데도 관리를 잘 안 하셔. 약도 제시간에 안 드시고. 여기 있는 동안 오빠가 어떻게 좀 해봐."

"나를 수리가 필요한 고장 난 자동차 취급하지 말아라. 나이 많은 거 말고는 잘못된 데가 없어. 괜한 법석을 떨고 있구나."

"그렇게 늙진 않으셨어요, 어머니. 예전과 마찬가지로 지금도 고와요."

할머니의 얼굴이 살짝 붉어졌다. 실제로 몇 시간 전보다 더 젊어 보였다. 사랑과 애정이 사방에 흘러넘쳤다. 항상 기분이 안 좋은 시루스조차 미소를 짓고 있었다. 그들은 할아버지와 하비브 이야기를 하며 약간의 눈물을 흘렸다. 나도 할아버지는 보고 싶었다. 그러나 내게 하비브는 몇 장의 사진에서 본 얼굴밖에 모르는 존재였다.

그들은 어린 시절을 회상하고, 파란색 작은 수영장에 금붕어가 가득했던 옛집을 떠올렸다. 봄이면 정원에 폈던 벚꽃과 초여름날 저녁마다 골목을 지나갔던 아이스크림 장수. 오후에 낮잠을 자지 않고 빠져나가서 어른들의 노여움을 샀던 일과 새하얀 깃이 달린 새 교복을 입고 초조한 마음으로 등교했던 첫날. 첫눈 후 정적이 감돌던 정원의 모습과 얼음으로 뒤덮여 햇빛으로 반짝이던 수영장. 막 학교에서 돌아왔을 때 언 발을 녹여주던 코르시.* 노루즈**를 지내기 위해 키운 콩나무에 나타났던 봄의 첫 신호. 하프트 신*** 상을 차리고 새 옷을 샀던 일. 도시의 번잡한 거리에서 풍기던 새로운 생명의 향기. 어머니가 새해맞이 대청소를 끝낸 후 반짝반짝 빛났던 집의 모습. 일 년 동안 쓸 기운을 다 쏟아냈던 차하르샨베 수리 축제.**** 큰 모닥불을 피워놓고 친척들과 이웃 꼬마들과 함께 모닥불 위를 뛰어넘

---

* 불붙인 석탄을 담은 통을 낮은 테이블 아래 놓고 테이블 위에 담요를 덮어 만든 전통적인 난방 기구. 사람들은 담요 아래 다리를 넣고 이 테이블 주변에 둘러앉곤 했다.
** 춘분에 시작하는 이란의 설날로 봄이 시작됨을 알리는 날. 이 명절을 위해 전통적인 상차림인 하프트 신을 준비하는데 여기에는 귀리와 렌틸, 다른 콩들로 만든 콩나물을 키워서 재배한 채소도 포함된다.
*** 노루즈를 위한 전통적인 상차림. 이 상차림에는 채소, 사과, 식초처럼 페르시아-아라비아어 알파벳으로 '신'을 의미하는 S 자로 시작하는 일곱 가지 품목이 포함된다.
**** 노루즈 전 마지막 수요일 저녁에 거행되는 새해의 서막. 사람들은 대개 불꽃놀이뿐만 아니라 모닥불을 피우고 모닥불 위를 뛰어넘으며 이 축제를 치른다.

었던 일. 할머니에게 빌린 차도르로 얼굴을 가린 채 노래를 부르고 옆집 문을 두드리며 견과와 사탕을 줄 때까지 소동을 벌였던 일.* 자물쇠를 채운 찬장에 숨겨진 빵과 과일을 천진하게 훔쳐 먹었던 일. 어머니와 아버지가 떠나는 손님들을 배웅하며 아이들에게 손님이 남긴 사탕을 호주머니에 채울 시간을 줬을 때의 신났던 순간들. 시즈다 베 다르**를 지내기 위해 도시를 떠나 시골 자연으로 다녀왔던 짧은 여행. 모두가 승자라고 우겼던 배구 경기. 시골로 여름휴가를 다녀오고 뽕나무에서 오디를 따먹었던 일. 가장 높은 가지에 그네를 매달았던 일. 넘어지고 다쳐서 머리가 깨지고 여기저기 흉터가 생겼던 일. 맞지 않는 신발을 신고 산에 올라가고, 옆집 마당으로 계속 떨어지는 공을 줍기 위해 옆집 문을 두드려댔던 일. 학교에서 시험 치다 부정행위를 시도하거나 반에서 일등 하던 친구의 어깨 너머로 몰래 답지를 훔쳐봤던 일. 교장 선생님의 꾸지람을 듣고 수업 중 쫓겨났던 일. 그리고 장난치고 싸우다 엉덩이를 맞고 도망쳤던 일 등 싸움과 화해와 다른 수많은 일에 관한 이야기가 이어졌다. 이 모든 것이 당시에는 충격적이고 무서운 일이었지만

---

* 이것은 단어 뜻 그대로 숟가락 두드리기를 뜻하는 '콰쇼크 자니'라고 불린다. 차하르샨베 수리 날 거행되는 의식으로 아이들이 이웃을 돌아다니며 문을 두드려서 견과와 베리를 얻는다.
** 새해의 열세 번째이자 마지막 날에 이란인들은 이 의식의 일부로서 집을 떠나 자연으로 들어가 야외 소풍을 즐긴다. 이날 하프트 신을 위해 기른 채소를 흐르는 물에 던져 보낸다.

여러 해가 지난 지금은 기억에 남는 즐거운 사건들이 됐다.

이런 이야기는 이전에도 여러 번 들었지만 여전히 재미있었다. 특히 해외에서 온 가족들이 가끔 잘못된 단어를 사용하거나 이상한 억양으로 말하는 것이 재미있었다. 이야기를 들으며 웃었지만 사실 내게는 할 이야기가 없었다. 내 행복한 추억은 어디에 있을까? 내 어린 시절에는 무슨 일이 있었을까?

그날 밤 우리는 모두 사랑과 재회로 기분 좋은 피로감을 느끼며 긴 여행으로 노곤했지만 즐겁게 목적지에 도착했다는 데 행복해하며 잠자리에 들었다. 재회로 한껏 흥분했던 할머니는 깊은 잠에 빠졌고, 새벽 기도도 놓쳤다. 나도 밤새 악몽을 꾸지 않고 푹 잤다. 내 어깨를 짓누르고 있던 짐을 내려놓은 것처럼 몸이 가벼워져서 날아갈 수도 있을 것 같았다.

둘째 날

온 집안에 고르메 사브지(그린 스튜)* 냄새가 진동했다. 튀긴 허브는 테헤란에서 가져온 가장 귀한 물건이었다. 이곳에 오는 내내 할머니는 얼린 튀긴 허브가 기차에서 녹지 않을까 법석을 떨었다. 그런데 실제로 허브가 녹기 시작했다. 기차 감독관에게 부탁했더니 다행히 기차의 냉장고를 사용하게 해줬다. 할머니는 계속 "기차에 허브를 두고 내리지 않도록 신경 써."라고 우리에게 일렀다. 사실 목적지에 도착했을 때 모두 너무 들떠서 허브를 깜빡 잊을 뻔했다. 다행히 아프사네 숙모가 막판에 그것을 기억해냈고, 불쌍한 모흐센 삼촌이 기차로 다시 달려가서 소중한 허브를 찾아왔다.

* 볶은 허브와 고기, 콩으로 만들어서 쌀밥과 같이 내는 페르시아 전통 음식.

모하마드 삼촌은 허브의 강렬하고 따뜻한 향을 들이마셨다. "어머니의 그린 스튜가 너무 먹고 싶었어요. 때때로 꿈도 꿨어요."

시루스가 씩 웃으며 말했다. "그린 스튜가 그렇게 법석을 떨 만큼 대단한 요리는 아니잖아요. 요리책에 있는 조리법대로 따라 하면 직접 만들 수 있을 텐데요."

외국에서 온 가족들은 정오가 되기도 전에 냄비 뚜껑을 수도 없이 열었다 닫았다 하면서 스튜 냄새를 들이마시기도 하고 한 숟가락씩 몰래 떠먹기도 했다. 할머니는 그들의 반응에 흐뭇해했다.

우리 모두 스튜가 다 되기를 기다리며 하루 종일 함께 시간을 보냈다. 아무도 밖에 나가고 싶어하지 않았다. 가능한 한 모두 다 함께 붙어 있고 싶어했다. 아내의 어린 시절에 크게 관심이 없었던 고모부들조차 이야기에 합류해서 함께 웃었다. 어젯밤에는 주로 옛일에 대한 회상이 이루어졌다면 오늘의 화제는 이웃에 사는 면도사 소그라부터, 수도관이 설치되기 전 집집마다 물을 배달했던 하산 베이크에 이르기까지 이란에 남아 있는 사람들의 운명으로 바뀌었다. 그들은 우리가 이미 잊고 있던 사람들에 관해 물었다.

사나즈가 웃으며 말했다. "저분들은 왜 죽은 사람들에 대해 계속 물어보는 거야?"

시루스가 투덜댔다. "이건 그들의 속임수 중 하나야. 23년 전 죽은 삼촌의 처형에 대한 안부는 물으면서 살아 있는 사람들에 대해서는 아무 관심이 없잖아. 자기들이 우리보다 더 이란 사람 같다고 주장하고 싶은 거야….” 시루스는 다 들을 수 있게 큰 목소리로 말을 이어나갔다. “이 사람들이 우리와 같은 나라에 산 게 확실한가요? 어떻게 아는 사람이 아무도 없는 거죠?”

할머니가 미소를 지었다. “쟤 말이 맞다. 어떻게 너희들은 이 사람들을 기억하니?”

모호센 삼촌이 비꼬듯이 말했다. “이 외국인들은 먹고사는 데 문제가 없으니까 기억이 또렷한 거예요. 우리는 하루 종일 너무 많은 일들과 씨름해야 해서 어제저녁에 뭘 먹었는지도 기억이 안 나요.”

모하마드 삼촌이 신중하게 대답했다. “아냐, 그렇진 않아. 우리는 이 기억을 가지고 2, 30년 전에 이란을 떠났어. 그래서 고국에 대해 생각할 때마다 이 기억을 떠올리는 거야. 새롭게 덧붙여지는 게 없어. 이 기억을 워낙 자주 떠올리다 보니 우리 마음에 생생하게 남아 있는 거고. 그런데 너희의 삶은 계속 이어지고 있어. 매일매일의 사건들이 몇 주, 몇 달, 몇 년에 걸쳐서 너희에게 새로운 기억을 만들어 내지. 그 새로운 기억들이 오래된 기억을 덮어버리는 거야. 그게 다른 점이야. 과거를 돌이킬 때면 예전에 알았던 사람들이 생각나. 내게 다른 사람들은 존재하지 않는 것이나 마찬가지야. 그런데 이 기억들은 여러 해에 걸쳐서 너희들 마음속에서 묻혀버렸어.”

모하마드 삼촌은 바닥에 식탁보를 깔고 옛날처럼 모여 앉자고 제안했다. 우리는 식탁보 대신 시트를 깔았다. 놀랍게도 할머니는 우리도 모르게 절인 가지와 신선한 허브, 산가크* 같은 것들을 싸 들고 왔다. 할머니는 가방 안에 멜론을 넣어 오지 못한 것을 아쉬워했다. 할머니가 가방에서 뭔가를 새로 꺼낼 때마다 환호성이 터져 나왔고, 모두 군침을 흘렸다. 점심 식사는 한 시간 넘게 걸렸다. 모두 배가 터지도록 먹었다. 이란에서 온 우리도 덩달아 새로운 음식을 먹는 것처럼 맛이 다르게 느껴졌다.

점심 식사가 끝나고 설거지를 한 다음 우리는 1층의 큰 홀에서 빈둥거리며 시간을 보냈다. 오후에 낮잠을 자는 데 익숙했던 사람들조차 다른 가족들을 두고 방에 들어가고 싶어하지 않았다. 몇 사람은 쿠션에 머리를 대고 누워 그곳에서 낮잠을 잤다. 시루스와 사나즈, 나데르는 컴퓨터를 하느라 여념이 없었다. 나머지 아이들은 테라스에서 놀았다. 불쌍한 아르데시르만 어디도 끼질 못했다. 제일 어린아이들 무리에 끼기에는 나이가 너무 많았고, 나이 든 무리에 끼기에는 너무 어렸기 때문에, 결국 양쪽 모두에 골칫거리이자 성가신 존재가 되고 말았다.

해외에서 온 가족은 이런저런 일을 하며 낮잠을 자는 사람들이 깨기를 기다렸다. 그러나 그들이 오후 늦게까지 깨

---

* 진흙 화덕 속 달군 돌 위에서 구운 페르시아의 전통 빵.

지 않자 결국 기다리지 못하고 마흐나즈 고모가 잔소리를 시작했다. "도대체 얼마나 오래 자려는 거야? 해가 지고 있잖아. 함께 보낼 수 있는 시간이 얼마 되지도 않는데 그걸 낭비하다니."

나데르가 말했다. "어떻게 이런 낮시간에 잘 수 있어요?"

샤파키 고모부가 절레절레 고개를 흔들었다. "이게 바로 이란이 발전하지 못하는 이유 중 하나야. 사람들이 계속 잠들어 있어."

메흐디 삼촌이 웃음을 터뜨렸다. "무슨 말씀이세요? 나라마다 기후와 지형 때문에 생겨난 고유의 풍습이 있어요. 덥고 햇볕이 잘 드는 나라에서는 오후 낮잠이 흔해요. 햇빛을 조금이라도 쬐고 싶은 우리와는 달라요."

한 시간 후, 우리는 밖으로 나가 테라스에 앉아서 다른 가족이 선물로 가져온 맛있는 초콜릿과 함께 차를 마셨다. 마흐나즈 고모가 찻잔을 치우자 마리암 고모는 테이블 위에 견과를 담은 큰 그릇을 올려놓았고, 끝나지 않을 대화가 다시 시작됐다. 마침내 양쪽 모두가 알고 있는 사람들의 운명을 검토하는 것이 끝났고, 이제는 가십 시간이 됐다. 기이하고 예상치 못한 소식일수록 더 좋았다. 마흐나즈 고모와 아프사네 숙모는 이 분야의 전문가였다.

"시린 베흐루지가 남편과 이혼하고 대신 시동생하고 결혼한 걸 알고 있어요?"

"농담이겠지!"

"정말이에요! 내 말을 못 믿겠으면 모흐센에게 물어봐요. 모흐센, 누나에게 말해줘요."

"그런데 아마니의 아내 소그라는 아직도 잘난체하니?"

"지금은 소니아로 불려요."

"뭐라고? 소그라에서 소니아가 됐어?"

마리암 고모가 그녀의 걸음걸이를 흉내 냈고 우리는 웃음을 터뜨렸다.

"물라 마흐무드의 딸이 의사라는 건 알아요? 이제는 완전히 상류층이 돼서 더 이상 우리 같은 평민하고는 어울리지 않아요."

"신흥 부자에게 흔히 일어나는 일이야."

"로켓이 마흐무디의 집에 떨어졌다는 소식 들었어요? 며느리하고 손주 셋이 즉사했대요."

"세상에! 너무 끔찍해! 그런데 마흐무디가 누군데?"

"마흐무디 씨는 아버지의 친구이자 동료였는데 기억 안 나요?"

마흐나즈 고모가 대답했다. "안 나. 내가 아는 사람들이 아닌 것 같아. 그런데 샴시 숙모는 어떻게 지내시지? 아직 살아 계신 거지?"

"그럼요. 아주 나이가 많으시지만 다행히도 괜찮아요."

"나는 그 숙모를 안 좋아했어."

모두가 놀라서 고개를 돌리고는 마흐나즈 고모를 쳐다봤다. 마리암 고모가 말했다. "가엾은 샴시 숙모! 왜? 항상 굉장히 다정하셨는데."

"전혀 다정하지 않아. 모하마드, 기억하지? 어느 날 숙모가 빗자루를 들고 우리한테 달려들었던 거 말이야." 우리는 조용해졌다. 다들 샴시 숙모가 모두를, 특히 우리 가족을 힘닿는 한 도와주는 상냥하고 정 많은 사람이라는 걸 알고 있었기 때문이다.

할머니가 고모를 꾸짖었다. "그렇게 앙심을 품으면 못써. 그때는 너희들이 어려서 가끔 못된 짓을 했잖니. 그리고 그 사람도 성깔이 있었어. 아마도 너희가 뭔가 그녀를 화나게 했을 거야. 그래서 겁을 주려고 그랬겠지…." 할머니는 목소리를 낮춰서 말을 이어나갔다. "하느님이 그녀를 보살펴 주시면 좋겠다. 힘들 때 너희 숙모가 나를 많이 도와줬어."

마리암 고모가 덧붙였다. "메흐디가 친구들과 탈영했을 때 숙모가 걔들을 석 달 동안 숨겨줬잖아요. 맞지, 메흐디?"

"불쌍한 숙모! 밤마다 정원에서 보초를 서주셨어. 숙모는 자기가 우리를 안전하게 지켜주고 있다고 생각하셨으니까. 때로는 작대기를 들고 돌아다니셨어. 그걸 보고 우리가 웃었지. 가서 주무시라고 계속 말씀드렸어. 설사 그들이 우리를 찾아낸다 해도 숙모의 작대기를 보고 놀라 도망가지는 않을 거라면서. 그런데도 우리 말을 안 들으셨어. 마침내 서류 작업이 끝나서 우리가 숙모 댁을 떠날 수 있게 됐을 때 울기까지 하셨어. 보고 싶을 거라면서."

마흐나즈 고모가 우리에게 이상한 시선을 보냈다. 샴시 숙모에 대한 말을 믿을 수 없다는 눈빛이었다. 마흐나즈 고모가 주제를 바꿨다. "코브라는 어떻게 지내요? 그녀와 연락이 돼요?"

우리는 서로를 바라보며 코브라가 누구인지 궁금해했다. 할머니가 큰 소리로 물었다. "코브라가 누군데?"

"우리가 살던 동네 길 끝에 살았잖아요. 기억 안 나세요?"

"아, 생각났다. 마지막으로 소식을 들은 게 4, 5년 전이었어. 양로원에 들어갔는데 아직 살아 있는지 모르겠다."

"불쌍한 아주머니. 그분이 그렇게 나이가 많진 않았던 것 같은데요. 마지막 작별 인사를 했을 때만 해도 정정하셨거든요. 저한테 알발루 폴로(신 체리를 넣고 지은 쌀밥)도 만들어주시고, 특제 피클도 한 병 주셨어요."

"애야, 네가 마지막으로 온 게 27년 전이었다! 설사 그때 예순 살이었다고 해도 지금쯤 여든일곱 살이 됐을 거야."

"저는 그분을 정말 좋아했어요. 자식을 가져보지 못한 분이었지만 절 친자식처럼 대해주셨어요. 옷도 만들어주고 맛있는 밥도 해주셨어요. 그분도 나이가 들 거라는 생각을 왜 못했는지 모르겠어요. 저는 오로지 부모님이 나이 드는 것만 걱정했어요. 부모님을 다시는 못 만나는 악몽도 꾸고요. 코브라가 늙거나 죽는다는 생각은 전혀 못 했어요. 그저 항상 도움을 주는 사람으로만 생각했어요. 어렸을 때 받지 못한 관심과 애정을 메워줄 사람으로요."

모흐센 삼촌이 놀라서 고모를 쳐다봤다. "어렸을 적에 관심과 애정을 못 받았다고? 누나가 큰딸이라 모든 게 누나 좋을 대로 맞춰졌는데. 누나는 군지휘관처럼 우리 모두에게 명령을 내렸어. 그리고 엄했고…."

"누가? 내가? 내가 원하는 것에 아무도 관심을 기울이지 않았어. 나는 밑으로 번잡스러운 남동생이 셋이나 딸린 장녀여서 할 일이 많았어. 어머니는 항상 임신해 있거나 수유 중이었고. 나한테는 어머니를 도와야 할 책임이 있었어."

할머니가 이의를 제기했다. "내가 출산을 스무 번쯤 한 것처럼 말하는구나. 너희 여섯밖에 안 낳았다."

"여섯뿐이라고요?"

"그때는 대부분 자식을 그 정도는 뒀다. 한두 아이만 낳는 가정은 흔치 않았어. 너 같은 경우는 뒤로 네 아이가 태어났기 때문에 조금 힘들었을 거야. 그리고 마흐나즈, 너는 남동생들 꾸짖는 것 말고는 나를 도와준 게 하나도 없었어. 그래도 나는 네 동생들이 네 말을 잘 따르도록 항상 네 편을 들어줬다."

모하마드 삼촌이 자기 쪽 입장을 피력하기 시작했다. "너 때문에 우리가 얼마나 두들겨 맞았는데. 모흐센, 쟤가 없는 말을 지어내서 고자질하는 바람에 우리가 곤경에 빠졌던 거 기억나지?"

"나는 그런 짓을 한 적이 없어! 남자애들이 말썽 피워대며 맞을 만한 짓을 했잖아."

할머니가 다시 주제를 바꿨다. "그렇지만 너는 어린 동생들을 사랑했어. 네가 숙제는 제쳐두고 항상 마리암을 데리고 놀아줬던 걸 기억한다."

"마리암과 메흐디가 태어났을 때 저는 이미 컸으니까요. 동생들 봐주는 게 좋았어요. 특히 마리암은 너무 예뻤어요. 인형하고 노는 것 같았어요. 그런데 메흐디는 사실 많이 봐주질 못했어요. 그 애가 아직 꼬마일 때 제가 결혼했으니까요. 그렇지만 모하마드와 모흐센, 하비브는 정말로 절 힘들게 했어요."

모하마드 삼촌이 이의를 제기했다. "너는 자신을 희생자라고 주장하고 있지만, 사실 네가 대장 노릇을 하면서 우리가 놀고 싶은 대로 놀지도 못하게 했어. 항상 우리를 고자질하고 하비브를 때리곤 했어. 제일 어렸으니까." 모두 조용해졌다. 모하마드 삼촌이 잠깐 뜸을 들이다 말을 이어나갔다. "불쌍한 하비브. 진짜로 착한 아이였는데. 난 그 애를 정말 사랑했다."

하비브 이야기가 나올 때마다 방 안에 슬픈 정적이 흐르곤 했다. 모두 일어나서 뭔가 바쁘게 움직였다. 마리암 고모는 안으로 들어가서 차를 따랐고 아프사네 숙모는 테이블로 수박을 들고 와서 자르기 시작했다. 모하마드 삼촌은 할머니의 약과 물잔을 가져왔다.

반 시간이 지나 우리는 다시 모였다. 할머니가 마이클에게 손짓하며 아주 천천히 말했다. "애야, 이리 와서 앉으렴. 이 아이는 완전히 외톨이야. 우리가 하는 말을 전혀 알아듣지 못할 테니 지겨울 거야."

모하마드 삼촌은 마이클 대신 대답할 책임을 느낀 것 같았다. "페르시아어를 알아듣긴 하지만 말은 못 해요."

"정말이니? 얘야, 알아들을 수는 있어?"

마이클이 미소를 지으며 할머니 옆에 앉아 편하게 대답했다. "네!"

할머니가 양손으로 그의 얼굴을 감싸며 입맞춤했다. "착한 아이로구나. 나데르도 이리 와서 내게 키스해다오."

사나즈가 웃으며 말했다. "새로운 사람들이 오니까 우리는 중고품 같아요."

"너희들 모두 내 마음속에 특별한 자리를 차지하고 있단다."

"그렇지만 새 손주들이 오고 나서는 저희를 거들떠보지도 않으시잖아요. 그렇지 않아, 도키 언니?" 사나즈가 큰 소리로 웃으며 말했다.

"여기에 도키를 끌어들이지 마라. 그 애는 다른 애들과 다르다."

"어련하시겠어요! 제가 깜박했네요! 도키 언니는 워낙 특별해서 다른 손주들과 비교하면 안 되죠!"

"그래. 그러니까 샘내지 말거라. 도키는 나한테 딸이면서 손녀다. 모든 손주에게 그렇게 하진 못했지만, 옆에 있던 손주들은 태어난 후 줄곧 안아주고 입맞춤을 해줬다. 그런데 이 손주들은 오랫동안 못 봤잖니?"

모하마드 삼촌이 막 뭔가를 기억해낸 것 같았다. "그런데 악바리 집안은 어떻게 지내요?"

"누구?"

"악바리 집안요. 아버지의 사촌 아닌가요? 그 집안 사람들과 항상 잘 지냈잖아요. 기억 안 나세요? 여름이면 그 집 과수원에 가곤 했는데."

나는 사나즈와 시루스를 쳐다봤다. 시루스가 고개를 저었다. "할아버지 집안에 과수원을 운영하는 사람이 있다는 이야기는 못 들어봤어요. 할머니, 이 사람들을 알고 계셨어요?"

모흐센 삼촌이 쓸쓸하게 말했다. "예전에는 알았는데 이제는 아니야."

"무슨 말이야? 그 사람들이 죽었어?"

"아니, 그렇지만 그게 더 나을지 몰라."

"왜?"

"그들은 우리와 모든 관계를 끊었어. 우리와 어울렸다고 해서 곤경에 처했나 봐. 그 집 아들 카림을 기억해? 모하마드 형과 동갑인데, 지금 여러 직책과 지위를 맡고 있어. 상류층 사람들과 친분이 많대. 직책은 여러 번 바뀌었지만 여전히 잘나가고 있지. 지금 테헤란의 절반 정도가 그 사람 소유야."

"그런데 그게 우리랑 무슨 상관이 있어?"

"혁명 후에 그 사람들이 강경파 이슬람교도로 바뀌었어. 그들은 우리를 충분히 좋은 이슬람교도로 여기지 않아."

"믿을 수가 없어! 카림과 함께 내 인생 처음으로 술을 마셨는데. 그 애 아버지가 술을 감춰둔 곳에 몰래 들어갔던 기억이 나."

"지금은 어떤지 직접 봐야 해. 자기네 집에서 날마다 다른 종교의식을 치르고 있어. 그리고 그 집안 아내들은 혁명 전에 스카프를 두르지 않고 찍은 사진을 모두 없애버렸대. 그리고 스카프를 쓰지 않고 찍은 자기네 사진을 다른 사람에게도 보여주지 말라는 메시지를 가족 전체에게 보냈대."

시루스가 말했다. "자기들 얼굴이 시선을 끌 만큼 괜찮게 생긴 줄 아나 봐요. 그 집안 사람 중에 엘리자베스 테일러처럼 생긴 사람은 아무도 없는데."

하미디 고모부가 진지한 어조로 말했다. "머리에 스카프를 두르지 않은 이슬람 여성을 절대 쳐다봐선 안 돼요. 특히 그렇게 말한 여성은요."

"사진 찍는 동안에는 괜찮았나 보죠?"

"당시에는 종교 규율을 제대로 따르지 않았겠죠. 이제는 회개하고 올바른 길로 인도된 거고요. 회개는 언제나 가능해요. 더 많은 사람에게 그런 기회가 오면 좋겠어요."

모흐센 삼촌의 가족뿐만 아니라 해외에서 온 가족 모두 하미디 고모부를 경멸하는 시선으로 쳐다봤다. 샤파키 고모부가 이를 악물었다가 말했다. "이런 카멜레온 같은 놈들은 나라 상황을 이용하기 위해 색깔을 바꿔요. 그렇게 해서 부자가 된 거예요."

할머니는 먼 곳을 바라보고 있었다. 가족들의 대화를 전혀 듣고 있지 않은 것이 분명했다. 할머니가 느리고 슬픈 목소리로 말하기 시작했다. "하비브가 어떤 상황인지 보러 갔을 때 그 애는 날 모르는 사람 취급했어. 사무실에서 날 쫓아내더구나. 날 안다는 사실을 직장에 밝히지 않는 게 좋다고 생각했겠지. 그날 밤 네 아버지가 그 애 집으로 찾아갔어. 그런데 얼굴이 백지장처럼 하얗게 질려서 돌아오는 거야. 살이 10킬로는 빠진 것처럼 보였어. 네 아버지는 무슨 일이 있었는지 알려주지 않았어. 밤새 담배를 피우며 정원을 서성대더구나. 그 이후로 우리는 그 애들 이야기는 입도 벙긋하지 않았어. 연줄이 닿아서 하비브를 구할 힘이 있었지만, 네 아버지는 손가락 하나 까딱하지 않았다."

셋째 날

"이틀 동안 쉬면서 먹기만 했으니 오늘은 말끔히 치워보자." 할머니가 우리에게 최후통첩을 내렸다.

사나즈가 내 귀에 대고 투덜댔다. "할머니는 진공청소기 없이는 살 수가 없나 봐."

마리암 고모가 명랑하게 대답했다. "어머니 말씀이 절대적으로 옳아요. 우리가 여기 도착한 날 모든 게 얼마나 반짝거렸는지 다들 기억하죠? 냉장고 안이 먹을 걸로 가득 차 있었다는 것도요? 이제는 엉망진창이 된 데다 냉장고 안이 텅텅 비었어요."

아프사네 숙모가 말을 이어받았다. "맞아요! 이틀 동안 집 밖으로 나가질 않았어요. 해외여행을 왔는데 집안에서만 시간을 보낼 수는 없어요. 이걸 알면 고향 사람들이 우릴 놀릴 거예요!"

모하마드 삼촌이 대답했다. "아직 이틀도 안 됐어요. 첫날 여기 도착했을 때는 거의 저녁이었으니까요. 게다가 쇼핑이나 관광 대신 같이 시간을 보내는 것이 더 좋지 않았나요?"

마흐나즈 고모가 의견을 말했다. "둘 다 하면 되지. 가까운 섬에 당일치기 보트 여행을 예약해뒀어. 섬이 매우 아름답대."

할머니는 미소를 지으며 할 일이 있으니 남자들은 나가라고 명령했다. 사나즈가 불평했다. "우리가 일하는 동안 남자들은 나가서 재미있게 논다고요?!"

시루스가 웃었다. "물론이지! 어쨌든 남자와 여자 사이에는 차이가 있다는 거야!" 사나즈가 시루스 뒤를 쫓아 뛰어가며 자기 엄마가 넘겨준 먼지떨이를 그의 머리에 던졌다. 나는 자기감정을 쉽게 표현하는 사나즈가 부러웠다.

나데르가 진지한 어조로 말했다. "시루스 말이 맞아요. 이건 불공평해요. 우리도 거들어야 해요."

마리암 고모가 대답했다. "아니야, 이게 더 나아. 남자들은 상황을 악화시키기만 할 뿐이야."

샤파키 고모부가 머리를 저으며 말했다. "이 문화에는 정의와 평등의 흔적이라곤 눈곱만큼도 없어요. 그래도 이건 마음에 드네요." 남자들은 웃으며 테라스로 나가서 이야기를 계속했다.

마흐나즈 고모가 말했다. "어머니도 나가세요. 청소는 우리가 맡아서 할게요."

마리암 고모는 흩어져 있는 물건들을 정리하고 욕실 청소를 맡았다. 사나즈는 먼지를 털고 나는 진공청소기를 돌렸다. 아프사네 숙모는 설거지를 하고, 마흐나즈 고모는 주방과 냉장고를 청소한 다음 장보기 목록을 작성했다. 물 흐르는 소리가 들려왔다. 모하마드 삼촌이 테라스를 청소하고 있었다. 할머니는 한 침대에 앉아서 마이클과 나데르와 이야기를 나누고 있었다. 물론 요즘에는 특별히 웃기지 않아도 할머니가 잘 웃긴 하지만 그들이 무슨 말을 하길래 할머니가 저토록 큰 소리로 웃는지 알 수가 없었다. 할머니가 마이클과 소통하는 방식은 매우 재미있었다. 마이클은 한마디도 하지 않고 듣기만 했고 할머니는 그것에 이미 익숙해져 있었다. 마이클의 반응을 기다리지도 않았다. 할머니는 뭔가를 물을 때면 살짝 청각 장애가 있는 아이를 대하듯이 쉬운 단어를 사용해서 더 큰 목소리로 말했다. 그런 다음 자기가 한 질문에 자기가 답하면 마이클은 그저 머리를 끄덕이며 미소를 지었다.

마침내 집안일이 끝났다. 우리는 준비를 마치고 밖으로 나갔다. 할머니가 다리가 아프다며 집에 있겠다고 하자, 모하마드 삼촌이 옆에 남아 있겠다고 말했다. 아마도 두 사람이 미리 그렇게 하기로 계획을 짠 것 같았다. 나는 두 사람에게 단둘이서 이야기하고 싶은 것들이 있을 거라고 확신했다.

우리는 상당히 먼 길을 걸었다. 사나즈는 평소보다 더 행복하고 신나 보였다. 날개라도 단 것처럼 우리 앞에서 걸어갔다. 지난 며칠 동안 사나즈가 얼마나 아름다운지 깨달았다. 내가 사나즈보다 스무 살은 더 나이가 많은 것처럼 느껴졌다. 나데르와 시루스가 그녀에게 다가가자, 셋이 함께 웃었다. 그들은 분명히 즐겁게 시간을 보내고 있었다. 우리와 그들 사이의 간격이 점점 더 커졌다.

마이클은 우리보다 먼저 아들과 함께 집을 떠났다. 모하마드 삼촌은 마이클이 누군가를 만나러 갔다고 했지만, 도대체 이 이국땅에서 마이클이 누구를 아는 거냐고 아무도 묻지 않았다. 마이클이 자기는 다른 가족과 너무 다르다고 생각해서 우리와 어울리고 싶지 않은 것일 수도 있었다. 아니면 우리를 동등한 존재로 생각하지 않는 것일 수도 있었다. 어쨌든 우리는 제3세계 출신이지만 그는 미국인 어머니 덕택에 우리보다 우월한 존재라 할 수 있었다.

아이들은 여기저기를 뛰어다니며 이것저것 물건을 사달라고 부모를 졸라댔다. 마흐나즈 고모는 모흐센 삼촌과 아프사네 숙모 곁으로 다가가서 말했다. "애들이 정말 많이 자랐어. 너무 멋지고, 잘생기고, 매력적이야."

아프사네 숙모의 얼굴이 밝아졌다. "그렇게 좋게 봐주셔서 감사해요."

"진심이야. 그런데 큰고모니까 작은 흠 하나만 지적해도 되겠지? 괜찮을까?"

모흐센 삼촌이 대답했다. "물론이지, 말해봐."

아프사네 숙모의 얼굴에서 웃음기가 사라졌다. "왜, 무슨 일이 있었어요?"

"아니, 아무 일도 없었어. 다만 애들이 말을 좀 이상하게 하는 것 같아서."

"어떻게요?"

"무례한 말을 하는 것 같아."

"애들이 안 좋은 말을 썼나요? 야한 말을 했어요?"

"아니, 그런 게 아니고. 그냥 애들이 길거리 말투를 쓰는 것 같아. 우리가 어렸을 때는 그런 식으로 말한 적이 없었어. 특히 우리 여자애들은 안 그랬어. 저렇게 예쁘게 생긴 사나즈가 막노동꾼처럼 말하다니."

아프사네 숙모의 얼굴이 빨개졌다. "그렇게 두루뭉술하게 말하지 말고 예를 들어보세요. 그 애가 뭐라 말했는데요?"

"모르겠어. 예를 들면, 애들이 자꾸 '병신', '빌어먹을', '죽여주네', '열나게 짜증 나' 같은 표현을 쓰더라고. 어제는 사나즈가 보트 여행에 대해 이야기하다가 '나데르가 죽여줘요.'라고 했어. 그 말을 듣고 내 얼굴이 화끈거리더라니까. '끝내준다'라거나 '영계'라거나, 암튼 애들이 쓰는 말을 반 정도는 알아들을 수가 없겠더라고."

아프사네 숙모가 놀라서 마흐나즈 고모를 쳐다봤다. "또 없어요?"

"그게 전부야!"

"그게 무례한 말이라는 거예요?"

"응, 맞아."

이란에서 온 가족들은 웃음을 터뜨렸고 다른 사람들은 실망한 표정으로 우리를 쳐다봤다. 아프사네 숙모가 시루스와 사나즈를 가까이 불렀다. "상스러운 표현을 쓴 것에 대해 고모한테 사과해라."

사나즈는 어리둥절한 모양이었다. "제가요? 제가 뭐라고 했는데요?"

우리는 마흐나즈 고모가 한 말을 하나씩 다시 말해줬다. 그런 다음 각자 마흐나즈 고모에게 이 표현들이 실제로 무슨 의미인지 설명해줬다. 고모는 충격을 받은 것 같았다. "그렇지만 아름다운 우리말이 파괴되고 있잖아! 한편에서는 정부 수반들이 사전에도 안 나오는 특이하고 복잡한 단어들을 사용해가며 공식 연설을 하는데, 다른 한편에서는 상스럽게 들리는 이런 비속어를 쓰고 있어. 나는 이런 단어들을 절대 안 쓸 거야!"

모호센 삼촌이 말했다. "알아서 해. 그런데 언어는 살아 있는 생명체와 같아서 시간에 따라 변하고 발전하는 거야. 어떤 단어는 추가되고 또 어떤 단어는 사라지기도 하고. 언어는 시대마다 특이한 형태를 띠지. 그래서 어떤 텍스트가 언제 쓰였는지 추정할 때 전문가들이 이 방법을 쓰는 거야. 누나가 떠난 지 거의 30년이 됐잖아. 이 시간 동안 우리말은 당연히 변했는데 누나가 알고 있는 우리말은 과거에 멈춰 선 거야."

우리는 쇼핑을 마치고 아늑한 카페에서 샌드위치를 먹으며 웃고 떠들다가 집으로 향했다. 할머니는 테라스에 놓인 한 침대에 앉아 있었다. 모하마드 삼촌은 할머니의 무릎을 베고 누워 있었고, 할머니는 모하마드 삼촌의 머리를 쓰다듬으며 자장가를 부르고 있었다. 삼촌은 아기처럼 웅크리고 깊이 잠들어 있었다. 우리가 도착해 소란스러워지자 삼촌이 잠에서 깨어나 당황해하며 일어나 앉았다. 내 눈에 눈물이 차올랐다. 마이클은 우리보다 늦게 돌아왔다. 그는 인사도 없이 혼자 복도로 걸어 들어갔다. 그의 아들은 다른 아이들과 함께 정원에 남아 있었다.

앉아서 막 차를 마시려는 순간 밖에서 소란스러운 소리가 들렸다. 소마예가 울면서 들어와 엄마인 마리암 고모에게 다가가자, 메이삼이 얼굴을 찡그리며 따라 들어왔다. 샘과 사라는 아버지인 하미디 뒤로 가서 섰다. 대니얼은 메흐디 삼촌에게 가서 아버지의 팔에 매달렸다. 닉은 어리둥절해서 주변을 둘러보고 있었다. 마이클이 닉에게 다가가 아이를 안아 올렸다. 할머니가 물었다. "애들한테 무슨 일이냐?"

아이들 모두 동시에 말을 시작했다. 야단법석이 났다. 모두가 각자 다른 언어로 말했다. 마흐나즈 고모와 샤파키 고모부는 프랑스어로 말하는 사라와 샘의 이야기를 들었다. 대니얼은 내가 한 번도 들어본 적 없는 스웨덴어로 이야기했고 닉은 자기 아버지와 할아버지에게 영어로 뭔가를 설명하고 있었다. 그리고 마지막으로 소마예와 메이삼은 페르시아어로, 다른 아이들이 자기들을 놀리고 놀이에 끼워주지 않았으며 소마예의 머리에 돌을 던졌다고 설명했다.

모두 그들을 쳐다보고 있을 때 시루스가 말했다. "이게 무슨 난리야!"

모흐센 삼촌이 웃으며 말했다. "도키, 이거 보니까 뭐 생각나는 거 없니?"

"알라가 말씀하시길, '자, 우리가 내려가서 그들의 말을 뒤섞어놓아, 서로 남의 말을 알아듣지 못하게 만들어버리자.' 바벨탑요."

사나즈가 말했다. "너희는 서로 말도 못 알아들으면서 어떻게 같이 놀 수 있니?"

시루스가 대답했다. "쟤들은 노는 게 아니라 싸우는 거야. 그리고 싸울 때는 공용어가 필요하지 않아. 사실, 서로 이해하지 못할수록 더 쉽게 상대를 미워할 수 있으니까. 이게 더 잘 싸우는 방법이야."

부모들은 각자 아이들을 달래려 애쓰고 있었다. 아르데시르가 컴퓨터를 보다 일어서서 말했다. "제가 애들을 해변으로 데리고 갈까요?"

"안 돼! 너무 위험해. 게다가 너는 걔들 말을 알아듣지도 못하잖아."

"머리를 한 대씩 쥐어박죠, 뭐. 그게 만국 공통어잖아요."

시루스가 말했다. "그래, 맞아! 그런데 이 아이들은 우리보다 우월한 사람들 자식이야. 네가 걔네 몸에 손가락 하나라도 댄다면 저 사람들이 네 모가지를 잘라버릴 거야."

우리는 아이들에게 아이스크림을 준 다음 다시 밖으로 내보냈다. 할머니는 실망스러워했다. "너희 자식들은 어떻게 페르시아어를 못 알아들을 수가 있니? 그게 쟤들 모국어인데." 이란에서 온 가족은 힐난하는 눈빛으로 할머니의 말에 수긍했다.

모하마드 삼촌이 말했다. "맞는 말씀이에요. 저도 아들이 제 언어를 배우길 바랐어요. 캐롤라인도 이 문제에 대해 저와 같은 의견이었고요. 캐롤라인이 처음 이란에 왔을 때 페르시아어를 얼마나 잘했는지 기억하시죠? 시간이 지나면서 더 잘하게 됐어요. 마이클과 있을 때면 페르시아어를 썼고요. 그런데 캐롤라인이 세상을 떠난 후 여러 보모가 마이클을 키웠어요. 저는 아이에게 페르시아어를 가르칠 시간도, 기운도 없었고요. 항상 일하러 나가 있었으니까요. 그래서 그 문제는 다 잊어버렸어요. 제 아들이 페르시아어를 한마디도 들어본 적이 없는 것은 당연한 일이에요."

메흐디 삼촌이 쓴웃음을 지으며 말했다. "우리 아이들 엄마는 이란인인데도 스웨덴어를 더 잘하고 싶어서 고집스럽게 아이들한테 페르시아어를 못 쓰게 했어요. 아이들이 다른 여러 유럽 언어도 배우면서 페르시아어까지 배우면 혼란스러울 수 있다는 게 애들 엄마 철학이었죠. '이 후

진적인 언어가 애들에게 무슨 소용이 있겠어? 이란과 몇몇 후진국 말고는 아무 데서도 안 쓰는데! 대신 독일어나 프랑스어를 배우는 게 나아!'라고 말하면서요."

모흐센 삼촌이 놀란 것 같았다. "제수씨가 아이들에게 이란 문화를 가르치고 싶어하지 않는다는 말이야?"

"생각도 하기 싫은 일이에요! 무슨 일을 겪었는지 모르겠지만 그 사람은 우리 문화 전체가 부정과 사기, 아첨과 거짓말에 뿌리를 두고 있다고 믿고 있어요. 애들 엄마는 우리 아이들이 이란 문화에 대해 아무것도 모르는 편이 더 낫다고 생각해요."

우리가 메흐디 삼촌을 경악한 표정으로 바라보자 삼촌이 목소리를 낮추고 말을 멈췄다.

마흐나즈 고모가 말했다. "저희 아이들은 페르시아어를 아주 잘해요. 말할 때 억양이 살짝 이상하긴 하지만 페르시아어를 전부 알아듣긴 해요. 나데르가 페르시아어를 얼마나 잘하는지 봤죠?"

샤파키 고모부가 말했다. "페르시아어는 당신 아이들이 배운 첫 번째 언어요. 당신이 이란을 떠났을 때 아이들이 다섯 살이었으니까. 해외에서 태어난 아이들은 달라요. 내 아이들은 파리에서 태어났지만 페르시아어를 알아듣긴 해요."

아프사네 숙모가 놀라며 말했다. "진짜요? 그런데 왜 아무 말도 안 해요? 애들 입에서 페르시아어가 나오는 걸 한마디도 들어보질 못했어요."

"말할 때 억양이 이상하니까 부끄러울 거예요. 다른 사람들이 비웃지 않을까 걱정하면서요."

시루스가 평소처럼 철학적으로 이야기하기 시작했다. "그 아이들이 페르시아어를 쓰지 않는 것은 페르시아어가 자기들 신분에 어울리지 않는다고 생각하기 때문일 거예요. 프랑스어를 사용하면 다른 아이들에게 과시도 할 수 있고, 자신들이 다른 아이들보다 더 낫다는 것을 증명할 수 있으니까요. 그것이 그 아이들에게 우월감을 부여해주는 거죠."

"우월감이라고? 어떻게?"

"다른 아이들은 프랑스어를 모르지만 그 애들은 다른 아이들이 하는 말을 알아들을 수 있잖아요. 이것은 다른 아이들이 갖지 못한 이점이죠. 다른 아이들보다 우월하다는 기분도 들게 해주고요. 마치 전쟁 중에 적의 암호를 푸는 것과 같아요. 나는 적의 교신 내용을 다 이해할 수 있는데 적은 내 교신 내용을 알 수 없으니까요."

창밖을 내다보니 아이들이 정원에 홀로, 혹은 짝을 지어 흩어져 있었다. 각자 뭔가 하느라 바쁜 척하고 있었지만, 그들의 관심이 온통 다른 아이들에게 쏠려 있다는 것이 뻔히 보였다.

넷째 날

 우리에게는 계획도 없었고, 서로 할 말도 다 떨어졌다. 화려한 가게들에 이끌려서 아프사네 숙모와 마리암 고모는 시내로 나갔다. 해외에서 온 가족은 쇼핑 때문에 들뜬 우리를 보고 약간 우스꽝스럽다고 생각하는 것 같았다. 집안일을 모두 마친 다음 할머니는 이란에 살지 않는 자식들과 함께 바닷가를 산책하기로 했다. 나는 젊은이들과 함께 나가서 물가의 파라솔 밑에 앉았다. 햇볕이 뜨거워서 물에 들어가고 싶은 마음이 굴뚝 같았지만 수영복을 입기가 민망했다. 그렇다고 옷을 입은 채 물에 들어가면 더 우스워 보일 테고. 나는 나 자신에게 너무 많은 제약을 가하고 있었다.
 사나즈와 나데르는 어디론가 사라져버렸다. 시루스는 아이들과 물놀이를 했고 나는 그들을 바라보고 있었다. 그들에게는 이 순간을 즐기는 것이 쉬운 것 같았다. 나는 왜 그런 걸 배우지 못했을까? 다른 가족과 함께 시내에 갔더라면 더 좋았을걸 하는 생각이 들었다. 나는 집으로 걸어 돌아왔다. 메흐디 삼촌이 문을 열어줬다. 삼촌은 할머니가 이미 출발했고 자신도 막 떠나려던 참이었다고 했다. 나더러 같이 가자고 했지만 그러고 싶지 않았다. 밥 짓는 냄새가 집안 전체에 진동하고 있었다. 점심 식사 전에는 모두 돌아올 예정인 것 같았다. 두 시간 동안 혼자 있어도 상관없었다. 나는 옷장을 정리하고 샤워를 한 다음 앉아서 글을 썼다. 12시가 되자 할머니와 나머지 가족이 돌아왔다. 점심으로 케밥을 만들어서 밥을 곁들여 먹은 다음, 오후에는 관습대로 낮잠을 잤다.

날이 서늘해져서 테라스로 나갔다. 일몰 때라 하늘이 놀라운 색으로 불타오르고 있었다. 시내로 갔던 사람들이 한 시간 일찍 돌아왔다. 나는 테이블 위에 일기장을 펼쳐놓고 구석에 앉았다. 모흐센 삼촌과 아프사네 숙모가 정원 울타리 뒤에서 이야기를 나누고 있었다. 아프사네 숙모의 목소리가 높아졌다. "왜 계속 변죽만 울리고 있어요? 당신이 못하면 내가 할게요…."

모흐센 삼촌이 뭔가 말했지만 잘 들리지 않았다. 아프사네 숙모가 말을 계속했다. "그렇게 큰 문제도 아니잖아요. 조카를 도와주는 건 그가 마땅히 해야 할 도리예요. 우리가 그 애를 완전히 책임져달라고 부탁하는 게 아니잖아요. 그냥 그 애가 자립할 때까지만 돌봐달라는 거예요. 돈이 그렇게나 많은데 그 정도쯤은 큰 문제가 되지도 않을 거고요!"

나는 그들이 누구 이야기를 하고 있는지 알고 있었다. 나머지 대화도 마저 듣고 싶었지만 모흐센 삼촌 때문에 마음이 불편했다. 나는 그들에게 내 존재를 알리려고 기침을 몇 번 했다. 효과가 바로 나타났다. 두 사람이 조용해지더니 계단을 올라와서 안으로 들어갔다. 나는 다시 일기를 쓰기 시작했다.

모하마드 삼촌이 내 머리에 손을 얹었을 때 기분 좋게 따뜻한 느낌이 들었다. 삼촌이 내 머리를 쓰다듬으며 물었다. "뭘 하고 있니, 애야?"

"요즘이 제 인생 최고의 날들인 것 같아요. 이 시간을 그냥 흘려보내면서 잊어버릴 수는 없죠. 그래서 그걸 기록하는 중이에요. 이렇게 적어놓으면 기억이 더 오래갈 테니까요. 삼촌도 아시다시피 저는 과거에 대한 명확한 기억이 하나도 없어요. 모든 게 흐릿해요. 실제로 일어났던 일과 꿈꾼 것을 구분할 수가 없어요. 얼마나 많은 부분이 사실이고, 얼마나 많은 부분이 다른 사람들의 가십에 근거하고 있는지도요. 요 며칠 동안의 일을 잊고 싶지 않아요."

모하마드 삼촌이 고개를 저으며 대답했다. "네가 걱정이다. 하비브에게 마음의 빚이 있어. 너를 위해 뭔가를 해주고 싶구나."

"이미 많은 걸 해주셨어요. 제 교육비도 대주시고, 절 가족으로 받아들이려고 애쓰셨잖아요. 편지와 전화로 보여준 삼촌의 친절함이 제게는 큰 힘이 됐어요."

"나한테 와서 함께 사는 건 어떠니?"

"그럴 수는 없어요. 저한테는 여기가 맞아요. 잃어버린 것들도 찾아야 하고요. 그리고 할머니는요? 연로하신 할머니를 혼자 두고 떠날 수는 없어요. 우리 둘뿐인데요. 물론 삼촌과 고모들도 계시죠. 그렇지만 모두 돌아가고 나면 다시 할머니와 저만 남을 거예요. 저한테는 할머니가 전부예요. 할머니가 제 모든 질문에 대한 답을 갖고 계세요. 물론 제가 감히 물어볼 수도 없고 할머니도 답변을 꺼리긴 하지만요. 그래도 조만간 말씀해주실 거예요. 그날이 왔는데 제가 멀리 있으면 할머니의 말씀을 들을 수 있는 기회를 놓칠 거예요."

"네가 가끔 천식 발작을 일으킨다고 들었는데 맞니?"

"네, 악몽을 꿀 때면 숨쉬기가 힘들어요. 무서워요. 영원히 숨을 멈출 것 같아서요."

"치료사를 만나보는 건 어떠니?"

"정신적인 문제라고 생각하세요?"

"너한테 정신 질환이 있다고 생각하진 않는다. 그런데 이런 형태의 천식은 정신 신체적 질환 같아. 반복적인 꿈은 때로 정신적인 문제의 징후일 수 있어. 문제의 원인을 찾으면 천식을 말끔히 해결할 수 있을지도 몰라."

"치료사는 필요 없어요. 할머니와 다른 가족은 제 악몽의 원인을 알고 계시리라 믿어요. 그게 뭔지 알려주시면 제 기억에 대한 공백도 메우고 악몽의 원인도 찾아낼 수 있을 거예요."

"꿈에 반복되는 요소가 있니?"

"여섯 명의 엄마요! 똑같이 생겼고, 똑같은 옷을 입고 있어요. 왜 엄마의 존재가 여럿인 거죠? 꿈에서만 그런 게 아니에요. 길에서 어머니와 아이가 함께 있는 걸 보면, 저도 모르게 자동으로 주변을 둘러보면서 아이의 다른 엄마들을 찾곤 해요."

모하마드 삼촌이 놀라서 나를 쳐다봤다. 머릿속으로 뭔가를 고민하는 것 같았다. 나는 삼촌이 무슨 말이라도 해주길 기다리면서 삼촌의 입술만 뚫어지게 쳐다봤다. 할머니의 목소리가 삼촌을 곤경에서 구해줬다. "모하마드, 얘야, 어디 있니?"

"여기 있어요. 바로 갈게요⋯. 여기 혼자 앉아 있지 말고 다른 사람들한테 가자."

나는 절망해서 고개를 떨구며 일기장을 집어 들고 안으로 들어가 주방 조리대 앞에 앉았다.

모흐센 삼촌과 메흐디 삼촌이 바닥에 쿠션 두 개를 놓고 나란히 누워 있었다. 두 사람이 무슨 이야기를 나누고 있었는지 모르겠지만 모흐센 삼촌이 그렇게 크게 웃는 걸 본 적이 없었다. 모하마드 삼촌이 끼어들어서 뭔가 속삭이자 세 사람 모두 다시 웃음을 터뜨렸다. 나데르와 사나즈, 시루스와 아르데시르는 컴퓨터 화면을 쳐다보고 있었고 마흐나즈 고모와 마리암 고모, 아프사네 숙모는 주방에서 저녁 식사를 준비하고 있었다. 마리암 고모가 갑자기 조용해지더니 창밖을 내다보며 말했다. "한동안 애들 소리가 안 들려요. 나가서 살펴봐야겠어요."

"마이클이 애들을 데리고 바닷가에 갔어요."

아프사네 숙모가 말했다. "마이클은 너무 말이 없어요. 우리랑 함께 여기 있는 게 싫은가 봐요."

마흐나즈 고모가 대답했다. "원래는 굉장히 다정한 아이야. 안 오고 싶었으면 절대 안 왔을 거야. 페르시아어를 못하니까 대화에 끼기 힘든 거야."

하미디 고모부는 구석에 앉아서 책을 읽고 있었고 샤파키 고모부는 쉬러 방으로 들어가고 없었다. 할머니는 샤파키 고모부가 없는 틈을 타서 마흐나즈 고모를 옆으로 불렀다. "마흐나즈, 여기 앉아서 어떻게 사는지 이야기 좀 해보렴. 그러니까 무슨 일이 있었던 거니? 왜 샤파키와 결혼한 거야? 그 사람이 마음에 안 든다는 게 아니야. 진짜 신사인 것 같아. 그런데 아이들과는 잘 지내는 거야? 아이들이 그렇게 썩 예의 바르게 행동하는 것 같진 않아 보여서. 네가 새엄마라 그럴지도 모르지. 네 나이에는 기운이 빠져서 아이들 다루기가 쉽지 않아. 그런데 왜 그런 책임을 떠맡은 거니?"

"그럼 어떻게 해요? 혼자인 것에 지쳤어요. 같은 언어를 쓰는 동반자가 필요했어요. 혼자 살면서 일하는 게 얼마나 힘든지 모르실 거예요. 더 이상 그런 걸 못 견디겠어요."

"그렇지만 테헤란에 살 때도 일했잖니? 넌 성공적이고 활동적인 여성이었어. 네가 일을 힘들어할 줄 몰랐구나."

"이란에서 일하는 것은 다른 어디와도 비교가 안 돼요. 이란에서 일하는 건 노는 거나 마찬가지예요. 전에 사무실에 출근했을 때는 그냥 사람들과 어울리면서 농담이나 주고받곤 했어요. 그렇게 빈둥거려도 아무도 뭐라 하지 않았어요."

아프사네 숙모가 말했다. "여기도 이제는 그렇지 않아요. 모호센이 퇴근해서 오면 지쳐 말도 안 하고 싶어해요."

"이란에서는 사람들이 출퇴근과 교통 때문에 지치지만 실제로 일을 하지는 않아요. 정부조차 이란인이 하루 평균 15분에서 30분 정도만 생산적인 일을 한다고 인정하니까요."

나데르가 컴퓨터 뒤에서 소리쳤다. "그리고 휴일 이야기도 하세요. 할머니가 전화하실 때마다 오늘은 무슨 무슨 휴일이라고 하시잖아요!" 모하마드 삼촌과 메흐디 삼촌이 웃었다.

"맞다니까요! 이란 사람들이 세계에서 가장 많은 휴일을 누리는 것 같아요. 정말 부러워요! 이란인의 생산성이 어떻다고 하셨죠?"

모호센 삼촌이 공정한 척하며 말했다. "네 말처럼 그렇게 나쁘진 않아. 사무실에서 일하면 기운이 빠져. 또 경제 사정이 안 좋으니까 대부분 부업을 한두 개씩 하고 있어. 우리 사무실에서 일주일만 지내보면 내 말이 무슨 뜻인지 알 거야."

마흐나즈 고모가 말했다. "직장을 다니면서 번 돈으로는 아무것도 할 수 없다고 들었어. 예전에는 사무직이 괜찮은 직업이었는데 요즘은 직장인들이 뇌물을 받거나 네 말대로 부업을 가져야 근근이 살 수 있다고 하더라."

샤파키 고모부가 방에서 나오자마자 대화에 끼어들었다. "그건 처남이 그들과 협력해 그들의 사무실에서 일하기로 했을 때 자청한 거잖소. 이제는 자기 행동의 결과를 감수해야죠."

이란에서 온 가족은 깜짝 놀라 고모부를 쳐다봤다. 그들과 협력했다니 무슨 말이지? 모호센 삼촌의 얼굴이 붉어졌다. 삼촌이 막 무슨 말인가 하려는 찰나 마흐나즈 고모가 끼어들었다. "이란에서 일하는 것과 해외에서 일하는 것은 비교할 수가 없어요. 해외에서는 잠깐 앉을 시간도 없이 몇 시간씩 계속 서 있어야 해요."

모하마드 삼촌이 동의했다. "내가 인턴이었을 때는 며칠씩 연달아 병원에서 지내야 했어. 집에 가서 한 시간이라도 눈을 붙일 시간도 없었어. 한 친구는 진짜 힘겹게 간신히 미국 비자를 받았는데 겨우 일 년 만에 짐을 싸서 집으로 돌아가더라니까! '힘들게 여기 와서 일자리까지 구했는데 왜 돌아가려는 거에요?'라고 물었더니 '여기서 일 년 일한 게 이란에서 20년 일한 것 같아요. 나는 이렇게 일하는 데에 익숙하지 않아요. 이대로 일 년 더 일했다가는 죽을 거 같아요.'라고 대답하더군."

그들은 모두 웃었지만 우리는 고개를 숙이고 아무 반응도 보이지 않았다. 갑자기 우리 모두 귀가 들리지 않는 것처럼 굴었다.

질문에 대한 답을 기다리고 있던 할머니는 샤파키 고모부가 같이 있다는 사실을 잊어버린 것 같았다. "그러니까 얘야, 잘 지내는지 답을 안 했다. 행복하니? 경제적으로 안정된 거지? 미래에 대한 걱정은 없는 거야?"

우리 모두 귀를 쫑긋 세웠다. 마흐나즈 고모의 삶은 항상 우리에게 물음표 같았다. 고모는 불편한 표정으로 주변을 둘러보더니 대답했다. "다 괜찮아요. 샤파키는 굉장히 다정해서 우리를 잘 돌봐주고 있어요. 파리 근교에 큰 집도 가지고 있고, 새 차도 있고, 아무것도 부족하지 않아요. 미래에 대한 걱정 같은 건 없어요. 아이들도 다 자랐고요. 샤파키는 좋은 사람이에요." 고모가 몸을 돌려 다정하게 남편을 바라봤다. 나는 고개를 돌렸다. 고모의 행동이 억지로 꾸민 듯 어색해 보였다.

"아이들은 어떻게 지내니? 뭘 공부했니?"

"나질라는 박사학위를 받았고 지금은 대기업 부장이에

요. 남자 친구도 같은 회사에 다니고요. 둘이 리옹에서 살고 있어요."

마리암 고모가 마흐나즈 고모의 귀에 대고 속삭였다. "남자 친구라고 부르지 마. 어머니가 화내실 거야. 남편이라고 하거나 약혼자라고 해."

"어머니를 화나게 한다는 거야? 아니면 네 남편을 화나게 한다는 거야?"

"누가 됐든 그런 소리를 들으면 좋을 리 없지. 어린애들도 있는데 애들한테 안 좋은 생각을 심어주면 안 되잖아."

"그러니까 내 딸이 나쁜 본보기라는 뜻이야?"

"그게 아니라 내 말은, 옳건 그르건 언니네 아이들은 그렇게 살 수 있지만 우리 아이들은 그럴 수 없다는 얘기야. 우리 아이들이 그런 식으로 생각하기 시작하면 살아가기가 더 힘들어질 뿐이야."

"좋건 싫건 언젠가는 현대적으로 바뀌어야 해."

하미디 고모부가 입을 꽉 다물었다. "이게 처형이 말하는 현대적인 거라면 우리는 차라리 구식이 될게요!"

샤파키 고모부가 웃음을 터뜨렸다. "지난 30년 동안 바로 그렇게 해왔잖아요! 석기시대로 거의 다 돌아갔어요!"

해외에서 온 가족은 다들 웃었지만 마리암 고모는 눈살을 찌푸리기 시작했다. 뭔가 썩은 냄새라도 맡은 것처럼 코에 주름이 생겼다. 고모가 내게로 몸을 돌려 속삭였다. "진짜 바보 같아!"

할머니는 자신의 질문에 아무것도 끼어들지 못하게 했다. 현재 진행 중인 대화에는 개의치 않고 할머니가 계속 물었다. "나데르는 어떠니? 어떻게 지내고 있는 거야?"

"대학에 있어요. 다음 학기에 박사학위를 받을 거예요."

모호센 삼촌이 비꼬는 듯한 미소를 지으며 말했다. "프랑스에서는 박사학위를 받는 게 굉장히 쉬운가 봐."

아프사네 숙모가 동의했다. "당연히 쉽죠. 거기는 대학 입학시험이 없잖아요. 누구나 대학에 갈 수 있고요. 대학에 입학하기 위해 백만 명과 경쟁해야 하는 우리 아이들과는 다르죠."

모하마드 삼촌이 말을 보탰다. "프랑스의 박사학위는 예전에 '러그 박사학위'라고 불렸어. 러그(카펫)를 제출하고도 합격 점수를 받았으니까. 유럽 전체가 다 똑같아."

마흐나즈 고모가 몸을 돌려 모하마드 삼촌을 노려봤다. "안 그래, 오빠. 돈 받고 학위를 주는 건 미국 학교들이야. 유럽에서는 대학에서 공부하는 게 쉽지 않아. 특히 공립대학에 다니는 학생들은 상당히 힘들어. 그래서 프랑스인이 미국인보다 더 교양이 있는 거야."

"그렇지 않아. 미국이 과학과 의학 분야의 선두잖아. 미국에서 교육받은 의사와 유럽에서 교육받은 의사의 차이점이 무엇인지 비교해봐."

샤파키 고모부가 이의를 제기했다. "그럴 리가요! 만약 내게 무슨 일이 일어나면 프랑스 의사 말만 따르겠다고 아내한테 말한 적이 있소. 그리고 일반 대중을 봐요. 미국인은 전반적으로 지식수준이 낮아요. 프랑스인은 다르죠! 만나는 사람마다 교양이 있어요."

우리는 놀라서 유럽과 미국 사이에 벌어진 싸움을 바라봤다. 모흐센 삼촌이 내 곁을 지나가며 특유의 미소를 지었다. "봐라! 우리만 그러는 게 아냐. 저 사람들도 서로를 참을 수 없어해!"

"재미있네요. 각자 자기가 사는 곳만 소중하게 생각해요."

모하마드 삼촌은 이 전쟁에서 졌다는 것을 받아들이려 하지 않았다. 그는 자신의 명예가 이 싸움의 승패에 달려 있기라도 한 것처럼 동맹군을 찾았다. "그럼 여기 있는 사람들한테 한번 물어보자. 누구를 더 신뢰하니? 미국에서 교육받은 의사와 유럽에서 교육받은 의사 중에서."

우리는 서로를 쳐다봤다. 마리암 고모가 우리의 대변인이 돼주었다. "나는 이란에서 교육받은 의사한테 갈래요. 이곳 의사들 실력이 얼마나 뛰어난데요. 해외에 사는 사람도 이란에 수술받으러 많이들 와요."

마흐나즈 고모가 손사래를 쳤다. "그건 치료비가 더 싸서 그런 거지. 꼭 의사들이 더 뛰어나서 그런 건 아니고."

"의술이 좋지 않으면 아무도 안 올 거야. 자기 건강을 가볍게 생각하는 사람은 아무도 없어. 옷을 사는 것과 같을 수는 없잖아."

점점 더 지루해진 할머니는 모하마드 삼촌 쪽으로 몸을

돌리고 다시 화제를 바꿨다. "나는 내 주치의만 믿어. 얘야, 말해보렴. 어떻게 지내니? 행복하니?"

"네, 어머니. 잘 적응해서 이제는 괜찮아요."

"왜 결혼을 안 하니? 캐롤라인이 가고 나서 굉장히 외로웠잖아. 지금까지는 잘 견뎌올 수 있었을지 모르지만 나이가 들수록 짝이 더 필요한 법이야. 네가 걱정이다."

"걱정하실 필요 없어요. 저는 혼자인 것에 익숙해졌어요. 지구 반대편으로 절 혼자 보내셨을 때 제 나이가 열아홉인가 스무 살이었을 거예요. 그때부터 깨달은 게 있어요. 혼자이기 때문에 저 자신을 스스로 챙겨야 한다는 것을요."

"널 억지로 보낸 건 아니야. 네가 가길 원했잖니. 학업을 마친 후에도 그곳에 계속 남아 있게 될 줄 누가 알았겠니? 돌아오리라 믿었는데 너는 그곳을 더 좋아했어. 우리가 속은 거야. 아들이 의사인데 우릴 돌봐줄 사람이 하나도 없으니 말이다."

"저도 돌아오고 싶었어요. 그곳에 정착할 생각을 해본 적이 없었어요. 그래서 캐롤라인에게 제 조건을 말했고 그녀도 동의했어요. 캐롤라인 역시 이란으로 오는 것에 대찬성이었어요. 이란을 사랑했고요. 그래서 미국 영주권은 신청도 하지 않았어요. 그런데 학교를 마치고 돌아오려던 찰나에 이란의 상황이 바뀐 거예요."

"네가 정말로 돌아오고 싶었다면 왜 그렇게 오래 망설였는데? 나라 상황하고 너하고 도대체 무슨 상관이 있다는 거니? 우리는 계속 이란에 살고 있었잖아. 그렇지 않니?"

"망설인 게 아니에요, 어머니! 저는 학교에 다니면서 일도 해야 했어요. 아버지가 보내주신 쥐꼬리만 한 돈으로는 학비와 생활비로 턱없이 부족했으니까요. 아버지가 제게 만 달러만 주셨어도 집을 살 수 있었을 거예요. 당시에 그 집값이 얼마나 쌌는지 모르실 거예요. 집만 살 수 있었어도 훨씬 더 편하게 지낼 수 있었을 거예요. 그러면 공부도 더 빨리 끝냈을 테고요. 요즘 그 집값이 얼마나 나가는지 알면 기절하실 거예요. 그 집을 아버지 명의로 해드리겠다고까지 말씀드렸었는데. 우리 모두를 위한 투자가 될 수 있었다고요."

"네 아버지가 유전이라도 깔고 앉아 있었던 게 아니란다. 네가 말한 액수가 당시에는 얼마나 큰 돈이었는지 가늠이 안 된다. 그래도 한 가지 분명한 것은 네게 보내준 그 쥐꼬리만 한 돈이 우리에게는 엄청난 액수였다는 거야. 당시 네 아버지 수입이 얼마나 됐다고 생각하니?"

"본부장이셨잖아요. 잘살았고요."

"본부장이었지만 도둑은 아니잖니. 네 아버지 수입으로 다른 애들도 다섯이나 키워야 했다. 집값에, 식비에, 옷값, 학비며 과외 수업료도 내야 했고, 모흐센이 시라즈에서 대학을 다니고 있었기 때문에 그 애한테도 학비며 생활비를 보내야 했다. 테헤란 대학교에 다니던 하비브의 학비는 적게 들었지만 그렇다고 아무것도 아닌 건 아니었다. 그리고 다른 일들도 많았어. 네 누이들 결혼식과 지참금도 있었고. 이런저런 지출을 감당하기 쉽지 않았어."

마흐나즈 고모가 쓴웃음을 지으며 모하마드 삼촌 쪽으로 고개를 돌리고 말했다. "문제는 이런 게 아니야. 나도 오빠 마음을 잘 이해해. 문제는 '눈에서 멀어지면 마음도 멀어진다'라는 거야. 나도 오빠처럼 잊혔어. 처음에 나도 작은 집 한 채 살 수 있을 정도의 돈만 조금 있으면 상황이 훨씬 더 좋아질 거라며 아버지에게 두 번 부탁한 적이 있었어. 그런데 안 들어주셨어. 당시에 프랑크가 얼마나 쌌는지 알지? 그런데 이란에 있는 자식들이 더 중요했던 거야. 그리고 아버지가 돌아가시고 나서 나는 한 푼도 상속받지 못했어."

우리는 놀라서 그들을 쳐다봤다. 오늘 밤에는 그들이 하나같이 우리를 놀라게 해주려고 계획을 짠 것 같았다. 해외에 사는 가족이 현실로부터 그렇게 동떨어진 생각을 하고 있으리라고는 꿈에도 생각해보지 못했다. 모흐센 삼촌은 화를 억누르며 마리암 고모와 내 쪽으로 몸을 돌리고 말했다. "저 사람들은 정당한 우리 몫을 가져가 최고의 학교에서 공부했고, 최상의 삶을 살았으며, 앞으로도 즐기면서 살 거야. 저들의 미래와 자식들, 손자들의 미래는 안전하고. 그런데 우리가 저 사람들에게 빚진 게 있다고?!"

분위기가 살짝 험악해진 것을 깨달은 할머니가 대화를 마무리했다. "저녁 안 먹을 거니?"

모두 몸을 일으켜 움직이기 시작했다. 아프사네 숙모가 밥통의 뚜껑을 열자 김이 방 안을 가득 채웠다. 마흐나즈 고모는 내 앞에 놓인 주방 식탁 위에 샐러드 재료를 꺼내놓고 스튜를 확인하러 갔다. 그것은 나더러 샐러드를 만들라는 말이었다. 지금은 고모가 초조하고 불안해 보였다. 어떨 때는 너무 다정하지만, 또 어떨 때는 빚쟁이라도 되는 것처럼 엄해서 고모가 어떤 사람인지 파악하기가 어려웠다. 사나즈가 식탁을 차렸다.

나는 일기장을 내려놓고 도마를 가져와서 상추를 썰기 시작했다. 마리암 고모는 안경과 소다 병을 주방 조리대 위에 내려놓았다.

아프사네 숙모가 식탁 위에 밥통을 올려놓고 얼굴을 찡그리며 주걱으로 쟁반에 밥을 퍼담았다. 숙모는 목구멍에 걸려 있던 말을 뱉을 때를 기다리고 있었다. 마흐나즈 고모가 스튜를 큰 그릇에 담아서 식사 자리가 마련된 곳으로 들고 갔다. 아프사네 숙모는 이 기회를 놓치지 않고 마리암 고모와 내게 속삭였다. "이게 말이 돼요? 단 한 달 안에 저 사람들은 우리가 일 년 동안 버는 돈을 번대요! 우리한테 재정적 도움은 한 푼도 안 주면서 감히 어떻게 아예 처음부터 있지도 않은 유산을 바랄 수가 있어요? 서양에서 사는 사람들이 물질주의적이라고 하더니 그 말이 완전히 맞네요! 저 사람들이 신경 쓰는 건 돈밖에 없어요!"

다섯째 날

하루 종일 밖에서 시간을 보냈다. 날씨가 쾌청했다. 우리는 유적지를 몇 군데 둘러보고 터키식 케밥을 먹으며 전반적으로 즐거운 시간을 보냈다. 피곤해진 할머니는 모하마드 삼촌과 마흐나즈 고모와 함께 먼저 집으로 돌아갔고, 이란에서 온 나머지 가족은 시내에 남아 쇼핑도 잠깐 했다. 모든 것이 흥미로웠다. 나는 이제 막 세상의 무한함을 경험하기 시작했다. 우리가 집으로 향했을 때는 이미 날이 어두워지고 있었다. 할머니가 맛있는 오후 간식을 준비해놓고 우리를 기다리고 있었다. 우리는 둘러앉아서 사온 물건들을 서로에게 보여주기도 하고 또 그것들을 다 어디서 샀는지 물어보기도 했다. 고모와 삼촌들은 웃으며 어린 시절의 추억을 나누었다. 나는 그들의 회상 속에서 한 번도 만난 적 없는 아버지를 찾아보려 애썼다.

지난 며칠만큼 이런 생각을 골똘하게 해본 적이 없었다. 할아버지가 내게 아버지 역할을 다 해줬기 때문에 다른 아버지의 모습은 생각할 수조차 없었다. 가족의 이야기를 통해 형태를 띠기 시작한 하비브의 이미지는 아버지라기보다는 또 다른 삼촌처럼 느껴졌다. 그러나 어머니는 달랐다. 다정하고 따뜻한 할머니가 있었지만, 어머니의 부재는 늘 절실하게 느껴졌다. 어머니가 있으면 좋겠다는 생각이 머릿속을 떠나질 않았다. 물론 어머니가 있었다 해도 할머니보다 내게 더 많은 것을 해줄 수 없었을지 모른다. 그러나 어머니가 있었다면 나는 분명히 다른 사람이 됐을 것이다. 더 자신감 있고 자기 의견을 잘 표현할 줄 아는 사람이 됐을 것이다. 거리낌 없이 더 많은 것을 원하기도 하고, 가족의 사랑을 잃지 않도록 항상 행동을 조심할 필요도 느끼지 않았을 것이다. 할머니도 내가 어머니 생각을 하고 있다는 걸 알 것이다. 어머니에 대한 질투 때문에 내 앞에서 절대 어머니 이야기를 하지 않는 것인지도 모른다. 이런 쓸데없는 생각은 잊자! 이런 생각으로 의도적으로 스스로를 괴롭히는 내가 사도마조히즘에 빠진 사람처럼 느껴졌다. 나는 일기장을 내려놓았다.

그릇을 모두 치우고 숙모와 고모들이 견과를 담은 접시를 테이블에 올려놓자, 할머니가 다시 질문을 시작했다. 할머니는 미리 질문 목록을 준비해둔 것 같았다. 할머니는 진지하게 질문했고 대화가 중단될 때마다 중단한 지점에서 다시 시작하곤 했다. 아마도 예전에 학생들을 가르칠 때 이런 식으로 수업을 진행했을지 모른다. 할머니가 살짝 질책하는 듯한 목소리로 물었다. "아버지가 편찮으시다는 소식을 들었을 때 왜 돌아오지 않았니? 아버지를 다시 보고 싶지 않았니?"

우리는 이런 단도직입적인 질문에 충격을 받았다. 모하마드 삼촌의 목소리가 침묵을 깼다. "제가 얼마나 돌아오고 싶어했는지 신은 아실 거예요. 그렇지만 직장 상황 때문에 어쩔 수가 없었어요. 병원 일이 너무 바빴고, 아버지 상태가 얼마나 심각한지 몰랐어요. 그다음 달에 갈 계획을 짜고 있었는데 아버지가 돌아가셨다는 소식을 들었어요."

모흐센 삼촌이 항변했다. "장례식에는 올 수 있었을 거 아냐!"

"그런다고 무슨 소용이 있었겠어? 이미 돌아가셨는데. 나는 모스크나 장례식 기도가 아니라 아버지를 뵙고 싶었어. 모흐센, 내가 얼마나 끔찍한 날들을 보냈는지 너는 모를 거야. 아버지의 임종을 지킨 너를 내가 얼마나 부러워했는지 모를 거다."

모흐센 삼촌이 모하마드 삼촌을 계속 노려봤다. 얼굴에 비꼬는 표정이 가득했다. "허!" 하고는 삼촌이 웃기 시작했다. 우리는 어리둥절해서 두 사람을 쳐다봤다. 신랄하고 신경질적인 웃음이었다. 모흐센 삼촌이 웃음을 멈췄다. "그런데 나는 지구 반대편에서 어떤 책임도 다하지 않고 자기 삶을 즐기는 형이 부러웠어. 형은 우리가 어떻게 지내는지, 무슨 일을 겪고 있는지 전혀 관심이 없었어."

모하마드 삼촌이 얼굴을 찡그렸다. 할머니가 상황을 마무리하며 마흐나즈 고모에게 물었다. "너는 어떻게 된 거니? 모하마드는 직장 일과 거리 때문에 못 왔다 치자. 그리고 메흐디는 자기 상황 때문에 올 수 없었고. 그런데 너는 어떻게 된 거야? 너는 충분히 가까운 곳에 살았고 특별한 문제도 없었잖니."

"제가 문제가 없었다고요? 어떻게 그렇게 말씀하실 수 있어요? 그 당시 이란의 상황에서는 공항에 도착하자마자 체포당할 수 있었어요. 어머니는 제가 체포당해서 어딘가에 있는 지하 감옥으로 보내지는 걸 보고 싶으셨어요?"

"너를? 왜 널 체포하려 하겠어? 특별한 사람도 아닌데."

모흐센 삼촌이 비꼬듯이 말했다. "자부심이 지나친 사람들이 있지! 왜 누나 같은 사람을 체포하려 하겠어?"

"정부가 그렇게 논리적이라고 할 수는 없지, 안 그래? 첫 남편이 장군이었고, 두 번째 남편이 샤파키라는 사실만으로도 이유야 충분하지."

"불쌍한 샷타리는 죽은 지 오래라 아무도 그를 기억하지 못해! 거기다 샤파키 매형을 아는 사람도 없어. 매형이 사업가라고 하지 않았나?"

"사업가로서 그 사람이 하는 일은 그저 생계를 위한 거야. 그이가 모든 시간을 투자하는 진짜 직업은 완전히 다른 거야."

고모는 텔레비전 쇼 진행자가 중요한 초대 손님을 소개하는 것처럼 샤파키 고모부를 향해 한 팔을 들어 올렸다. 우리는 고개를 돌려 그를 쳐다봤다. "전 세계가 저 사람을 알아! 저 사람이 무슨 일을 하는지 모르겠어?"

아프사네 숙모가 모두를 대신해서 대답했다. "모르겠어요. 우리가 어떻게 알겠어요? 도대체 무슨 일을 하는데요?"

마흐나즈 고모가 눈을 부라렸다. 고모는 너무나 자명한 것을 설명해야만 한다는 사실에 한심하다는 표정을 지었지만, 달리 선택의 여지가 없었다. "내가 사는 곳에서는 저이를 모르는 사람이 없어. 내 말은 뉴스를 보는 교양 있는 사람이라면 다 저이를 안다는 거지. 저 사람이 이란의 자유를 위해 평생을 바쳐 희생했다는 것도 말이야."

모두 어리둥절해서 아무 말도 하지 못했다. 하미디 고모부가 말했다. "도대체 어떻게 이란의 자유를 위해 평생을 바쳐 희생했다는 거죠?"

"상황을 폭로하고 정보를 제공하는 것을 통해서죠! 샤파키는 이란의 정치사를 연구하는 최고의 연구자 중 한 사람이에요. 그이 책을 읽어본 사람이 이 중 아무도 없다는 건 알지만 텔레비전이나 라디오에서 그 사람 인터뷰를 들어본 적조차 없다니 놀라울 따름이네요. 도대체 라디오를 듣기나 하는 거예요?"

"딱히."

"그럼 너희들은 어디서 뉴스를 접하는 거야?"

"이란에도 라디오 방송국과 텔레비전 채널들, 신문이 있어."

"그렇지만 그런 것은 쓸모가 없어. 전부 거짓말로 가득 차 있잖아. 바로 그래서 여기 사람들이 세상이 어떻게 돌아가는지 아무것도 모르는 거야."

아프사네 숙모가 어깨를 으쓱했다. "이란 뉴스 채널도 몇 개 있지만 국제 라디오 채널과 텔레비전 채널도 백 개 정도 있어요. 그렇다고 하루 종일 텔레비전을 보거나 라디오를 들을 수는 없어요. 그리고 일부 채널에서는 너무 뻔한 거짓말을 해대서 외국 라디오와 텔레비전에 중독된 모흐센조차도 화를 내요."

하미디 고모부가 말을 이었다. "일부라고요? 전부 거짓투성이예요. 사실에 대한 정확한 분석을 제시하는 채널이 하나도 없어요."

모흐센 삼촌은 특히 하미디 고모부의 극단적인 견해에 절대 동의할 수 없었기 때문에 공정해지려고 애썼다. "그게 전부 맞는 말은 아니야. 그들의 출처가 정확한 경우가 있지. 적어도 우리 정보보다 더 정확하긴 해. 그리고 정확한 분석을 제공하는 똑똑한 사람들이 있어서 재미있는 논의로 이어지기도 하고."

하미디 고모부가 분노로 막 폭발할 지경에 이르렀다. "무슨 분석요? 무슨 논의요? 그들이 지지하는 것에 반대하는 말을 한마디라도 하는 사람은 즉시 검열당해요. 미국에 반대하는 말을 하는 사람은 누구건 파멸되고요. 그들 모두 CIA나 영국 정보국과 연관된 스파이예요."

모흐센 삼촌은 양팔을 휘저으며 말했다. "하미디, 그런 말도 안 되는 소리 하지 마! 그 광신적인 믿음 때문에 우리가 죽을 것 같아. 마흐나즈 누나 말이 맞아! 정확한 뉴스를 원한다면 외국 뉴스 채널을 봐야 해."

"그렇지만 그런 채널들도 거짓말로 가득 차 있다고요! 모르시겠어요?"

샤파키 고모부의 얼굴이 빨개졌다. "흠! 여기 있는 사람들과 조국의 자유를 위해 목숨을 내놓았더니 이제 와서 나를 거짓말쟁이자 스파이라고 부르는군요! 그러니 이란에 지금과 같은 정부가 생긴 것은 다 당신들 탓이오. 스스로 자초한 거죠."

하미디 고모부가 마치 미소를 지으려는 듯 입술을 뗐지만, 얼굴에 웃음기라곤 없었다. "샹젤리제의 카페에 앉아 포도주를 마시며 말도 안 되는 소리를 떠벌리는 게 도대체 언제부터 '목숨을 내놓는다'로 불리게 된 거요?"

"당신처럼 정권의 노예가 된 사람들은 조국에 대한 사랑이 무엇인지 모르오. 나라를 약탈해서 자기 잇속만 챙기느라 혈안이 돼 있으니까."

"그럴 리가! 그러니까 남아서 전쟁에 나가 끝까지 싸운 사람들은 조국에 대한 사랑을 눈곱만큼도 알지 못하는데,

자기네 돈을 전부 싸 들고 떠난 사람들은 조국을 사랑하는 것이 무엇인지 안다는 말이오?" 하미디 고모부가 쓴웃음을 지었다.

샤파키 고모부는 이를 앙다물었다. "사람들이 이 나라를 떠난 것은 지금 같은 나라 상황을 도저히 눈 뜨고 볼 수 없었기 때문이오. 나라의 비축금이 약탈당하고 국민이 억압받는 것을 도저히 볼 수 없었기 때문이오. 그들의 목숨은 위험에 빠졌소. 그들은 적과 협력하느니 이주와 외로움이라는 저주를 선택했소!"

"이런 구호들은 이제 지긋지긋해요! 남자답게 진실을 말해봐요. 지구 반대편에서 더 많은 것을 얻고 즐길 수 있다고 생각했기 때문에 고국을 떠났다고 말이오!"

"우리는 조국의 자유를 위해 싸우려고 망명을 참고 있소."

"그렇군요. 당신들이 어떻게 싸우는지 봤소! 당신들은 한 달에 한 번 모여 삼류 가수들이 쓰레기 같은 노래를 빽빽거리는 걸 들으며 조국을 위해 건배하고 위스키를 마시지. 노래를 부르며 눈물을 몇 방울 떨구고, 스컹크처럼 술에 취해 집으로 돌아갔다가 다음 달이 되면 그걸 다시 반복하고. 이걸 조국을 위해 싸운다고 부르는 거요! 그런데 도대체 어떤 나라를 말하는 거요?! 당신들은 다른 곳의 시민으로 살면서 당신네 외국 여권을 자랑스러워하잖소. 당신들에게는 조국이라는 게 없소!"

"적이 나라를 점령한 상황에서 안전을 보장받을 수도 없고, 아무 이유도 없이 체포당하고 고문당하고 처형당할 수 있는 상황에서 살아남으려면, 어쩔 수 없이 다른 나라의 시민권을 얻어야 하오. 그러나 우리는 이란인임을 여전히 자랑스럽게 생각하고 기꺼이 나라를 위해 싸울 것이오."

"첫째, 혁명 후 목숨을 잃을 위험에 처한 사람은 전체 인구 중 1퍼센트도 안 돼요. 둘째, 당신들이 싸우는 상대가 누구요? 당신 말대로 정말 그런 신념을 갖고 있다면 여기 남아서 그 믿음을 위해 싸웠어야지. 필요하다면 그 대가로 목숨까지도 내놓고. 그것이야말로 싸운다는 것의 진짜 의미 아니겠소. 식당이나 극장, 혹은 음악회에 한두 시간 앉아 있거나, 지극히 안전한 상태로 아름다운 외국의 거리에서 항의하며 행진하는 게 아니라."

"내가 그대로 남아 있다가 당신 같은 사람에게 처형당하길 바란다는 말이오? 나는 그럴 바보도 아니고 싸우는 방법 또한 잘 알고 있소. 시위를 조직하고, 국가 원수들과 회의와 토론을 열고, 진실을 밝히고, 목소리를 낼 수 없는 이란 국민을 위해 목소리가 돼주고, 정부에 인질로 잡혀 있는 사람들을 지지하기 위한 수많은 중요한 행동을 취하는 것. 이것이야말로 정권과 싸우는 방법이 아니오?"

"아니요! 절대 아니죠! 편안하게 앉아서 사람들을 주변으로 불러 모으기나 하고 있으면 절대 지겨울 일은 없겠죠! 계속 바쁠 수 있고 술친구들과 내내 시간을 보낼 수 있는 구실을 제공해주니까. 그걸로 돈도 벌고, 동시에 부와 명성도 쌓죠. 그 돈이 어디서 나오는지 우리가 모를 거라고 생각해요? 당신은 당신 조국을 딱하게 여기지 않아요. 당신이 하는 일은 전부 스스로의 이익을 위해서요. 현재의 이란에 대해 뭘 아는 게 있기는 한 거요? 당신들은 지난 30년 동안 과거의 시간 속에 갇혀 있는 사람들이오. 당신들이 하는 일은 이란 내에서 나오는 말 한마디만도 못해요. 당신이 주장하는 것을 정말로 지지한다면 이란에 와서 항의 집회라도 참여해봐요. 그럴 게 아니라면 말장난만 하지 말고 당신 삶이나 살아요."

"나는 이란의 상황을 참고 견딜 수가 없소. 이 나라에 대해 책임감을 느끼고 이란의 자유를 위해 전력투구해왔소. 여기로 오면 더 생산적인 일을 할 수 있을 것이오. 조국을 위해 자기 목숨과 재산을 내놓는 것은 모든 이란인의 책임이오. 그런데 뇌물을 받아서 자기 호주머니를 채우는 것만 신경 쓰는 당신이나 또 그런 사람들이 이런 책임에 대해 뭘 안다는 거요? 당신 같은 사람들이 이란을 좌지우지하고 있는 한 나는 절대 돌아가지 않을 것이오. 문제를 해결한 다음 돌아갈 것이오."

"그러니까 다른 말로 하면, 당신에게 득이 되면 다른 나라로 도망쳤다가, 모든 게 안정되고 정리되면 돌아와서 당신 몫을 주장할 거라는 뜻이오? 나라는 당신 마음대로 바꿀 수 있는 모자가 아니오. 진짜 남자라면…."

나는 하미디 고모부가 그렇게 직설적으로 말하는 것을 본 적이 없었다. 고개를 돌려 샤파키 고모부를 쳐다봤더니, 그의 얼굴이 사탕무처럼 붉어져 있었다. 샤파키 고모부는 일어나서 모하마드 삼촌과 모흐센 삼촌을 향해 양팔을 들어 올렸다. "이것 좀 봐요. 우리는 목숨과 재산을 내놓고, 뉴스 보도를 준비하고, 정권이 저지른 범죄를 폭로했소. 여러 목표를 위해 행진과 회의, 세미나를 준비했소. 이란의 자유를 위해 짐을 짊어졌는데 배은망덕한 동포들은 우리에게 고마워하기는커녕 감히 우리를 모욕하고 있소!"

하미디 고모부는 샤파키 고모부를 그처럼 극도로 분개하게 만든 것에 기분이 좋아 보였다. 하미디 고모부가 의자에 몸을 기대고 말을 이어나갔다. "샤파키, 그 짐을 내려놓아도 돼요. 이제 너무 애쓰지 마요. 지구 반대편에서 하는 싸움은 아무짝에도 쓸모가 없으니까."

샤파키 고모부의 얼굴이 너무 빨개졌기 때문에 혹시 심장마비라도 일어나는 것은 아닌지 걱정이 됐다. 고함을 지르는 그의 목소리가 떨렸다. "그것은 기본적인 인권조차 갖지 못한 당신과 당신 아내, 자식들을 위한 투쟁이야! 길거리로 나서서 나라를 자유롭게 바꾸지 못하는 당신 같은 무능한 바보들을 위한 투쟁이고! 정권에 순응해서 돌처럼 입을 다물고 있는 당신 같은 비겁자들을 위한 투쟁이라고!"

하미디 고모부가 벌떡 일어났고, 두 사람은 싸움닭처럼 서로를 마주 보고 섰다. 하미디 고모부와 샤파키 고모부가 진짜로 싸움을 벌이면 어쩌지?

"우리더러 길거리로 나가서 뭘 하라는 거요? 그러면 그 후에는 누가 정권을 넘겨받는데? 당신이?"

"물론 아니지! 늘 그래왔듯이 나도 다른 사람들처럼 쓰임새가 다하면 그 즉시 내동댕이쳐질 텐데? 나는 통치할 능력이 없어서 그런 요구는 절대 안 해. 하지만 정치에 적합한 사람들이 있소. 그들이 인수하는 게 뭐가 잘못됐다는 거요? 교육도 더 잘 받았고 더 똑똑한데. 그들은 자유를 지지하고, 더 교양 있고, 정직해요. 게다가 그들의 손은 누구의 피로도 더럽혀진 적이 없소. 나라를 배신한 적도, 적과 협력한 적도 없고. 그들은 조상의 나라에 대해 책임감을 느끼고 있소."

"당신 같은 사람들이 돌아와서 우리를 통치하도록 내버려두라고? 내 자식을 사지로 몰아넣길 바라는 거요? 절대 그럴 수 없소! 우리는 다시 속지 않을 것이오. 나를 지배하고 억압하는 사람이 넥타이를 맨 지식인이건, 수염을 기른 종교 지도자건 무슨 차이가 있겠어? 그리고 당신은 우리를 걱정하는 게 아니오. 당신은 한몫 챙기지 못했는데 다른 사람들이 이 나라의 부를 주무르고 있다는 것을 걱정하고 있을 뿐이오."

"나는 민주주의를 추구할 뿐이오. 자유와 정의만을 구할 뿐이라고. 이 나라의 부가 과학적이고 정확한 경제적 결정에 따라 국민에게 쓰이길 바라오. 생산량 증가와 그것의 공정한 분배를 바라오. 이게 당신이 원하는 것 아니오?"

"모두가 그렇게 말하지. 공직에 출마하는 사람 중에서 나라를 약탈하고 국민에게 침묵을 강요할 목적으로 출마한다고 주장하는 사람 본 적 있소?"

모흐센 삼촌은 뭔가를 말하기 위해 여러 해를 기다린 사람 같아 보였다. "문제는 양쪽이 단합하지 못한다는 거요. 각기 다른 걸 주장하면서 양쪽 모두를 대변할 믿을 만한 단체나 정당을 선택하는 일에 합의하지 못하고 있어요. 우리가 지지할 수 있는 계획을 제공하지도 않고요. 그래서 우리는 다음에 누가 나서건, 현재의 지도자보다 더 나으리라는 점을 맹목적으로 받아들이진 않을 거요."

하미디 고모부가 분개해서 모흐센 삼촌 쪽으로 고개를 돌렸다. "저 사람의 헛소리를 듣지 마요! 저들에게는 대표할 만한 사람도 없어요. 저 사람들 모두 의심스러운 전과가 있는 반역자들일 뿐이에요. 나만 이런 소릴 하는 게 아니에요. 저 사람들 말을 들어보면 어떻게 서로 배신하는지 알 수 있어요. 서로 잘 지내질 못해요. 저 사람들은 우리 걱정을 하는 게 아니에요. 문제가 생길 기미가 보이자마자 다시 호주머니를 채워서 도망칠 거예요."

"수염 난 놈아, 네가 반역자야!"

우리는 테니스 경기를 보는 사람들처럼 두 사람 사이에서 좌우로 계속 머리를 움직였다. 두 사람 사이에 낀 우리는 그 둘의 극단주의가 마음에 들지 않았다. 시간이 지날수록 그들의 대화는 더 험악해졌다. 할머니의 숨소리가 거칠어졌다. 할머니의 호흡이 고르지 못하면 나는 자면서도 그걸 알 수 있었다. 나는 몸을 돌려 할머니를 쳐다봤다. 얼굴이 땀으로 범벅이 된 채 할머니가 숨을 헐떡이고 있었다. 얼굴이 잿빛이었다. 내가 비명을 질렀다. "할머니, 할머니, 왜 그래요?"

토론이 중단됐고 모두 서둘러 움직이기 시작했다. 나는 할머니의 방으로 뛰어 들어가서 약을 들고 왔다. 마리암 고모는 마실 것을 준비했고, 마흐나즈 고모는 물잔을 건넸다. 모하마드 삼촌은 할머니의 등을 문질렀지만 메흐디 삼촌은 얼굴을 찡그린 채 한쪽 구석에 앉아 있었다. 메흐디 삼촌은 너무 냉정하고 무관심해 보였으며, 대화에 거의 끼지 않았다. 가족들은 메흐디 삼촌이 예전에는 그런 사람이 아니었다고 했다. 모호센 삼촌이 방을 나와 테라스로 가자, 아프사네 숙모도 삼촌을 뒤따라갔다.

30분이 지나자 상황이 진정됐다. 방으로 들어가고 싶지 않았던 할머니는 소파에 누워 있었다. 할머니가 자리를 뜨면 말다툼이 다시 시작되지 않을까 우려한 것 같았다. 우리는 서로 거슬리는 말을 하지 않도록 조심하면서 조용히 얘기했다. 나쁜 짓을 한 어린아이들처럼, 말다툼을 벌인 양쪽 당사자는 위층 자기 방에 숨어버렸고 다른 사람들은 바쁘게 이곳저곳 돌아다니면서 각자 할 일을 했다. 메흐디 삼촌이 아들의 지저분한 옷을 들고 와서 어떻게 빨아야 하느냐고 물었다. 밖에서 사나즈의 웃음소리가 들렸다. 사나즈는 나데르와 시루스, 아르데시르와 함께 저녁 산책을 나갔다가 어떤 대혼란이 벌어졌는지 모른 채 돌아오는 중이었다.

사나즈가 내게 물었다. "왜 같이 안 갔어? 날씨가 엄청 좋았어. 몇 사람이 바닷가에 모닥불을 피워놓아서 모두 노래하고 춤을 췄어."

"같이 가자고 안 했잖아."

마흐나즈 고모가 날카롭게 말했다. "쉿! 그렇게 시끄럽게 하지 마!"

사나즈가 깜짝 놀라서 물었다. "왜? 무슨 일인데? 모두 자는 거야?"

마흐나즈 고모가 할머니를 가리켰다. "아니야, 할머니 몸이 안 좋아. 목소리 더 낮춰."

사나즈가 속삭였다. "다들 왜 그러는 건데? 무슨 일 있었어?"

"네가 그걸 놓쳤어. 대전투가 벌어졌거든!"

사나즈의 눈이 휘둥그레졌고, 시루스와 나데르도 내 옆으로 모였다. 시루스가 신이 나서 물었다. "누가 누구랑 싸웠는데?"

"샤파키 고모부랑 하미디 고모부."

나데르가 놀랐다. 시루스는 아쉽다는 표정으로 고개를 저었다. "나도 봤어야 하는 건데. 그래서 누가 이겼어?"

사나즈가 웃으면서 입술을 내 귀 가까이 대고 말했다. "두 사람이 서로를 죽였다면 좋았을 텐데!"

나는 크게 웃음을 터뜨리지 않으려고 애썼다. 마흐나즈 고모가 미심쩍어하는 표정으로 우리를 쳐다봤다. 고모는 우리가 자기 남편에 대해 절대 좋은 말을 하지 않으리란 걸 알고 있었는지 이렇게 말했다. "일어나! 가서 씻고 자렴. 내일 아침 일찍 일어나야 하니까. 내일 할 일이 많다. 모두 기운 차려서 정각에 모이길 바란다."

여섯째 날

다음 날 아침, 나는 일찍 일어나서 파란 하늘에 떠 있는 흰색과 노란색, 오렌지색 구름을 내다봤다. 아래쪽 황금빛 바다에 들어가서 자연과 하나가 되고 싶었다. 그러나 머릿속은 이런저런 생각으로 가득 차 있었다. 나는 일기장을 집어 들고 다시 침대에 누워 메모를 정리하기 시작했다. 욕실에서 나오는 할머니의 모습이 지쳐 보였다. 할머니가 옷을 걸치고 가방에 약을 집어넣은 다음 말했다. "일어나라, 얘야. 다른 가족이 법석 떨기 전에 내려가자."

나는 여분의 셔츠와 수건, 일기장을 배낭에 넣은 뒤 할머니의 팔을 부축하고 함께 계단을 내려갔다. 마흐나즈 고모와 샤파키 고모부, 나데르는 출발할 채비가 돼 있었고 모하마드 삼촌과 메흐디 삼촌은 테라스에서 이야기를 나누고 있었으며 아이들은 신나게 정원을 뛰어다니고 있었다. 그리고 주방 조리대 위에는 간단한 아침 식사가 차려져 있었다. 제대로 된 아침 식사를 하기에는 시간이 충분하지 않은 것이 분명했다. 나는 할머니와 내가 마실 차를 따랐다. 할머니는 조리대 앞에 앉아서 빵 조각을 옆으로 밀쳤다. "아무것도 먹고 싶지 않구나." 나는 조리대 앞에 서서 빵에 치즈를 발라 차와 함께 먹었다. 모흐센 삼촌의 방 문이 열리고 입을 꼭 다문 삼촌이 걸어 나왔다. 삼촌 부부에게는 항상 싸울 거리가 있었다. 아프사네 숙모가 무슨 얘긴지 우리에게는 들리지 않는 말을 하면서 삼촌 뒤를 서둘러 따라 나왔다. 사나즈는 꼭 끼는 청바지를 입고 셔츠 밑자락을 배 위로 묶고 있었다. 시루스는 뭔가를 따지면서 사나즈에게 양손을 휘두르고 있었고, 이런 다툼에 익숙한 아르데시르는 휘파람을 불면서 그들 옆을 무심하게 지나갔다. 그러곤 다른 아이들을 보자마자 밖으로 뛰어갔다.

메이삼과 소마예가 언제 방을 나왔는지는 모르겠다. 그들은 계단 난간에 기대서 부럽고도 슬픈 표정으로 아래를 내려다보고 있었다. 마흐나즈 고모가 조급하게 물었다. "왜 들 안 내려오는 거니? 소마예, 너희 엄마는 어디 있어? 늦었다."

소마예가 낮은 목소리로 대답했다. "우리는 안 간대요."

우리 모두 놀라서 말을 멈추고 소마예를 바라봤다. 출발이 늦어지는 것에 짜증이 난 샤파키 고모부가 말했다. "안

갈 거라니 무슨 말이야? 예약도 다 해놨는데."

마흐나즈 고모가 남편의 팔을 잡고 말했다. "당신은 빠져요." 고모가 뭔가를 속삭이더니 그를 데리고 밖으로 나갔다가 다시 들어와서 큰 목소리로 불렀다. "마리암! 어디 있니? 왜 아직도 준비가 안 된 거야? 늦었어."

테라스에서 샤파키 고모부의 목소리가 들렸다. "정말 웃기는군! 안 간다고?"

삼촌들이 안으로 들어와서 위층에 서 있는 마리암 고모를 다른 사람들과 함께 뚫어져라 쳐다봤다.

"마흐나즈 언니, 먼저 가. 늦을라. 하미디가 시내에 볼일이 있어서 함께 가야 해."

"무슨 말이야? 계획도 세워놓고 예약도 해뒀는데!"

하미디 고모부가 기분 나쁜 표정으로 방에서 걸어 나왔다. "우리 몫은 제가 낼게요. 걱정하지 마세요. 남편께서 손해 보지 않도록 할게요."

"제부, 아무도 돈 이야기를 꺼내지 않았어요. 몇 년 만에 함께 며칠을 보내고 싶었을 뿐이에요. 각자 가서 자기 일을 할 거면 여기 온 게 무슨 소용이 있어요?"

마리암 고모가 자기 남편을 노려봤다. 나조차도 그 시선의 의미를 알 수 있었다. 고모의 시선이 버거웠는지 하미디 고모부가 고개를 돌리고 말했다. "왜? 가고 싶으면 가요. 난 안 가겠소."

마리암 고모가 시선을 떨궜다. 마흐나즈 고모가 더 부드럽게 말을 이어나갔다. "제부, 제발 우리 계획을 망치지 말아요. 우리가 함께 보낼 수 있는 날이 얼마 남지 않았어요."

"이미 충분했어요!"

상황이 좋지 않아 보였다. 모흐센 삼촌과 메흐디 삼촌이 서둘러 계단을 올라가서 하미디 고모부를 데리고 그의 방으로 들어갔다. 삼촌들이 고모부에게 무슨 말을 하는지 들리지는 않았다. 모하마드 삼촌은 밖에 있는 샤파키 고모부에게로 갔다. 마리암 고모가 계단을 내려왔고 우리는 고모 곁으로 모였다. 고모는 눈물을 훔치며 말했다. "며칠간 재미있고 즐겁게 보내기를 기도하고 기도했는데 그럴 것 같지 않아!"

마흐나즈 고모가 말했다. "샤파키는 나이가 많고 예민한 편인데, 네 남편은 고집스럽고 까다롭구나."

마리암 고모가 자기 언니를 매섭게 노려봤다. 할머니가 소마예와 메이삼을 구석으로 데려갔지만, 두 아이는 초조하게 결과를 기다리고 있었다. "걱정하지 말거라. 어른들이 때로는 싸우기도 한단다. 모든 게 잘될 거야. 잘돼야지. 어쨌든 우린 가족이니까."

모하마드 삼촌이 의기양양한 표정으로 샤파키 고모부와 나란히 안으로 들어왔다. 삼촌은 우리에게 고개를 끄덕인 다음 아무 말 없이 고모부와 함께 위층으로 올라갔다. 우리는 두 사람이 하미디 고모부의 방으로 들어갈 때까지 눈으로 그들을 쫓았다.

할머니는 희망적인 것 같았다. 할머니가 아이들에게 말했다. "가서 너희들 물건을 챙겨서 나가자. 그러면 다른 사람들이 우리를 따라올 거야."

어떻게 성사됐는지는 모르겠지만 휴전이 이루어진 것은 분명했다. 몇 분 후에 우리 모두 길을 나섰다. 마리암 고모의 아이들은 다른 아이들과 합류했다. 소마예와 사라는 서로 포옹한 다음 손을 잡고 우리 앞을 팔짝팔짝 뛰어갔다. 대니얼은 메이삼의 목에 팔을 둘렀다. 닉이 그들에게 뛰어가서 두 사람을 옆으로 밀치고 사이로 끼어들었다. 아르데시르가 세 아이를 모아서 무슨 말인가를 하자 아이들이 웃으며 그의 뒤를 쫓아 달려갔다. 시루스가 몸을 돌려 말했다. "쟤네 좀 봐요! 어제는 서로 견딜 수 없어하더니 오늘은 제일 친한 친구가 됐어요!"

할머니가 생각에 잠겨서 대답했다. "아이들에게는 복수심이 없어. 그래서 쉽게 화해하는 거야. 공통의 언어를 찾아내는 방법도 알고. 하느님, 우리 어른들을 구해주소서!"

아이들은 함께 붙어서 걸어갔지만, 어른들은 이리저리 흩어져서 각자 생각에 빠져 있었다. 마리암 고모와 마흐나즈 고모는 각자 자기네들 남편 옆에서 걸었다. 고모들이 남편 편을 들어주고 있는 건지, 아니면 또 다른 다툼을 막고 있는 건지는 알 수 없었다.

배를 탈 때 아이들이 야단법석을 떨었다. 우리는 각자 앉을 곳을 찾았다. 삼촌들은 갑판 위의 테이블에 앉아 썩 즐거워 보이진 않는 대화에 빠져 있었고, 아프사네 숙모는 삼촌들을 등지고 앉아 다른 사람들과 떨어져서 바다를 바라보는 척했다. 그러나 그녀의 온 신경이 등 뒤에서 벌어지고 있는 대화에 집중돼 있다는 것은 의심할 여지가 없었다. 할머니와 나는 안락의자에 앉아서 파도에 반사되는 해를 바라봤다. 날씨는 무척 좋았지만 나는 살짝 지루했다. 글쓰기도 지겨웠다. 젊은이들이 어디 있는지 알 수가 없었다. 그들은 항상 가장 즐겁게 시간을 보내는 것처럼 보였다. 할머니가 말했다. "내 아들들이 적어도 서로 말은 주고받는구나. 쟤들이 저렇게 심각하게 무슨 이야기를 하는 것 같니?"

"제가 잘못 안 게 아니라면, 시루스가 이란을 떠나는 이야기일 거예요."

"왜 모두 그렇게 간절히 떠나고 싶어할까? 우리가 갖지 못한 걸 지구 반대편 사람들은 가지고 있을까?"

"모르겠어요!"

테이블 위로 그림자가 드리워져서 고개를 들었더니 마흐나즈 고모와 샤파키 고모부가 우리를 내려다보며 서 있었다. 두 사람이 해를 등지고 있었기 때문에 얼굴이 또렷하게 보이지 않았다. 마흐나즈 고모가 할머니 옆에 앉았다. "어떠세요? 뱃멀미를 하진 않으셨죠? 뭐 드시겠어요? 어머니가 즐겁게 시간을 보내면서 좋은 추억을 만들고 떠나시길 진심으로 바라고 있어요. 그러니까 뭐 필요한 거 있으면 말씀하세요."

샤파키 고모부가 의자를 끌어당겨서 앉았다. 고모부는 파이프에 꼼꼼하게 담배를 채우고 몇 번 불을 붙인 다음 두 번 깊이 들이마셨다. 담배 냄새가 공기 중에 가득 차자, 그는 의자에 몸을 기대고 앉아서 내게 고개를 돌리고는 상냥한 미소를 지으며 물었다. "잘 지내니, 애야? 공부는 다 마쳤고?"

"네."

"무슨 공부를 했니?"

"사회학요."

"좋아! 나랑 같구나! 예전에 내가 사회학을 가르친 걸 알고 있니? 수업을 정말 신나게 했었는데…." 고모부가 다시 선생님이 된 것처럼 여러 가지 사회 이론을 논하고 비교하기 시작했다. 나는 학생처럼 그의 끝없는 지식에 경외감을 느끼며 강의를 들었다. 고모부는 현재 자신이 어디에 있는지 잠시 잊고 강의실에서 학생들을 가르치던 시절로 돌아간 것 같았다. 훨씬 젊어 보이기까지 했다. 잠시 후 고모부가 다시 정신을 차리고 차분히 눈을 내리깔며 조용한 목소리로 말했다. "미안하다! 지금은 누가 교수로 있니?"

내가 최고의 몇몇 교수들 이름을 대자 고모부는 실망한 듯 고개를 저으며 말했다. "몰라, 아는 사람이 아무도 없어." 그의 목소리가 떨렸다. "이제는 이란에 대해 아는 것이 아무것도 없다는 느낌이 든다." 고모부가 다시 나이 들어 보였다. "너는 정말 조용한 아이로구나. 뭐 재미있는 이야기 있으면 해보렴."

"뭘 말씀드릴까요? 재미있는 이야기가 없는데요. 정치 이야기는 안 좋아해서요."

"정치 이야기를 할 필요는 없다. 네가 사는 아름다운 나라에 대해 이야기를 좀 해주렴. 아이들이 여전히 길에 나와서 노니? 아직까지도 여름날 오후 거리에서 행상들의 목소리가 들리고? 사람들이 여전히 골목에서 노래를 부르니? 여름날 저녁에는 사람들이 아이스크림을 먹으러 타지리시 광장에 가고? 아직도 바스타니 아이스크림(우유, 달걀, 사프란, 장미꽃물, 설탕, 바닐라, 살렙, 피스타치오나 크림을 넣어 만든 페르시아 아이스크림)이 있어? 다마반드산 뒤로 해가 뜨고? 새벽에 창문을 열고 그 아름다운 산 뒤로 해가 뜨는 걸 보곤 했었는데. 내 집이 너무 그립구나. 그 집에서 며칠만이라도 보낼 수 있다면 내 남은 생을 다 바칠 수 있을 텐데." 고모부는 눈물이 그렁그렁한 충혈된 눈을 바다 쪽으로 돌리고 아무 말도 하지 않았다.

마음이 아팠다. 위로해주고 싶었지만 고모부가 자기감정을 추스르는 데 얼마나 걸릴지 알 수가 없었다. "널 당혹스럽게 만들어서 미안하다."

"아니에요. 당혹스럽지 않았어요. 추억 때문에 슬퍼지신 거잖아요. 그냥 안타까웠어요. 고모부 같은 선생님에게 배울 기회를 놓친 것 때문에 아쉬웠어요. 그리고 그런 작은 사소한 것들이 고모부에게는 이룰 수 없는 꿈이 됐다니 안타깝고요."

"무슨 말을 하겠니? 그게 우리 운명이지. 나는 인생의 반을 향수병에 시달렸다."

"비슷한 경험을 해본 적은 없지만 어떤 기분일지 이해할 수 있어요. 고통스러울 것 같아요." 고모부가 나를 유심히 쳐다봤다.

"정말로 내 기분을 알 수 있어?"

"잘은 모르겠지만 그래도 제가 고모부 처지라면 저한테도 굉장히 힘들었을 것 같아요."

"똑똑한 아이로구나. 너처럼 똑똑한 며느리가 있으면 좋겠다!"

마흐나즈 고모와 막 이야기를 마친 할머니가 우리 대화의 끝부분을 들었다.

"우리 도키 같은 애는 절대 못 찾을 거야!"

우리는 꿈같은 섬에 도착했다. 날씨도 좋고 경치도 멋졌지만 아무도 주변에 주의를 기울이지 않았다. 모두 각자 자기 생각에 빠져 있는 것 같았다. 그들 사이의 거리뿐만 아니라 그들의 찌푸린 표정들도 늘어났다. 우리는 정적 속에서 점심을 먹었다. 삼촌들조차 더 이상 서로 이야기를 나누지 않았다. 다들 할 말이 동난 것 같았다. 돌아오는 길 내내 모흐센 삼촌과 아프사네 숙모는 귓속말로 속삭였다. 모하마드 삼촌이 마침내 할머니 옆에 앉을 기회를 얻었다. 할머니가 말했다. "너희들은 무슨 이야기를 그렇게 오래 했니?"

"별 얘기 아니었어요. 모흐센이 아이들 이야기를 했어요."

나는 모하마드 삼촌이 할머니와 함께 있는 틈을 타서 할머니 곁을 떠났다. 배 안을 돌아다니며 이곳저곳을 탐험한 다음 다시 갑판으로 돌아와 난간에 기대서 멀리 파도를 바라보고 있을 때였다. 누군가 물었다. "왜 다들 기분이 안 좋은 거야?"

나는 주위를 둘러보다 깜짝 놀랐다. 마이클이 내 옆에 서서 멀리 수평선을 바라보고 있었다. 너무 말이 없었기 때문에 나는 그의 존재를 완전히 잊어버리고 있었다. "페르시아어를 하네요!"

"조금."

"그렇지만 모하마드 삼촌은 오빠가 페르시아어를 말할 줄 모른다고 하셨는데요."

"어머니가 돌아가신 후에는 더 이상 페르시아어를 하지 않았어. 아버지는 왜 내가 모든 걸 잊어버렸다고 생각했는지 모르겠어."

"그런데 잊지 않은 거였군요."

"그럼. 엄마와 나는 아버지가 생각하는 것보다 페르시아어를 더 잘할 줄 알았어. 아버지가 없을 때 우리끼리 연습하곤 했으니까. 나중에 대학에서 페르시아어 수업도 몇 개 들었고."

"왜 아버지한테 그런 말을 안 했어요? 좋아하셨을 텐데요."

"모르겠어. 어머니가 돌아가시고 난 후로 우리 사이가 멀어졌어. 아버지와 페르시아어로 말하는 게 창피했어. 내가 잘 못하니까."

"아니에요. 잘하는 거예요! 문장도 정확하고요. 격식을 차려서 살짝 딱딱하긴 하지만, 그래서 오히려 알아듣기가 더 쉬워요. 그리고 다들 억양이 조금씩 이상하긴 해요. 나데르를 봐요!"

"고마워. 힘이 되는걸… 힘…." 그가 주먹으로 가슴을 몇 번 두드렸다.

"마음의 힘을 말하는 거죠?"

"맞아, 그거야!"

"오빠가 우리 말을 할 수 있어서 너무 기뻐요! 오빠와 몇 마디 나누려면 내가 알고 있는 영어 지식을 전부 쥐어짜느라 미칠 것 같았거든요. 이러니까 훨씬 더 좋아요."

"왜 모두 화가 나 있는 거야?"

"어젯밤에 정치 이야기를 나눈 다음부터 서로 잘 지낼 수 없다는 게 분명해졌어요."

"그런데 왜?"

"의견 차이가 너무 커서요. 이야기를 해봐야 진전이 없어요. 각자 자기가 옳다고 생각하니까요. 여러 해 동안 정치 선전을 듣다 보니 모두가 세뇌당했어요. 이제는 더 이상 서로 믿을 수가 없어요."

"세계 어디서나 의견 차이는 있어. 그렇다고 사람들이 화를 내진 않아."

"이란인들이 더 광적이어서 그럴 수 있어요. 전 세계 어디서나 그러겠지만, 이란에서는 정치문제가 우리 사생활에까지 영향을 미치는 것 같아요."

"정치는 전 세계 어디에나 존재해. 유일한 차이점은 다른 곳에서는 정치적 논의가 보통 정당이나 학회, 전문가들 사이에서 이루어진다는 거지. 그런데 이란인들은 모두 정치적이야. 나도 이란 텔레비전을 가끔 보는데, 모두가 자신을 정치 전문가라고 생각하는 것 같아."

"그 정도는 아무것도 아니에요. 테헤란에 가보면 글자 그대로 모두가 정치인이라는 걸 알게 될 거예요. 택시 기사부터 채소 가게 주인들까지, 대학 교수부터 주부까지요."

"재미있네. 그러면 전문 지식도 없이 모두 자기 의견을 말한다는 거야?"

"전문 지식이 없진 않아요. 상당한 정도의 일반적인 정치적 지식은 지니고 있으니까요. 문제는 각자 자기 쪽만 생각한다는 거죠. 자기가 틀렸을 수도 있고, 상대편이 때로는 옳을 수도 있다는 사실을 절대 받아들이지 않아요. 모두가 자기 의견이 다른 사람의 의견보다 더 낫다고 생각해요. 그래서 누가 반대 의견을 말하면 평생 적이 되는 거죠. 혁명 후 처음 몇 년 동안 정치적 이견 때문에 많은 가족이 풍비박산됐다고 들었어요."

우리는 날이 어두워지고 나서야 빌라로 돌아왔다. 모두 피곤해 보였고 더 이상 모여 앉아 있고 싶어하지 않았다. 우리는 각자 방으로 들어가서 평소보다 더 일찍 잠자리에 들었다.

일곱째 날

지난 며칠 간의 토론이 꿈속에서도 계속됐다. 아침 햇살이 탈출구가 되어줬다. 나는 무의미한 생각에서 벗어나기 위해 침대에서 벌떡 일어났다. 서둘러 준비한 다음 아래층으로 내려가자 마흐나즈 고모가 아침 식사를 준비하고 있었다. 고모를 도와 식탁을 차리고 있을 때 할머니가 매우 힘겹게 아래층으로 내려왔다.

"할머니에게 무슨 문제가 있니?"

"등에 경련이 있었던 것 같아요. 어제 너무 많이 걸은 데다, 스트레스를 받을 때마다 더 심해져요."

나는 할머니에게 차를 따라주며 물었다. "오늘은 특별한 계획이 없어요. 시내 산책을 해보죠. 샴시 숙모와 모니르 아주머니에게 줄 기념품을 사고 싶지 않으세요?"

한 사람씩 모두 방에서 나와 간단히 아침 식사를 하고 각자 자기 일을 했다. 우리는 시내에 있는 쇼핑센터에 갈 계획을 모두에게 알렸다. 반대하는 사람은 없었지만, 그렇다고 딱히 신나하는 사람도 없었다. 그냥 어쩔 수 없이 하는 일처럼 보였다. 아이들은 허겁지겁 아침을 먹은 뒤 밖으로 뛰쳐나갔다. 별다른 말 없이 우리는 출발할 준비를 마치고 문 옆에서 다른 사람들을 기다렸다. 마리암 고모와 하미디 고모부가 마지막으로 아래층으로 내려오자 무거운 침묵이 감돌았다. 모두 놀란 표정으로 마리암 고모를 쳐다봤다. 바람이 살짝 불자 고모의 차도르* 자락이 몸 뒤에서 망토처럼 휘날렸다. 마흐나즈 고모가 물었다. "그렇게 하고 갈 거야? 스카프까지는 참았는데 이건 너무 심하잖니?"

하미디 고모부의 얼굴이 빨개졌다. 고모부가 마리암 고모의 팔을 잡아끌며 말했다. "걱정하지 마세요. 우리는 빠질게요."

"왜 그렇게 화를 내요? 저 애를 위해서 한 말인데. 집 안에서 형제자매들 앞에서조차 머리를 가리고 있잖아요! 이 더위에 스카프를 계속 쓰고 있더라고요. 저렇게 하고 밖에 나가면 구경거리가 될 거예요. 사람들이 다 쳐다볼 거라고요. 제발 어제처럼 스카프만 쓰고 가게 허락해줘요."

"저와는 상관없어요. 저 사람이 결정한 거예요. 제가 차도르를 쓰라고 강요한 건 아니에요."

---

* 부르카와 비슷하지만 얼굴은 내놓을 수 있는 전신 길이의 가리개.

"정말요? 저 애는 매제와 결혼하기 전에는 논리적인 사람이었어요! 매제가 저 애를 극단주의자로 바꿔놓은 거예요. 매제의 직책 때문인지, 아니면 개인적인 종교 신념 때문인지 모르겠군요."

마리암 고모가 남편을 옹호하고 나섰다. "그건 틀렸어. 나 스스로 선택해서 이런 사람이 된 거야."

"거짓말이야! 너처럼 교육받은 여성이 어떻게 자기 머리카락이 이슬람을 위협한다는 생각을 갑자기 하게 됐다는 거야? 도무지 믿을 수가 없어!"

"갑자기 깨달은 게 아니야! 열심히 연구하고 조사한 끝에 차도르를 선택한 거야. 오랫동안 생각해보고 결정한 거라고. 이걸 쓰면 더 안전하다는 느낌이 들어."

"그렇지 않아, 얘. 넌 지금 제정신이 아니야. 형제들과 조카들 앞에서도 몸을 가리고 있잖니. 지금까지 며칠 동안 참고 봤어. 이 더위에 너도 스카프 쓰는 게 번거롭지 않았니? 집 안에서 왜 스카프를 쓰는데? 무엇으로부터 안전함을 느껴야 한다는 거야? 우리는 가까운 가족이잖아!"

"언니 남편은 가까운 가족이 아니잖아."

"뭐라고? 샤파키 때문에 가리고 있다는 거야? 걱정하지 마. 그 사람은 널 쳐다보지도 않을 테니까!"

"알아. 그래도 나한테는 나만의 신념이 있어. 그건 언니와 상관없어. 언니는 언니가 원하는 대로 마음대로 입도록 해."

하미디 고모부가 말했다. "갑시다, 마리암. 할 일이 있어."

샤파키 고모부가 말했다. "보세요, 우리가 어떤 사람과 함께 지내고 있는지! 이래서 우리나라가 발전하지 못하는 거라고요!"

하미디 고모부가 화가 나서 핏대를 세우고는 샤파키 고모부 가까이 얼굴을 들이대며 말했다. "내 마누라가 머리를 풀고 다닌다고 나라가 더 좋아지나? 당신 마누라가 반쯤 벗고 다니는 건 프랑스를 위한 거야? 아니면 이란을 위한 거야?"

메흐디 삼촌이 마침내 입을 열었다. "사람들이 어떻게 옷을 입건 그것은 각자 알아서 할 일이에요. 개인적으로 결정할 일이라고요."

하미디 고모부와 샤파키 고모부는 계속해서 서로에게 공격적인 말을 퍼부었지만, 그들이 무슨 말을 하는지 소음에 파묻혀서 잘 들리지 않았다.

할머니가 소리를 질렀다. "너희들 또 시작이구나! 그걸로 충분하다!" 모하마드 삼촌이 샤파키 고모부에게 달려가서 손을 잡아끌었고 하미디 고모부는 다른 방향으로 갔다. 마리암 고모는 아이들을 부르며 남편 뒤를 따라갔다.

메이삼이 대답했다. "저희는 엄마랑 안 갈래요. 마이클이랑 공원에 갈 거예요."

마이클과 메흐디 삼촌은 아이들을 공원에 데려가겠다며 무리에서 벗어났고 나머지 가족은 각자 흩어져 들쭉날쭉 출발했다. 시내에 도착하자마자 가족이 나뉘었다. 아침부터 기분이 언짢았던 모흐센 삼촌과 아프사네 숙모는 큰 쇼핑센터 입구에서 우리와 헤어졌다. 마흐나즈 고모와 샤파키 고모부는 카페에 들어가 앉아서 음료를 주문했다. 젊은이들은 아무도 보이지 않았다. 어른들끼리 쓸데없는 대화를 계속하도록 내버려두고 자기들은 어디론가 놀러 간 것 같았다. 왜 그런 계획에 나를 끼워주지 않는 걸까? 나는 항상 할머니와 함께 있을 거라고 생각하는 걸까?

할머니와 나는 잠시 산책하며 윈도쇼핑을 했다. 할머니는 친구들에게 줄 기념품을 사고 싶어했지만, 지금은 쇼핑할 기분이 아닌 것 같았다. 나는 가게 창문에 놓인 예쁜 물건들로 할머니의 관심을 끌어보려 했다. 내가 뭔가를 가리킬 때마다 할머니는 수긍하며 고개를 끄덕였다. 그러나 뭔가를 사겠다는 열의를 보이진 않았다. 할머니가 마침내 진심을 털어놓았다. "다리가 아프구나. 어디 가서 앉자." 할머니는 카페 앞에 줄지어 놓인 의자를 바라봤다. 튀르키예인 소년이 카페에서 서둘러 나와 튀르키예어로 뭐라고 말했다. 나는 그에게 영어로 "차를 주세요."라고 대답했다.

할머니가 한숨을 쉬었다. "왜 모든 게 엉망이 됐지? 이제는 아무도 즐거워 보이지 않아."

어떻게 할머니를 위로할지 알 수가 없었다. 주변을 둘러보니 모하마드 삼촌이 보였다. 나는 일어나서 손을 흔들며 삼촌 쪽으로 걸어갔다. 삼촌이 나를 알아보고 우리 쪽으로 와서 할머니 옆에 앉았다. 할머니가 나를 향해 말했다. "애야, 사고 싶은 게 있으면 가서 사렴. 나는 여기서 기다리고 있으마. 테헤란에 있는 내 친구들에게 줄 셔츠도 몇 장 사렴."

나는 일어서서 카페 근처의 큰 가게 안으로 들어갔다. 한참 동안 여러 층을 걸어 다니며 몇 가지 물건을 샀지만, 마음이 불편했다. 집중이 안 되고 마음이 불안했다. 여성용 코너에 아프사네 숙모가 있었다. "숙모도 여기 왔어요? 뭘 샀어요?"

"아무것도 안 샀어. 너는 신나게 쇼핑할 수 있겠지만 나는 그렇지가 않아."

"왜요? 무슨 일이 있어요? 샤파키 고모부와 하미디 고모부가 싸움을 벌였다 해도 숙모와는 상관없는 일인데요."

"모하마드가 모흐센에게 뭐라 했는지 아니?"

"아니요. 뭐라 하셨는데요?"

"내가 하도 재촉하니까 불쌍한 모흐센이 자존심을 내려놓고 자기 형한테 시루스를 미국으로 데려가달라고 부탁했어. 그런데 모하마드가 이란에서 일하지 못한 사람은 미국에서도 일할 수 없다고 딱 잘라 말하더구나. 모흐센 기분이 어땠을지 너는 상상도 못 할 거야. 너무 마음이 상해서 어머니만 아니라면 우리는 이곳에 일 분도 더 있고 싶지 않아."

그 말을 듣고 놀란 나는 믿기지 않는다고 말하고 싶었다. 모하마드 삼촌이 내게는 서류를 준비해서 미국으로 함께 가자고 권했기 때문이다. 그러나 난 생각을 바꿔서 아무 말도 하지 않기로 했다. 모하마드 삼촌은 왜 조카를 도와주고 싶어하지 않을까? 모흐센 삼촌에 대한 어린 시절의 경쟁심 때문일까?

쇼핑하고 싶은 마음이 싹 사라져버렸다. 나는 밖으로 나와 카페로 걸어갔다. 마흐나즈 고모와 샤파키 고모부가 할머니와 모하마드 삼촌과 합류해서 심각한 표정으로 이야기를 나누고 있었다. 나를 등지고 앉은 모하마드 삼촌이 말하고 있었다. "이런 식으로는 안 돼요. 결국에는 그 애한테 사실을 말해줘야 해요. 애가 그것 때문에 아프다고요."

할머니가 나를 알아보고 삼촌에게 조용히 하라는 신호를 보냈다. 모두 몸을 돌려 나를 바라봤다. 억지웃음을 지으며 마흐나즈 고모가 물었다. "벌써 돌아왔니? 쇼핑이 끝났어?"

"필요한 게 많지 않아서요."

"어떻게 그게 가능하지? 이란인들은 쇼핑이라면 사족을 못 쓰는데. 이란인이 제일 먼저 터득하는 장소가 쇼핑센터잖아. 우리 가족만 봐도 그래. 관광하러 가거나 박물관에 다녀온 사람이 아무도 없잖아. 그런데 쇼핑 얘기만 나오면 모두 번개같이 준비를 마쳐. 짐 가방은 항상 중량 초과고!"

샤파키 고모부가 말을 이었다. "세계 어느 공항에서나 짐 가방만 봐도 누가 이란인인지 알 수 있어요! 수하물 카운터에서는 항상 직원들하고 실랑이를 벌이고 있고요!"

거짓말은 아니었다. 우리 역시 이에 대해 자책하며 농담하곤 했지만, 그들에게서 이런 소릴 듣자 이상하게도 귀에 거슬리고 참을 수가 없었다. 할머니가 조바심을 냈다. "언제 집으로 돌아갈 거니?"

모하마드 삼촌이 물었다. "어디 안 좋으세요? 피곤하세요?"

"그래, 다리가 아프다. 그리고 심장이 너무 빨리 뛰어. 약을 놓고 왔구나."

가방 안에 약이 있다고 할머니에게 말하려는 순간, 할머니가 눈빛으로 핑곗거리를 없애지 말라고 신호를 보냈다.

여기저기로 뿔뿔이 흩어지고 갈라졌던 가족들이 하나둘씩 집으로 돌아왔다. 저녁을 이미 먹은 사람도 있었고, 냉장고에서 음식을 꺼내 식탁을 차리지 않고 바로 먹는 사람도 있었다. 할머니는 복도의 소파에 누워 있었지만 할머니의 존재조차도 고모들과 숙모, 삼촌들과 고모부들을 끌어모으지 못했다. 마이클과 메흐디 삼촌이 아이들을 데리고 공원에서 돌아왔다. 그곳에서 무엇을 했길래 그러는지 아이들은 너무 지쳐서 일어나지도 못했다. 부모들이 아이들을 위층으로 데려가서 침대에 눕혔다. 나는 테라스로 나가서 격자무늬 울타리에 기댔다. 석양빛에 물든 나무들의 그림자가 약간 으스스해 보였다. 마이클이 내 옆에 와서 말했다. "상황이 오늘 아침보다 더 안 좋은 것 같아. 그렇지 않아?"

"맞아요. 시시각각 더 나빠지고 있어요. 폭풍 전의 고요 같아요."

"이제는 더 이상 가족처럼 보이지 않아. 그냥 서로 삐걱거리는 낯선 사람들 같아."

"그렇게 들떠서 기분 좋게 기다리다 만났는데 이렇게나 빨리 서로에게 질려버리다니 믿을 수가 없어요. 모두 집으로 돌아갈 순간만 세고 있어요."

"왜 그런 것 같아?"

"30년의 거리감 때문이죠. 양쪽의 관점과 경험, 심지어 말하는 방식도 달라요. 우리에게는 같이 공유하며 이야기할 미래도, 친구도, 계획도 없어요. 어린 시절의 추억을 회상하며 보낼 수 있는 시간이 얼마나 오래가겠어요? 그 추억은 이미 열 번 정도 반복했을 거예요. 더 이상 할 말이 남아 있지 않아요."

"나는 이번 여행에서 나 자신을 찾을 수 있을 거라고 진심으로 기대했어. 그런데 나보다 어른들이 훨씬 더 길을 잃고 헤매는 것 같아."

"왜 자기 자신을 잃어버렸다고 말하는 거예요? 오빠는 모든 걸 가졌잖아요."

"'모든 것'이라니 무슨 말이야? 돈을 의미하는 거라면, 맞아. 돈은 있어. 그렇지만 나는 가족도, 친척도, 연고도 없어. 학교 친구들이나 직장 동료들, 지인들과 나가서 어울리곤 했지만 마음속 깊은 곳에서는 항상 혼자라는 느낌이었어. 항상 내 또래 아이들과 다르다고 느꼈기 때문에 다른 아이들과 소통하기도 힘들었고. 게다가 내 정체성을 확인할 수 있는 가족도, 나라도 없었어."

"이란인으로서의 정체성을 왜 더 이어가지 않았어요? 이란인이라는 것이 창피했어요?"

"창피하진 않았지만 그게 내 정체성이라는 느낌이 안 들었어. 뿌리가 없는 것 같았지. 내가 어렸을 때는 가족이 이란으로 돌아올 계획을 짜고 있었어. 어머니는 아버지를 매우 사랑하셨기 때문에 가끔은 어머니가 아버지보다 훨씬 더 이란인 같았어. 그리고 처음 이란을 방문했을 때 굉장히 따뜻한 환영을 받아서 어머니는 그걸 절대 잊지 못했어. 이곳 가족들이 어머니를 수많은 파티에 데려갔고, 심지어는 카바레까지 데려갔던 것 같아. 그래서 어머니는 이란인이 세상에서 가장 재미있고 가장 따뜻한 사람들이라고 믿었어. 이란 생활이 재미있을 거라 믿었기 때문에 빨리 그곳으로 옮겨가고 싶어했지. 어머니는 이란에서 할 일에 대해 항상 이야기하곤 했어. 또 부모님은 내가 학교에 다닐 때 이란인인 걸 자랑스럽게 생각하도록 가르쳐주셨어. 집에서는 아버지를 놀라게 해주려고 어머니와 함께 페르시아어를 연습하기도 했고. 시도 외웠어. 어머니는 우리가 이란에 가서 페르시아어를 잘하면 우리가 외국인이라는 걸 아무도 눈치채지 못할 거라고 했어. 그건 우리끼리의 비밀이었지. 그런데 어머니가 병이 나면서 모든 게 틀어졌어. 아버지는 침울해했고, 어머니에게 모든 관심을 쏟았어. 나한테는 아무도 관심을 기울이지 않았어. 내가 아주 어리긴 했어도 우리에게 닥친 재앙이 무엇인지 충분히 이해할 수 있는 나이였는데 부모님은 그렇게 생각하지 않았어. 두 분은 나를 멀리 보내면 될 거라고 생각했던 것 같아. 그래서 나는 눈 깜짝할 사이에 모든 것을 잃어버렸어. 아버지도, 어머니도, 집도, 심지어는 이란인으로서의 정체성도 모두 잃어버린 거야. 더 이상 페르시아어를 배울 수도 없었어. 텔레비전에서는 이란에 대한 나쁜 뉴스만 나오고, 이란인이라는 게 더 이상 좋은 게 아니었어. 외할머니는 '걱정 말거라. 너는 미국인이야. 네 아버지가 이란인이란 걸 아무에게도 말하지 말거라.'라고 하셨어. 일 년 후에 아버지가 날 찾아왔고, 나는 어머니가 없는 집으로 돌아왔어. 모든 게 바뀌었지. 학교에서 내가 이란인이라는 걸 말해도 되느냐고 물었더니, 아버지가 그게 별 도움이 안 될 거라고 했어. 아이들이 나를 괴롭힐 수 있으니까 이란인이라는 것에 대해선 입도 벙긋하지 말라고 했어. 그래서 그런 말은 절대 하지 않았어. 그리고 우리끼리 있을 때도 페르시아어는 한마디도 하지 않았고. 그렇지만 마음속 깊은 곳에서는 길을 잃어버린 것 같았어. 내가 어디에 속해 있는지 알 수가 없었거든. 더 자랐을 때 페르시아어 수업을 몇 개 들었어. 내 배경 때문에 진도가 굉장히 빨리 나갔어. 모든 걸 다시 기억해냈으니까. 아니 애초에 잊질 않았던 걸 거야. 내내 마음속으로는 어머니와 페르시아어로 이야기를 나눴거든. 이걸 이해할 수 있겠어? 이란인 아버지를 위해 페르시아어 수업을 들은 게 아니라, 미국인 어머니를 기리기 위해 페르시아어 수업을 들은 거야. 내 마음속 모든 게 뒤집혀 있어."

할머니의 목소리 때문에 우리는 다시 현실로 돌아왔다. "전부 어디 있는 거니? 이리 와봐라. 할 말이 있다."

우리는 안으로 들어갔다. 모두 조용하고 뚱한 표정으로, 군사적 동맹관계에 따라 할머니를 둘러싸고 앉아 있었다. 두 반대 진영이 서로를 마주 보고 있었다. 마리암 고모와 하미디 고모부는 소파에 바싹 붙어 앉아 있었다. 두 사람은 가까이 붙어 앉는 것이 부적절하다고 생각해왔던 터라, 이전에는 그렇게 바싹 붙어 앉은 적이 한 번도 없었다. 사실 두 사람이 서로를 너무나도 깍듯하게 대했기 때문에 그들이 서로의 몸을 만진 적이 있기는 한 건지 때때로 궁금할 정도였다. 그런데도 두 아이가 있다는 사실이 놀랍기도 했다. 아마도 우호적이지 않은 상황 때문에 두 사람이 가까워진 것 같았다.

샤파키 고모부는 편안한 안락의자에 앉아 있었고, 마흐나즈 고모는 바로 앞 바닥에 앉아서 고모부의 무릎에 팔을 기대고 있었다.

모흐센 삼촌과 아프사네 숙모는 얼굴을 찡그린 채 방구석에 놓인 소파의 양쪽 끝에 떨어져 앉아 있었다. 시루스도 얼굴을 찡그린 채 경비병처럼 두 사람 뒤를 왔다 갔다 하고 있었다. 정원에서는 사나즈와 나데르의 웃음소리가 들렸다. 마이클과 나는 그곳에 잠깐 서서 다른 가족이 어떻게 자리를 잡고 앉아 있는지 살펴봤다. 어디로 가야 할지 알 수가 없었다. 어느 진영으로 가든지 우리가 그 진영의 일원처럼 보일 수 있었다. 분위기를 조금 밝게 만들어보려고 내가 웃으며 말했다. "좋은 소식이 있어요!"

그들은 별 관심도, 기대하는 기색도 없이 나를 쳐다봤다. 노래를 부르고 싶은데 아무 관심도 받지 못하는 아이가 된 기분이었다. 어떤 식으로 말을 계속할지 알 수 없는 상태에서 할머니가 나를 구해줬다. "무슨 소식이니, 얘야?"

나는 할머니 쪽으로 걸어가면서 신나게 말하려 애썼다. "마이클이 페르시아어로 말을 해요! 그것도 상당히 잘해요! 우리보다 더 세련된 단어를 쓰더라고요."

모두 돌아서 그를 쳐다봤다. 모하마드 삼촌이 물었다. "정말이니?"

마이클이 소심하게 대답했다. "그러니까, 네. 어렸을 때 페르시아어를 배웠잖아요. 아버지가 가르쳐주셨죠? 기억 안 나세요?"

"그렇지만 그때 너는 겨우 여섯 살이었어. 네가 몇 단어 정도 알아들을 수 있다는 건 알았지만, 말하는 법은 잊어버렸다고 생각했다."

"아니에요. 하나도 안 까먹었어요. 절 까먹은 사람은 아버지죠."

모하마드 삼촌의 눈에 눈물이 차올랐다. 삼촌이 일어나서 두 팔을 벌리고 마이클에게 다가갔다. 아버지와 아들이 몇 년 만에 만난 사람들처럼 서로를 껴안았다. 이번에는 내가 진짜로 웃으며 말했다. "봐요, 오빠가 삼촌을 진짜로 놀라게 해드렸네요!"

마이클이 말할 때 눈이 반짝였다. "어머니가 바랐던 바야!"

할머니가 소파 등받이에 손을 짚고 몸을 일으켰다. 할머니는 한 팔로는 마이클을, 다른 한 팔로는 모하마드 삼촌을 안았다. 고모들도 앉아 있던 자리에서 일어나 마이클을 껴안고 입을 맞췄다. 나는 주방으로 가서 차를 따랐다. 분위기가 진정되자 모두 자기 자리로 돌아갔다. 이 게임을 계속해야 했다. "그게 다가 아니에요. 오빠가 페르시아 시도 알아요. 허페즈*의 시를 전부 외우고 있어요."

마이클이 펄쩍 뛰었다. "그렇진 않아!"

나는 그에게 한쪽 눈을 찡긋해 보였다. "제 말을 믿으세요. 정말이에요. 어서 하나 외워봐요."

"한 편도 몰라!" 그가 일어나서 도망치려 했다. 모두 웃음을 터뜨렸다.

내가 숨을 깊이 들이마신 다음 말했다. "와, 드디어 다들 웃으셨네요!" 나는 테이블 위에 차 쟁반을 내려놓았다. "참호에서 나와 차를 드시러 오세요."

---

* 13-14세기 이란의 시인으로 그의 신비주의 시들은 페르시아 문학의 정점으로 간주된다.

모하마드 삼촌이 미소를 지으며 나를 향해 걸어왔다. 그의 눈빛에 다정함과 감사함이 깃들어 있었다. "도깨비 같은 녀석! 어떻게 그 애의 입을 열게 했니?" 모하마드 삼촌이 찻잔을 집어 들 때 모흐센 삼촌과 얼굴이 거의 맞닿을 정도로 가까워졌다. 두 사람은 씁쓸한 표정으로 서로를 바라보더니 시선을 떨구고 서로 못 본 척했다.

매와 같은 눈빛으로 할머니는 형제들 사이에 오가는 차가운 눈빛을 알아차렸다. "무슨 일이니? 왜 발정 난 고양이들처럼 서로 쳐다보는 거냐?"

모흐센 삼촌이 비꼬듯이 대답했다. "제가 무슨 말을 하겠어요?"

"어서 어머니께 말씀드려. 왜 나한테 화가 났는지 말해보라고." 모흐센 삼촌은 어깨를 으쓱하고는 아내의 귀에 대고 뭐라고 속삭였다. 모하마드 삼촌이 말을 계속했다. "모흐센은 제가 미국으로 돌아갈 때 시루스를 함께 데려가주길 바라고 있어요. 그래서 시루스가 그곳에서 버티지 못할 거라고 모흐센에게 말해줬어요. 미국에서 일하는 게 어디 그렇게 쉬운 일인가요? 이란에서도 일자리를 못 찾았는데 미국에서 어떻게 일을 찾을 수 있겠어요? 그랬더니 모흐센이 마음이 상해서 저러는 거예요. 저한테 뭘 기대하는지 모르겠어요. 어떻게 해야 할까요?"

아프사네 숙모가 차갑게 미소 지으며 말했다. "걱정 마세요, 우린 아주버님한테 아무것도 기대하지 않아요. 그동안

이 집에서 아주버님이 해야 할 장남으로서 의무를 우리가 대신 도맡아왔지만, 단 한 번도 감사 인사를 받지 못했어요. 우리는 앞으로도 하던 대로 계속할 거예요."

 숙모의 말이 모흐센 삼촌에게 큰 힘이 되는 것 같았다. 삼촌이 더 큰 목소리로 말을 이어나갔다. "형에게 아무것도 기대하지 말라는 법을 배운 지 이미 오래야. 물질적이든 감정적이든, 눈곱만큼의 도움이나 원조도 없었어. 노쇠한 부모님과 두 분의 질병, 의사와 약물, 오락과 여행, 병원 입원과 쇼핑, 심지어는 아버지의 장례식까지 이곳의 생활은 전부 내가 짊어지고 가야 했고, 지구 반대편에 사는 돈 많은 의사 형에게는 아무것도 기대하지 않았어. 나는 사무직 직원으로 받는 쥐꼬리만 한 수입으로 세 아이를 학교에, 대학에 겨우겨우 보냈어. 동시에 여러 일을 해야 했고. 그런데 형은 내 한 달 수입에 맞먹는 돈으로 손자의 사탕을 사주더군. 형 주머니에 굴러다니는 동전만으로도 내 인생이 뒤바뀔 수 있어. 그런데 나는 낯선 사람에게 생활비를 빌려달라고 부탁해야 해." 삼촌이 몸을 돌려 할머니를 바라봤다.

 "저를 형처럼 해외로 보내주지 않은 어머니, 아버지를 절대 용서하지 않을 거예요. 제 유일한 잘못은 공부에 충실한 아이였다는 것뿐이었어요. 그런데 아버지와 어머니는 제 몫인 모든 것을 가져다가 형에게 보내줬어요. 그래서 지금 형은 성공해 부유한 사람이 됐지만 우리는 계속 지옥에 갇혀 있죠. 그런데 이제는 그들이 거만하게 굴어도 참아야 해요. 우리가 제대로 된 영어를 할 줄 모르고 최신 뉴스와 문화 발전에 깜깜하다고 비난하는 소리도 들어야 하고요. 그런데 그게 어때서요? 저들은 거기서 30년을 살았다고요! 거기서 2년만 살았어도 저는 제대로 된 영어를 배울 수 있었을 거예요! 떡하니 여기 앉아서 우리 보고 후진적이라느니, 협력자라느니 하는 저들의 소리를 우리가 들어야겠어요? 그런데도 지금 저 사람들은 우리가 자기네들한테 빚진 것이 있다고 생각하더군요! 자기들에게 집 살 돈을 충분히 보내주지 않았다는 불평을 감히 어떻게 할 수가 있죠? 저들은 용돈이 너무 적었다고, 학생 때 힘들었다고 불평해요! 저들처럼 미래와 가능성, 안락함을 보장받을 수만 있다면 저는 길거리에서라도 기꺼이 잘 거예요."

모흐센 삼촌이 기세등등하게 그동안 억눌러놓았던 분노를 표출했다. 나는 삼촌이 이렇게 공개적으로 불평하는 것을 본 적이 없었다. 삼촌은 항상 살짝 처량해 보이지만 침착한 태도로 맡은 책임을 다했다. 그의 행동에서 숨겨진 분노의 불꽃이 가끔 밖으로 드러났지만, 항상 그것을 잘 은폐했다. 이렇게 오랜 세월이 지난 지금 드디어 삼촌이 공개적으로 말하기 시작했고, 아무도 감히 그를 막지 못했다. 삼촌은 자기 말이 할머니에게 얼마나 큰 상처가 될지 깨닫지 못했다.

삼촌은 주머니를 뒤져 두 장의 사진을 꺼냈다. "여기 보세요. 이건 40평짜리 제 아파트고, 이건 앞마당과 뒷마당이

딸린 형의 2층짜리 단독주택이에요. 여기서 형 혼자 산다고요! 우리 둘이 뭐가 그렇게 달랐는데요?"

우리는 입을 벌리고 삼촌을 쳐다봤다. 할머니가 차분한 목소리로 말했다. "모흐센, 조용히 해라."

"제가 왜 조용해야 하죠? 어떻게 조용할 수 있겠어요? 저는 평생 형을 부러워했어요. 집에서나 직장에서나 저는 항상 2등이었으니까요. 집에서 미치게 열심히 일해도 결국에는 모두 모하마드를 사랑하더군요. 모하마드 형이 떠난 후 어머니는 눈이 빠지게 우셨어요. 한밤중에 저한테 전화해서는 형이 전화를 안 받아 걱정된다고 말씀하시곤 했어요. 제 걱정은 한 번이라도 해보셨어요? 대학 시험에 합격하지 못한 지질한 아이들은 모두 해외로 보내더군요. 그런데 공부도 잘하고, 일도 열심히 하고, 학위도 받은 우리 같은 아이들은 이 년 동안 군대에 보내고요. 마침내 천 개의 연줄을 동원하고 나서야 겨우 평범한 회사에서 일자리를 찾고 보니, 지질했던 아이들이 이름도 모를 학교에서 학위를 받고 돌아와 우리 상사가 되더라고요! 그들은 말할 때마다 영어와 프랑스어, 때로는 독일어 단어를 섞어 쓰면서 해외에서 살았던 경험으로 우리 기를 팍팍 죽여놓죠. 자기들이 경험한 건물과 실험실, 도구들을 이야기하면서 자기들이 직접 만들기라도 한 것처럼 생색을 내더군요! 저도 차라리 지질해서 이란에 있는 대학에 합격하지 않았다면 좋았을 것 같아요!"

모하마드 삼촌이 끼어들었다. "의과대학에 입학하는 건 하늘의 별 따기야. 너처럼 더 쉬운 분야를 선택했다면 나도 합격했을 거야. 옷을 세탁해주고, 식사도 준비해주고, 모든 게 갖춰져 있는 가족 곁에 내가 머물고 싶지 않았을 것 같아? 낯선 도시에 혼자 가족과 떨어져서, 하루 종일 일하고 공부하는 생활이 어떤 건지 알기나 해? 너는 망명 생활의 고충을 경험해보지 못했어."

"정말? 그럼, 재미 삼아서 자리를 한번 바꿔볼까? 형이 여기 와서 가족과 지내봐. 그러면 나는 해외에 가서 망명 생활의 어려움을 경험해볼게."

샤파키 고모부가 침착하고 정중하게 말했다. "모흐센, 그렇게 간절하게 떠나고 싶었는데 왜 남아 있었소? 혁명 후에 떠날 수도 있었을 텐데요. 이 넓은 세상에서 갈 곳은 어디든 찾을 수 있었을 거요."

아프사네 숙모가 고개를 저으며 말했다. "맞는 말씀이에요!"

모흐센 삼촌이 애꿎은 샤파키 고모부에게 억눌러놓았던 분노를 모두 쏟아냈다. "내가 어떻게 갈 수 있었겠어요? 나이 든 아버지와 어머니는 어떻게 하고요? 부모님은 이미 아들 하나를 잃었고, 또 다른 아들은 이 나라를 어쩔 수 없이 떠나야 했어요. 큰아들은 40년 전의 사진 한 장으로 변해서 근심 걱정의 대상이 됐을 뿐이고요. 어떻게 늙고 외롭고 병들고 상심한 부모님을 두고 떠날 수 있었겠어요? 안타깝게도 내게는 양심이 있었어요. 책임감을 느꼈어요."

모하마드 삼촌이 대답했다. "부모님 원망은 그만해. 그 당시에는 두 분의 나이가 많지도 않았어. 아버지는 무슨 일이든 감당할 수 있었고, 우리 중 누구도 필요하지 않았으니까. 너 자신의 비겁함과 약점을 부모님 탓으로 돌리지 마."

"맞아! 나는 겁쟁이였어! 떠날 때가 됐다는 것을 알았을 때는 이미 너무 늦었으니까. 결혼해서 아이가 둘이나 딸려 있었어. 어떻게 모든 것을 두고 다른 곳에 가서 새로 다시 시작할 수 있었겠어? 너무 늦어버렸어. 부모님은 나를 제때 보내주지 않았고, 나는 기회를 잃어버렸어. 형의 성공을 위해 내가 희생당한 거야."

샤파키 고모부가 침착하게 말을 이어받았다. "그 말은 받아들일 수가 없소. 내가 이란을 떠났을 때 몇 살이었는지 알아요? 사십 대였소. 살다 보면 위험을 감수해야 할 때가 있어요. 나는 가족을 데리고 함께 떠났소."

"매형에게는 자산이 있었잖아요. 여기서 이미 가져간 돈이 있었잖아요. 그건 위험을 감수하는 게 아니죠. 저는 하늘에서 떨어진 돈도 없었고, 어느 누구에게서 훔친 돈도 없었어요."

샤파키 고모부가 얼굴을 찡그렸다. 모흐센 삼촌이 그의 약점을 건드린 것이다. "그건 내 돈이었소. 25년 동안 일하면서 모은 돈이었소. 물론 약간의 유산도 있었고. 나만 그런 게 아니었소. 학위건, 해외에 있는 가족이건, 여권이건,

시민권이건, 뭔가를 가진 사람은, 그러니까 말하자면 누구나 이 나라를 떠났소. 이걸 두고 '두뇌 유출'이라고 하는 거요." 고무부는 신경질적으로 웃으며 말을 이어갔다. "사람들 말로는 뇌가 없거나, 정권과 협력해서 직책을 얻고 자기 주머니를 채운 사람들만 이 나라에 남는다고 하더군요."

모흐센 삼촌은 분을 억눌렀다. "참 친절한 해설이네요! 그러니까 이란에 남은 7천만 명의 사람은 뇌 없는 반역자들이라는 말이군요! 나라 자산을 강탈해서 지구 반대편으로 도망친 다음, 그곳에서 계속 서로를 속이며 살고 있는 2백만 명만 가치 있는 사람들이라는 말이죠!"

"우리가 나라 자산을 털었다고요?! 지난 30년 동안 이 나라를 약탈해온 건 바로 당신들이오. 당신네 주머니는 헤아릴 수 없이 너무 깊어서 일단 들어가면 한 푼이라도 빠져나가 굶주린 대중에게 도달할 수가 없더군요! 어차피 우리의 국가 비축금은 하나도 남아 있지 않아요. 여러분 모두 곧 파산할 거요."

"전혀 그렇지 않아요. 떠난 사람 중 절반은 애초에 잃을 것이 없었어요. 그래서 돈과 살 곳을 준다는 소식에 곧장 떠난 거예요. 마리암, 알리 아스가르 기억하지? 우리 집 정원에 쓸 비료를 배달해주던 사람 말이야. 그 사람이 작별 인사하러 온 날을 기억하지? 그는 여동생이 망명을 신청했고, 그곳에서 더 나은 삶을 살고 있다면서 자기도 떠난다고 했어."

마리암 고모는 형제들 간의 논쟁에 휘말리고 싶지 않았지만 분위기를 바꾸는 게 좋을 것 같다고 생각한 모양이었다. "오빠 말이 맞아요! 아버지가 농업부에서 일할 때 알리 아스가르를 어떤 훈련에 보낸 적이 있었어요. 그 후 우리가 그에게 무슨 얘길 할 때마다 그가 점잖은 체하며 '나처럼 교육받은 정원사에게 그런 식으로 말하면 안 돼요!'라고 말하곤 했었죠."

모흐센 삼촌은 신경질적으로 웃으며 말을 계속했다. "그게 바로 '두뇌 유출'이라는 말의 의미인 거죠! 알리 아스가르 같은 두뇌를 어디서 찾을 수 있겠어요?!"

하미디 고모부는 더 이상 침묵을 지킬 수 없었다. 그는 참견하지 못하도록 바짓가랑이를 잡아당기던 마리암 고모에게 아무런 예고도 없이 불쑥 일어나 팔을 들어 올리며 큰소리로 외쳤다. "나를 돌게 하는 게 뭔지 알아요? 그 사람들은 우리를 전쟁과 고통 속에 남겨놓고 떠나 죄받을 쾌락을 추구해놓고는, 이제는 우리에게 훨씬 더 많은 것을 기대한다는 거예요! 알리 아스가르 같은 사람들은 기회만 있으면 이 나라로 돌아와 우리를 배신자라느니, 협력자라느니 비난하면서 정부의 통치권을 주장할 거예요!"

샤파키 고모부가 앉아서는 자기 생각을 표현할 수 없기라도 하듯 놀랄 정도로 민첩하게 벌떡 일어섰다. 그는 손가락을 공중에 흔들며 하미디 고모부의 목소리를 능가하려고 애썼다. "이란 젊은이들의 피를 손에 묻힌 배신자, 협력자 백 명보다 알리 아스가르 같은 사람이 더 가치 있소!"

"당신의 손도 그렇게 깨끗하지는 않아요. 당신은 온갖 범죄 조직과 타협하고, 무고한 이란인들에게 폭탄을 투하할 핑계를 다른 나라 정치 거물들에게 제공하기 위해 온갖 형태의 홍보를 시도하죠. 당신이 돌아와 나라를 통치할 수 있다면, 수천 명의 사람이 죽는 것도 기꺼이 내버려둘 거요!"

모흐센 삼촌은 하미디 고모부의 의견에 동의한 적이 없었고 항상 그에게 짜증을 냈지만, 이번에는 같은 편이었기 때문에 동조의 말을 이어나갔다. "그리고 그 사람들은 국내 문제에 대해 아무것도 할 수 없을 땐 자기들끼리 싸우다가 변화를 일으킬 수 있는 사람이 나타나면 곧바로 라디오와 텔레비전에서 그 사람을 박살 내버려요. 어떤 식으로든 저항하는 사람이 죽으면 그 사람을 존중하고 좋은 사람으로 여기지만, 그렇지 않으면 그 역시 배신자로 여기고요!"

팀원으로서 하미디 고모부는 언제 다시 뛰어들어야 할지 알아차렸다. "자기들에게 아무 힘이 없을 때만 그러죠. 힘이 생기면 스탈린과 히틀러보다 백배는 더 나빠질걸요."

샤파키 고모부가 소리쳤다. "모든 사람을 자기 기준으로 판단하지 마! 지금까지 당신들이 저지른 일은 스탈린과 히틀러보다 더 나빴어! 인권 기록을 보라고! 우리는 국민의 권리와 자유를 위해 싸우고 있을 뿐이야. 당신들과 달리 우리는 재판이나 유죄 판결 없이는 누구도, 심지어 잘 알려진 반역자도 체포하거나 고문하지 않아! 하지만 당신들은 아직 사춘기에 도달하지도 않은 아이들을 재판도 없이 무덤으로 보내잖아! 눈곱만큼이라도 지각이 있다면, 우리가 당신들의 자유를 위해 희생하고 있다는 점을 깨달을 거요!"

하미디 고모부와 모흐센 삼촌, 아프사네 숙모와 시루스가 가짜 웃음을 터뜨렸다. 모흐센 삼촌이 말했다. "샤파키씨, 그러니까 당신은 너무 훌륭한 사람이라 희생되지 않는 거군요!"

화난 마흐나즈 고모가 일어나 남편 곁으로 가서는 지지의 표시로 그의 팔을 잡았다. 마치 공격으로부터 아이를 구하려는 엄마처럼 보였다. 고모의 험악한 시선에 다들 웃음을 멈췄다. 모하마드 삼촌도 마흐나즈 고모 편에 서서 부드러운 어조로 말했다. "너희들은 이란을 떠난 사람들에 대해 너무 부정적인 견해를 가지고 있어. 최근 여론조사에 따르면 이란인은 미국에서 교육 수준도 가장 높고 성공적인 이민자들에 속해. 그들은 모든 분야에서 성공했어."

모하마드 삼촌이 말을 끝내기도 전에 하미디 고모부가 끼어들었다. "오, 미국에서 공부한 사람들이 성공해 잘 산다니 정말 다행스러운 일이군요! 그런데 그게 도대체 우리와 무슨 상관이 있어요? 그 빌어먹을 인간들!"

모하마드 삼촌은 평정을 잃지 않았다. "내 말은, 만약 그들이 이란에 자기들의 전문 지식과 자산, 경험을 제공할 수 있다면 이란이 발전할 수 있을 거라는 얘기야. 사람들의 삶이 향상되겠지."

하미디 고모부가 얼굴을 찌푸렸다. "이제 눈속임은 그만 둬요. 나이 든 사람들은 우리에게 아무 소용이 없고, 미국에서 자란 젊은 세대는 절대 돌아오지 않을 거예요. 자기 아버지들이 이 나라에서 도망쳤는데, 이 나라를 한 번도 본 적 없는 자식들에게 뭘 기대하겠어요? 그런 사람들은 이란에 대해 걱정하는 게 아니에요. 그들이 걱정하는 것이라곤 자신의 안락과 안녕뿐이라고요. 더 나은 생활을 할 기회가 생기면 아프리카나 아랍 국가로 가듯이, 이란에서 더 나은 삶을 살 수 있을 때만 돌아올 거예요. 이것은 조국을 위해 목숨을 바치는 게 아니죠! 우리는 원할 때 언제든지 그런 전문가를 고용할 수 있어요. 그들에게 나라를 넘겨주고 그들의 노예가 될 필요가 없어요!"

모흐센 삼촌은 혼란스러워 보였다. 삼촌은 항상 정권 교체를 지지하며 나라를 구할 애국자를 찾고 싶어했고, 또한 이란인 전문가들의 귀환을 기원했다. "굉장히 고민스럽군. 나는 정권에 비판적이지만 하미디 자네도 믿지 않아. 자네의 발언은 때로 현실과 너무 동떨어져서 웃음이 나온다니까. 자네 같은 사람들은 방관자로서 우리에게 이래라저래라 지시하고, 자기들은 안전한 곳에 들어앉아 안락한 생활을 누리고 있잖아. 그러면서 우리 아이들에게 목숨을 바치라고 부추기는 게 싫어. 샤파키 씨, 당신들이 우리보다 더 낫다고 생각하는 것도 싫어요. 거의 30년이 지난 지금, 이제는 우리도 상황에 순응해서 맞춰 사는 법을 배웠어요. 그런데 당신들은 처음부터 시작하겠다며 책임을 물을 사람을 찾으려고 해요. 혁명 초기에 일어났던 체포와 해고, 처형 같은 모든 걸 다시 겪어야 한다고 생각하면 치가 떨려요! 절대 안 돼요! 그건 우리가 원하는 게 아니에요."

마흐나즈 고모가 놀라서 삼촌을 바라봤다. "네가 근시안적이고 독단적인 사람이 됐구나. 우리가 언제 그런 제안을 했다는 거야? 텔레비전에서 일부 사람들이 표현한 개인적인 의견을 우리가 한 말인 양 비난하면 안 되지. 게다가 세계 최고의 대학에서 교육받고, 진보적이고 개화된 문화에서 자란 사람들이 다시 이 나라로 돌아와 국가 경영을 맡는다면, 그게 화낼 일이야? 만약 그들이 돌아와 코앞에 닥친 파산에서 너희를 구해준다면? 이런 기회를 얻으려면 어느 정도 희생은 감수해야 해. 모든 것에는 대가가 있고, 대가를 치르지 않으면 원하는 걸 얻을 수 없어."

마리암 고모가 마침내 합류했다. "그쪽에서 자란 사람들은 언니가 말하는 소위 진보적인 문화에 잘 맞을 거야. 그런데 여기 이란의 상황에 대해 그 사람들이 뭘 아는데?"

"너희 상황이 뭐가 그렇게 다르다는 거야? 다른 사람들하고 똑같이 음식과 안락함, 치안과 자유를 원하는 거잖아."

하미디 고모부가 비꼬듯이 말했다. "우리가 호화로운 음식을 먹는다고 종교와 신념을 잃어버릴 것 같아요?! 아니요, 고맙지만 사양할게요! 우리에게는 음식보다 더 중요한 우리만의 종교문화가 있어요."

아프사네 숙모는 역겨움에 고개를 돌렸다. 하미디 고모부의 극단주의는 같은 팀인 것처럼 보이는 지금조차도 계속 숙모를 짜증 나게 했다. "제발 우리를 대신하는 것처럼 말하지 마세요!"

모호센 삼촌이 이를 악물고 아프사네 숙모의 말을 이어갔다. "하미디, 이곳 상황을 이용하려고 하지 마! 우리의 문제는 바로 우리가 진퇴양난에 빠져 있다는 거야!"

마흐나즈 고모가 다른 사람들보다 더 크게 말하는 바람에 모호센 삼촌은 더 이상 말을 잇지 못했다. 모두가 다른 사람을 배려하지 않고 자기 의견을 말하는 데만 관심이 있는 것 같았다. "지난 30년 동안 이란에서 너희들 고통을 헤아려줄 것 같았던 사람들이 너희들을 위해 도대체 뭘 해줬는데? 너희들이 가진 모든 것을 빼앗는 것 말고 한 게 있어? 없어, 얘. 너희 문제는 떠난 사람들이 다시 돌아오면 그 사람들이 너희 자리를 차지할까 봐 걱정하는 거야. 너희보다 더 고학력에다 유능하니까."

모호센 삼촌이 차분히 대답했다. "우리가 왜 당신들을 믿지 못하는지 알아요?"

"말해줄래? 우리가 너희들 유산을 훔쳤어?"

"그보다 더 나빠. 떠난 사람들은 우리를 배신했어. 최악의 상황에서 우리를 버리고 떠났으니까. 지금은 안전하고 안정된 곳에 눌러앉아서 우리를 조롱하고 있지. 자기들이 돌아올 수 있게 싸우지 않는다고, 우리 아이들을 보내 길거리에서 죽게 하지 않는다고, 우리를 모욕하고 있어. 아니, 우리는 더 이상 그들을 믿을 수가 없어. 첫 번째 난관이 닥치자마자 다시 도망치지 않으리란 걸 어떻게 믿을 수 있겠어? 도망칠 가능성이 농후하지. 이미 이란 밖에 자기네 근거지가 있으니까. 그 사람들이야 잃을 것이 없지만, 우리는 모든 것을 잃을 수 있어."

샤파키 고모부가 팔을 들어 올리며 말했다. "나도 카멜레온처럼 색깔을 바꿔서 수염도 기르고, 많이들 그랬던 것처럼 재산도 불리면서 권력층의 일원으로 남아 있을 수 있었소." 그는 얼굴이 빨개진 하미디 씨를 가리키며 반박했다. "물론 당신 같은 사람은 권력층에서 절대 받아주지 않았을 테지만 말이오!" 고모부는 모호센 삼촌을 향해 말을 이어 나갔다. "나는 사람들이 이란을 떠나길 잘했다고 생각해요. 속이 후련해요! 어차피 누가 그들을 필요로 하겠소? 텔레비전에서 바보 같은 프로그램을 볼 때마다 이란 혁명이 일어난 걸 신에게 감사해야겠다고 생각해요!"

"그들이 떠난 것에 대해선 나도 괜찮다고 생각해요. 다만 우리가 자기들에게 빚진 것이 있다고 생각하는 게 짜증 날 뿐이에요!"

마치 가장 큰 목소리로 말하는 사람이 가장 옳기라도 한 것처럼, 모두가 동시에 큰 소리로 떠들기 시작했다. 띄엄띄엄 몇 개의 문장만 들렸다.

"이란에서는 위스키와 디스코장 문제에 대해, 그리고 어떻게 살아야 하는지 처방을 내려주고 있소!"

"실제로 이란에서는 우리가 일 년 동안 마시는 것보다 더 많이 밀주를 마셔. 근데 그게 전부가 아니야. 이란에서 돌아온 사람들 말로는 일주일 내내 밤마다 아편과 온갖 종류의 마약 파티가 열린대. 그런데 이란의 밀주는 우리가 이란 밖에서 마시는 가벼운 음료와는 차원이 달라서, 말도 쓰러뜨릴 수 있어!"

"약물 남용에 관한 이야기군요! 젊은이들이 이미 중독됐거나 거의 중독된 상태여서, 해시시와 대마초를 피우고 있어요."

"후카 파이프 흡연이 최신 유행이래. 우리가 들어본 적 없는 백 가지 다른 것들도요."

"당신들이 사는 곳에서는 젊은이들이 모두 성자같이 순수한 것처럼 말하는군요! 바로 그곳에서 이 모든 마약이 들어온 거라고요!"

"인권을 소중히 여기지 않는 나라, 사소한 이유로도 누구나 체포될 수 있는 나라, 오로지 스스로 생각하고 자기 생각을 말했다고 범죄자가 된 무고한 사람들로 감옥이 넘쳐나는 나라는 절대 살 가치가 없소."

"자유 국가라면서 당신들 전화기는 감청되고 있소! 편지는 검열당하고 있고. 비밀 감옥이 있을 뿐만 아니라, 상원에서 고문 사용을 공개적으로 논의하고 있소. 그런 곳이 살 만한 곳이오?"

"마치 당신네 나라에는 고문이 없는 것처럼 말하는군요! 당신네 죄수들은 자발적으로 자백해서 처형당하나 보죠?! 심지어 때로는 그들이 스스로 둔탁한 물건에 머리를 부딪혀서 죽기라도 하나 보죠?!"

"치안이 너무 허술해 당신들은 집에서 간단한 결혼식 피로연조차 열 수 없잖아요!"

"결혼식 피로연요?! 이란에서는 여덟 명이나 열 명밖에 안 되는 손님들과 작은 파티를 열었다고 체포당할 수 있잖소!"

"미국은 어때요? 저녁 8시 이후에는 집을 나설 엄두도 못 내잖아요."

"그곳에서는 누구나 총을 소유할 수 있고, 학교에서는 아이들이 말다툼을 벌이다가 총을 꺼내 반 친구들과 선생님들을 죽이고요!"

할머니의 비명이 들려서 뒤돌아보니 할머니가 얼굴이 빨개진 채 숨을 헐떡이고 있었다. 나는 할머니에게 뛰어갔다. 너무 급하게 일어서다 보니 의자가 쓰러졌다. 내가 소리쳤다. "조용히 좀 하세요! 할머니를 죽일 작정이에요?"

내 목소리가 상당히 컸는지 모두 입을 다물고 나와 할머니 쪽으로 몸을 돌렸다. 몇 초 후 모두가 서두르며 움직이기 시작했다. 모하마드 삼촌은 의료용 가방을 가져왔고, 마리암 고모는 평소처럼 설탕물을 만들기 시작했다. 마흐나즈 고모는 물 한 잔을 들고 와서 할머니 앞에 앉아 할머니의 얼굴에 물을 뿌렸다. 할머니가 심호흡한 후 눈을 감았다 떴다. 모하마드 삼촌이 주사기를 불빛에 대고 내용물을 확인했다. 의사로서 권위 있게 삼촌이 말했다. "나가요! 모두 방에서 나가! 도키는 있어도 돼. 여기 소매 좀 당겨서 올려봐라."

다들 눈을 내리뜨고 방을 나갔다. 잠시 후 할머니의 의식이 돌아왔고, 호흡도 정상으로 돌아왔다.

모하마드 삼촌이 말했다. "메흐디와 모호센에게 어머니 좀 위층으로 모시라고 해라. 쉬셔야 해."

모두 각자의 방으로 들어갔고, 집은 다시 조용해졌다. 나는 양치질을 하고 침실로 돌아왔다. 할머니가 조용히 울고 있었다. 나는 침대 옆에 무릎을 꿇고 앉았다. "할머니, 제발 진정하고 주무세요."

할머니의 목소리는 약했다. "내가 아직 살아 있는데도 자식들이 벌써부터 싸우고 있구나. 내가 죽으면 도대체 무슨 일이 일어나려는지 모르겠다."

"그건 전혀 중요하지 않아요. 이런 논쟁은 흔해요. 서로 의견과 관점이 달라서 생긴 결과예요. 어쨌든 지난 30년 동안 서로 다른 문화권에서 살아왔으니까요. 서로 조화를 이루지 못하는 거예요."

"그런 차이점 때문에 형제자매가 낯선 사람이 되는 거야.

형제자매가 이웃보다 못한 사이가 된 것 같아."

"이제 주무세요. 너무 스트레스받지 마세요. 내일 아침에는 모든 것이 나아질 거라고 믿어요."

하지만 나 자신도 그 말을 믿지 않았다. 할머니가 눈을 감자 나는 방에서 나왔다. 아래층의 불이 꺼져 있었다. 갑자기 기운이 빠졌다. 다리가 후들거려서 계단에 주저앉았다. 울고 싶었지만, 그 이유를 알 수가 없었다. 나는 아래층에 두고 온 일기장을 집어 들고 침실로 돌아갔다. 숨소리로 할머니가 잠들었다는 것을 알 수 있었다. 침대 옆 램프의 희미한 불빛에 비친 할머니 얼굴을 찬찬히 살펴봤다. 할머니가 더 늙고 창백해 보였다. 내 심장이 오그라들었다. 모하마드 삼촌이 문을 살짝 열고 물었다. "할머니는 어떠시니?"

"주무시고 계세요. 할머니에게 놓은 주사가 뭔진 모르지만, 상당히 효과가 있어요."

"진정제야. 할머니가 한밤중에 깨시면 날 불러라."

"알겠어요."

"잘 자라."

"안녕히 주무세요."

불쾌한 냄새가 났다. 땀과 오물, 찌꺼기와 피 같은 축축한 냄새가 났다. 벽은 높고 창문은 없었다. 작은 전구가 천장에 매달려 있었다. 한 아이가 방 한가운데 있는 여행 가방에서 옷을 꺼내고 있었다. 옷이 종잇조각으로 변했다. 방 한쪽 구석에 여섯 명의 여자가 서로 머리를 맞대고 있었다. 마치 그들의 몸이 하나의 머리에, 하나의 큰 머리에 연결된 것 같았다….

종잇조각들이 공중에 떠 있었다. 아이는 기뻐서 웃었다. 어두운 그림자가 빛을 가렸다. 아이는 겁에 질려 구석으로 달려갔다. 큰 머리가 산산조각 나고 모든 조각이 소리를 질렀다. 그들의 목소리에 귀청이 찢어질 것 같았다. 시신들이 방 안을 뛰어다녔지만 다리는 희미해졌다….

그들에게 다리가 없다. 다리를 찾아야 해. 다리! 다리! 다리가 어디로 갔지? 나는 더러운 담요를 꺼냈다. 이런! 빨간색, 검은색, 노란색 살 조각은 다리가 아니야. 악취가 난다. 끔찍하고 역겨운 냄새다. 내 몸의 가장 안쪽에서 나온 비명이 이빨 뒤에 박혀서 숨을 못 쉬게 막았다. 나는 입을 벌렸다 다물었다. 마치 내가 물에서 나와 입을 뻐끔거리며 생의 마지막 순간을 허비하고 있는 물고기가 된 것 같았다. 멀리서 들려오는 이상한 소리의 울림으로 머릿속이 가득 찼다. 탈출해야 했지만, 다리를 움직일 수가 없었다. 다리를 쳐다봤지만, 거기에는 아무것도 없었다! 다리가 없었다! 다리가 없어! 내 다리는 어디에 있지? 남은 것은 역겨운 악취뿐이었다. 냄새가 공기를 가득 채웠다. 숨을 쉴 수가 없었다! 숨이 막혔다! 숨이 막혀! 죽을 것 같아! 죽을 것 같아! 공기가 없어!

차가운 액체가 내 얼굴에 튀었다. 나는 충격을 받고 몸을 떨기 시작했다. 눈을 떴다. 눈을 너무 크게 떠서 동공이 터질 것 같았다. 누군가 내 뒤에 앉아서 나를 뒤로 끌어당기고 있었다. 입안에 뿌려진 액체를 삼켰지만, 여전히 숨을 쉴 수가 없었다. 누군가 나를 때리며 비명을 지르라고 했다. 내가 어떻게 숨을 내쉬고 내 안에 갇혀 있던 비명을 풀어놓았는지 모르겠다. 몇 번 비명을 지르고 난 후 나는 크게 헐떡이기 시작했다. 눈물을 참을 수가 없었다. 내가 몸을 떨고 있을 때, 누군가 내게 울라고 했다. 나는 내 앞으로 내민 두 팔을 붙잡고 눈물을 흘리며 말했다. "그들에게 다리가 없었어요! 다리가 찢겨 나갔어요! 다리가 없었어요! 제 잘못이에요! 제가 한 짓이에요!"

나 자신을 멈출 수가 없었다. 마치 다른 사람이 나를 대신해서 말하는 것 같았고, 그녀를 통제할 수가 없었다. 따끔한 주사기 감촉이 느껴졌다. 내 혼란스러웠던 문장이 속삭임으로 바뀌었다. 나는 침대에 쓰러져 꼼짝도 하지 않았다. 눈을 뜬 상태였지만 아무것도 볼 수 없었다. 내가 얼마나 오랫동안 이런 상태였는지 모르겠다. 호흡이 점차 정상으로 돌아왔고, 주변의 목소리들을 분간할 수 있게 됐다.

"이런 일이 두 번만 더 일어나면, 저 애가 죽을 수도 있어요."

"산소통이 있으면 좋겠어."

"진짜 해결책을 찾아야 해요."

할머니가 약하고 겁에 질린 목소리로 말했다. "이렇게 심한 적도 없었고, 이렇게 오래 지속된 적도 없었어."

목소리들이 다시 합쳐졌다. 저속 녹음을 할 때처럼 목소리들이 늘어지고 희미해졌다. 목소리들이 어둠 속에서 머리 위로 떠다니며 무의미하고 아득해졌다. 천근만근 납처럼 무거운 내 몸이 깊은 소용돌이 속으로 가라앉았다.

여덟째 날

 약간 힘겹게 눈을 떴다. 눈꺼풀이 부은 것 같았다. 주위를 둘러봤다. 내가 지금 어디에 있는 거지? 아무 생각도, 감정도 없이 머릿속이 텅 빈 것 같았다. 마치 머리가 없어지고 그 자리에 공기를 채운 공이 얹혀 있는 것 같았다. 방에는 아무도 없었다. 점차 다른 것들이 보이기 시작했다. 팔을 뻗어서 무거운 커튼을 밀어젖히자 밝은 빛이 방을 가득 채웠다. 강한 햇살에 즉시 눈이 감겼다. 아침인가, 아니면 정오인가? 밤에 잠을 자고 일어난 건가, 아니면 낮잠을 자고 일어난 건가? 아무것도 기억나지 않았다. 시계를 봤다. 아니! 두 시라고? 새벽 두 시일 리도 없고, 오후에 낮잠을 잘 시간도 아니었다. 내가 밤새 자고 오전에도 내내 잔 걸까? 시계가 고장 났는지도 모른다. 나는 공 같은 머리를 이고 침대에서 나왔다.

어지러워서 넘어지지 않도록 벽을 붙잡고 있어야 했다. 나는 문을 열고 밖으로 나갔다. 눈앞에서 빙글빙글 돌던 혼란스러운 이미지들이 점차 선명해졌다. 마흐나즈 고모가 한 손에는 냄비를, 다른 손에는 숟가락을 들고 있었다. 고모는 숟가락을 불어서 식힌 다음 맛을 봤다. 그러고는 눈을 감고 몇 초 동안 기다렸다. 마치 온몸으로 맛을 보기 위해 기다리고 있는 것 같았다. 엄청나게 배가 고팠다! 마흐나즈 고모는 소금을 집어 들고 숟가락에 가득 따른 다음 냄비에 넣었다. 마리암 고모는 주방 테이블에서 상추를 잘게 썰고 있었다. 다른 사람들은 보이지 않았다. 나는 방으로 돌아왔다. 지금은 덜 어지러웠지만 샤워를 하지 않으면 나아질 것 같지 않았다. 나는 차가운 물 아래 서서 뇌세포뿐만 아니라 온몸으로 물을 느꼈다. 뇌 안의 공기가 점차 생각으로 대체됐다. 문을 두드리는 소리가 들렸다. 마리암 고모가 물었다. "얘야, 어떠니? 깼어?"

"네, 지금 몇 시예요?"

"두 시가 지났다."

"어떻게 이렇게 오래 잘 수 있죠? 좀 깨우지 그러셨어요?"

"넌 쉬어야 했어. 필요한 거 있니?"

"아니요. 곧 내려갈게요."

할머니가 나를 껴안았다.

"얘야, 너 때문에 얼마나 놀랐는지 모른다!"

모하마드 삼촌이 나를 껴안고 머리에 입을 맞췄다. 그리고 식탁보의 양쪽을 잡고 있던 고모들이 나를 향해 다정하게 미소 지었다. 나는 그들을 도우러 갔다.

"도와줄 필요 없어. 가서 앉아라."

"다른 사람들은 어디에 있나요?"

"모흐센은 가족과 쇼핑하러 갔고, 다른 사람들은 해변에 있어. 점심 먹으라고 이미 불렀어."

점심 식사 동안 모두 조용히 말했다. 서로 기분을 상하게 하지 않도록 말을 신중하게 선택했다. 다들 눈을 내리뜨고 접시만 내려다봤다. 모두 불편해 보였다. 최대한 빨리 점심 식사를 끝내고 방에서 나가고 싶어하는 것 같았다. 설거지가 끝나자 몇 사람은 오후 낮잠을 핑계로 방을 나갔다.

마이클이 내 옆에 앉았다. "왜 젊은 사람들과 함께 나가지 않니? 너는 항상 나이 든 사람들과 시간을 보내더라."

"젊은 애들이 나한테 같이 가자고 한 적이 없어요."

사나즈가 얼굴을 찡그렸다. "언니는 우리와 함께 시간 보내는 걸 좋아하지 않잖아. 너무 어른스럽게 행동하고 우리를 성인으로 여기지 않아. 그래서 우리가 난처하다고."

나는 놀라서 사나즈를 쳐다봤다. 내가 사나즈보다 나이가 훨씬 더 많은 건 아니었다.

"해변에 가자."

"지금? 너무 피곤해. 할머니도 몸이 안 좋으시고. 할머니와 함께 있고 싶어."

시루스가 웃는 척했다. "거봐! 너는 항상 우리와 함께하지 않을 핑계를 대잖아. 그래서 결국 너한테 물어보는 걸 잊게 돼."

마이클은 고개를 저었다. "너는 이상할 정도로 할머니한테 의존하고 있어. 어쩌면 네가 우울해서 할머니를 핑계 삼아 집을 떠나지 않으려는 것일 수도 있어."

사나즈가 내 손을 잡아당기며 졸랐다. "모하마드 삼촌이 할머니를 돌봐줄 거야. 갑시다, 부인! 언니는 바람 좀 쐬어야 해."

날씨가 너무 아름다웠다. 나는 눈을 감고 몸에 닿는 바닷바람을 느꼈다. 사나즈와 나데르는 장난치며 웃고 있었고, 시루스는 진지하고 신경질적인 사람의 역할을 잊어버린 듯 이따금 웃음을 터뜨렸다. 아이들은 우리를 빙글빙글 돌며 놀았다. 항상 아들을 걱정하던 메흐디 삼촌이 우리에게 달려왔다. 잠시 후 나데르가 말했다. "나는 여기서 즐겁게 시간을 보내고 있는데 왜 다른 사람들은 재미없어하는지 알 수가 없어. 왜 그냥 잘 지내지 못하는 거지?"

시루스가 대답했다. "이란 밖에 사는 사람들은 너무 잘난 척해. 메흐디 삼촌에게는 실례지만, '코끼리 코에서 떨어진 것 같다'고나 할까!"

나데르가 깜짝 놀라며 말했다. "코끼리 코에서 떨어지다니? 그게 무슨 뜻이야?!" 혼란스러워하는 그의 표정 때문에 우리 모두 웃음을 터뜨렸다.

"그건 속담이야. '스스로 멋지다고 생각해서 끊임없이 과시한다'라는 뜻이야."

"우리는 과시하지 않아. 오히려 너희를 부러워하는데."

시루스와 나는 웃음을 터뜨렸다. 시루스가 말했다. "형이 '기어를 놓치고 있다(요점을 놓치고 있다)'고 내가 말했지?"

"무슨 기어? 나는 아무것도 놓치지 않았는데."

"시루스 오빠, 더 이상 못되게 굴지 마."

"못되게 굴고 있는 게 아니야. 형은 내 말이 무슨 뜻인지 정확히 알고 있어. 여기 모인 사람 중 유일하게 괜찮은 사람이야."

나데르가 대답했다. "그렇게 인정해주다니 고마워!"

나는 메흐디 삼촌에게 돌아서서 말했다. "시루스는 신경 쓰지 마세요. 삼촌 이야기를 하는 게 아니에요."

"괜찮아. 익숙해졌어. 너는 지금까지 우리에 대한 의견을 꽤 솔직하게 말했어."

시루스가 당황하며 고개를 떨궜다. "삼촌은 다른 삼촌들이나 고모부들과 달라요. 우리와 더 비슷해요."

사나즈가 나데르의 손을 잡고 우리보다 앞장서서 갔다. 내가 모래 위에서 비틀거리자 마이클이 팔을 붙잡아줬다. 그가 걱정스러운 표정으로 물었다. "왜 그러니? 피곤해?"

"아니요, 넘어질 뻔했어요. 여전히 조금 졸려요."

시루스가 이의를 제기했다. "어떻게 아직도 피곤할 수 있어? 아침 내내 잤잖아. 우리는 어떻고? 어젯밤 너 때문에 거의 한숨도 못 잤어!"

"오빠도 깼어?"

"길 아래쪽에 사는 이웃들도 깼을걸! 어젯밤에 네가 정신을 완전히 잃었어!"

마이클이 상냥한 목소리로 물었다. "꿈꿀 때마다 이런 일이 생기니?"

"꿈이 아니라 악몽이에요. 얼마나 무서운지 상상할 수 없을 거예요. 잠들면 악몽을 꿀까 봐 잠드는 것을 피할 때도 있어요."

"정신과 상담을 한번 받아봐. 문제를 해결하는 데 많은 도움이 될 거야. 나도 가본 적이 있어."

"왜 갔어요?"

"너만 문제가 있다고 생각하니? 나도 문제가 있었어. 유일한 차이점은 네가 악몽에서 깨어났을 때는 널 걱정하면서 품에 안아줄 사람이 많다는 거야. 그런데 나는 완전히 혼자였어. 어리고, 약하고, 혼자였어. 그게 어떤 건지 상상이 되니?"

시루스가 물었다. "왜 형 혼자 있었어? 아버지는 어디 계셨는데?"

"병원에 계셨어. 일하면서. 자기 생각에 빠져 있었지. 늘 피곤했고. 아버지도 혼자였어."

"보모가 없었어?"

"있었어. 여러 다양한 유모들이 있었지. 하지만 나이가 조금 들면서는 대부분 밤에 나 혼자 집에 있곤 했어."

아르데시르가 무서운 가면을 쓰고 우리 쪽으로 달려왔다. 나는 깜짝 놀라서 비명을 질렀다. 그 뒤에서 나데르와 사나즈가 우스꽝스러운 가면을 쓰고 장난을 치며 우리에게 다가왔다. 그들의 우스꽝스러운 몸짓과 겁에 질린 우리들 각자의 표정에 모두가 웃음을 터뜨렸다. 마이클이 물었다. "여기 앉아서 뭐 좀 마실까?"

시루스가 그의 말을 흉내 냈다. "그래, 뭐 좀 마셔요. 형은 말을 너무 예의 바르게 한다니까. 마흐나즈 고모가 틀림없이 좋아할 거야."

나는 짚으로 만든 의자에 앉아 양팔을 위로 뻗었다. 그때 머릿속에서 '그건 예의가 아니야.'라는 소리가 들려와 재빨리 팔을 내렸다. 계속 올바르게 행동하라는 내부 경고가 나를 놓아주지 않았다. 나데르와 사나즈가 여전히 가면을 쓰고 있는 것을 보고 내가 말했다. "나데르 오빠, 오빠가 그러는 건 나이에 걸맞지 않아요. 아르데시르와 사나즈는 아직 어리지만, 오빠는 곧 박사가 될 거잖아요!"

나데르가 가면을 벗고 매우 진지하게 대답했다. "사나즈는 어린아이가 아니야. 그 애는 모든 것을 이해하고 너희들 중 유일하게 삶을 즐길 줄 아는 사람이야. 나머지 사람들은… 우리가 그들을 뭐라고 불렀지, 사나즈?"

"좀비들요."

"그래, 맞다. 너희들 모두 너무 우울해 보여. 너희가 나보다 더 어리다는 게 믿기지 않아. 다들 할머니처럼 행동한다니까. 너희와 상관없는 일로 다투고, 심지어 서로 거짓말도 하고."

"우리가 무슨 거짓말을 했다는 거예요? 가까운 가족 구성원인데 왜 서로 거짓말을 하겠어요?"

"왜 그런지는 나도 모르지. 하지만 너희들은 알고 있잖아. 너희들이 한 말 중 어느 게 거짓인지는 모르겠어. 그렇지만 나는 내가 하는 말 중 어느 것이 거짓인지는 알고 있어."

"우리에게 거짓말한 게 있어?"

"직접적으로는 아니지만, 어머니는 사람들한테 우리에 대한 거짓말을 많이 해. 왜 그런지 이해가 안 되지만 말이야. 내 친구들의 이란인 부모님도 마찬가지야."

"예를 들어, 어떤 종류의 거짓말을 하는데?"

"그들은 근거 없이 자기 자식들을 자랑해. 왜 모두가 의사나 엔지니어가 되어야 하는지 모르겠어. 다른 공부를 하고 싶거나 아예 공부를 하지 않으면 어때서? 여행 직전에 엄마 친구 두 분이 와서 파르하드 때문에 울고불고하셨어. 혹시 파르하드가 죽었냐고 물어봤더니 아니래. 의사가 되고 싶진 않고, 대신 예술가가 되고 싶어서 의대를 중퇴했대. 그래서 내가 예술을 하는 게 무슨 문제냐고 물었더니 내 목을 졸라 죽이고 싶어하더라니까!"

우리는 나데르의 이야기에 웃었다. 사나즈가 말했다. "직함 때문이에요. 의사와 엔지니어일 때는 과시할 수 있잖아요. 남편이 의사면 과시할 수 있지만, 회계사면 그럴 수 없거든요!" 우리는 한동안 남편감들의 여러 직함을 대며 장난을 쳤다. 사나즈는 대단한 유머 감각을 지녔다. 너무 웃어서 배가 아플 지경이었다.

시루스가 갑자기 조용해지더니 마이클에게 물었다. "나사NASA에서 일해보는 건 어때?"

"나사? 내 분야는 나사와 상관이 없어."

"그건 중요하지 않아. 그들은 형이 이란인이라는 것 때문에 형을 고용할 거야. 미국으로 이주한 우리 지인들 모두 자식들이 나사에 다닌대."

사나즈가 말을 이었다. "그건 다른 행성에서 페르시아어를 사용하기 때문이래요. 그래서 나사에서 페르시아어를 할 수 있는 사람을 고용한대요."

그날 오후 나는 기억할 수 없을 정도로 많이 웃었다. 우리는 아주 작은 것에도 행복해하며 웃었다. 바람이 불자 바다 내음이 우리를 감쌌다. 나는 뛰어다니는 사람들을 바라봤다. 그들의 모습에서는 불안감을 찾을 수 없었다. 그들 중 누구도 당황하거나 겁에 질린 표정을 짓고 있지 않았다. 우리를 비난의 눈초리로 쳐다보지도 않았다. 그저 자기 일에만 신경 쓰면서 우리가 있는 것조차 모르는 것 같았다.

얼마나 자유로운 느낌인가! 머리카락 사이로 바람이 느껴졌다. 마치 내 안으로 자연이 스며드는 것 같았다. 태양의 열기와 차갑고 짠 바닷바람이 나를 에너지로 가득 채웠다. 어쩌면 젊다는 게 이런 기분일 것 같았다. 빌라로 돌아가고 싶지 않았다. 마이클이 해변에서 저녁 식사를 하자고 제안했다.

우리는 한밤중에 영혼 없는 차가운 집으로 돌아왔다. 모흐센 삼촌과 아프사네 숙모는 이미 몇 시간 전에 자러 가고 없었다. 자고 있던 마리암 고모는 침실 문을 열고 아이들을 안으로 데리고 들어갔다. 잠옷을 입고 있는 고모의 모습이 수녀처럼 보였다. 샤파키 고모부는 텔레비전 앞에서 졸고 있었고, 마흐나즈 고모는 주방을 청소하고 있었다. 고모는 항상 그렇게 열심히 일하고 있었고, 그다지 행복해 보이지 않았다. 할머니와 모하마드 삼촌은 테라스에서 이야기를 나누고 있었다.

우리가 도착한 후 두 사람은 일어나서 잠을 자러 갔다. 우리도 잘 준비를 했다. 전날 밤의 약물 효과 때문인지, 아니면 해변에서 즐겁게 오후를 보내서인지 눈꺼풀이 너무 무거워 나는 곧바로 깊은 잠에 빠졌다.

아홉째 날

아침에 잠에서 깼을 때 기분이 날아갈 듯 상쾌했다. 할머니는 여전히 자고 있었다. 나는 조용히 세수를 마치고 옷을 입은 다음 침실을 나갔다. 거실이나 주방에는 아무도 없었다. 주전자에 물을 채워 스토브 위에 올려놓은 뒤 조용히 문을 열고 테라스로 나갔다. 밖은 조금 엉망이었다. 나는 기분 좋게 시원한 공기를 몇 모금 깊게 들이마셨다. 이른 아침 햇살에 나뭇잎이 반짝이고 부드러운 바람이 살갗을 어루만졌다. 이 아름다운 테라스에서 왜 한 번도 식사를 하지 않았을까? 오늘은 여기서 아침 식사를 하는 게 좋을 것 같았다. 나는 일기장을 테이블 위에 올려놓고 준비를 시작했다. 온몸에 기운이 넘쳤다. 서둘러 테라스를 닦고 테이블을 정리한 다음 의자를 제자리에 놓고, 그러면서 흥얼거리기도 했다. 테이블 위에 식탁보를 펴고 정원에서 꽃을 몇 송이 따왔다. 차를 끓이고 아침 식사용 식기와 커다란 물잔을 가지고 나왔다. 테이블 중앙의 유리잔에 꽃도 꽂았다.

그런 다음 테이블에 앉아 일기장을 넘기기 시작했다. 안에서 나는 소리로 사람들이 일어나고 있음을 알 수 있었다. 마흐나즈 고모가 다른 사람들보다 먼저 아래층으로 내려왔다. 창문을 통해 고모가 보였다. 고모는 누가 차를 끓여 놓았는지 찾으려는 듯 계속 주위를 둘러보았다. 그러다 창문을 통해 나를 발견하고 밖으로 나왔다. 고모가 놀라서 테이블을 바라보며 말했다. "정말 멋진 생각이로구나! 언제 일어났니?"

"조금 전에요. 이렇게 하면 좋은 날씨를 더 즐길 수 있을 거라고 생각했어요. 오늘은 모두 함께 아침 식사를 하고 싶어요." 고모의 입꼬리가 살짝 내려갔다. 그러나 동시에 내 생각이 괜찮은 건지 잘 모르겠다는 듯 어깨를 으쓱하더니 다시 안으로 들어갔다.

마리암 고모와 하미디 고모부가 아이들을 앞장세우고 나왔다. 그들은 나나 아침 식탁을 보지 못했다. 아마도 다른 사람이 깨기 전에 집을 빠져나가려고 했던 것 같다. 아이들은 가고 싶지 않다며 버텼다. 두 사람은 아이들을 꾸짖기 시작했지만 아이들은 완강하게 거부했다. 소마예의 목소리가 들렸다. "쇼핑하고 싶지 않아요! 쇼핑은 지겨워요. 사라와 함께 해변에 가서 모래성을 쌓고 싶어요."

메이삼이 볼멘소리로 말을 이어나갔다. "가고 싶지 않아요. 메흐디 삼촌과 마이클이 우리를 워터파크에 데려갈 거예요. 안 갈래요!"

하미디 고모부는 평정을 유지하려고 애쓰면서 말했다. "나와 같이 가면 되지. 나한테 주소가 있어."

"그러면 재미없을 거예요. 우리는 다른 아이들과 함께 있고 싶어요. 우리끼리는 재미없어요."

마리암 고모가 말했다. "하지만 지난주까지만 해도 서로 몰랐잖아! 게다가 서로 계속 싸웠고. 어떻게 갑자기 그 애들이 없으면 재미가 없다는 거야?!"

"우리는 이제 친구예요. 더 이상 다투지 않아요."

하미디 고모부가 더 진지하게 말했다. "너희들이 나와 함께 가면 좋겠다. 내 아이들을 낯선 사람들에게 맡기고 싶지 않아."

마리암 고모의 목소리가 떨렸다. "낯선 사람들이라뇨? 그들은 내 형제자매들이에요!"

"공통점이 없으면 낯선 사람보다 못한 법이야. 소마예가 샤파키의 딸과 어울리지 않으면 좋겠어. 그 애가 나쁜 영향을 미칠 거야."

소마예가 자기 아빠에게 간청했다. "하지만 그 애는 정말 좋은 아이예요. 안쓰럽기도 하고요. 절 부러워해요. 부모님과 함께 사는 우리가 진짜 가족이라며 저보고 운이 좋대요. 자기 엄마를 무척 그리워해요."

뭔가 해야 했다. 나는 일기장을 내려놓고 일어나 난간에 기대서 말했다. "마리암 고모, 아침 식사 준비됐어요. 오셔서 나가기 전에 뭐 좀 드세요." 그들은 깜짝 놀라며 내 쪽으로 몸을 돌렸다.

"여기 있었구나!"

"네, 그리고 아침 식사가 준비됐어요."

"우리는 시내에서 먹을 거야."

"차라도 드세요. 아이들은 틀림없이 배고플 거예요, 안 그래?" 소마예와 메이삼은 기회를 틈타 테라스로 뛰어나왔다. 메이삼이 말했다. "배고파요! 아침 먹고 싶어요."

할머니가 모하마드 삼촌의 팔을 잡고 밖으로 나왔다.

"마리암, 어디 가니? 아침 안 먹을 거야? 이 아름다운 테이블 좀 봐!"

마리암 고모와 하미디 고모부는 결정을 내리지 못한 것 같았다. 마리암 고모가 중얼거렸다. "하미디가 시내에 볼일이 있어서요. 일을 보러 좀 더 일찍 떠나고 싶었어요."

"아침 식사하는 데 그리 오래 걸리지 않을 거야. 어차피 시내에 문 연 데가 하나도 없을걸. 와서 아침 먹고 나중에 일을 보러 가면 되지."

마흐나즈 고모는 차 쟁반을 들고 나왔고, 메흐디 삼촌은 빵 바구니를 들고 뒤따랐다.

메흐디 삼촌이 말했다. "마리암 누나, 이 빵 먹어봤어? 이란식 바르바리 빵* 같아." 마리암 고모와 하미디 고모부가 천천히 테라스 쪽으로 돌아왔다. 마리암 고모는 차도르를 벗어서 접은 다음 의자 뒤에 걸쳐놓았다. 두 사람이 나란히 앉았다.

할머니가 말했다. "누구든 모흐센네 가족에게 전화 좀 해봐라. 걔네가 항상 꼴찌로 일어나더구나!"

다른 아이들도 떠들썩하게 몰려와 합류했고, 메이삼과 소마예는 그들 사이에 숨으려고 했다. 샤파키 고모부와 마이클, 모흐센 삼촌네 가족이 마지막으로 왔다.

아침 공기와 전날 밤의 편안한 수면, 그리고 큰 나무들 아래 차려진 아침 식탁과 멀리서 들려오는 파도 소리 덕에 모두 긴장을 내려놓을 수 있는 온화한 분위기가 조성됐다. 아침 식사를 하는 동안 아이들은 서로 다른 언어와 작전을 동원해서 마리암 고모와 하미디 고모부에게 소마예와 메이삼과 함께 있게 해달라고 애원했다. 페르시아어 실력을 숨기는 것에 더 이상 신경 쓰지 않는 사라가 말했다. "소마예가 가지 않으면 저도 안 갈래요! 제발 같이 가게 해주세요. 제발요!"

메이삼이 이어서 말했다. "우리는 함께 있고 싶어요. 어른들이 잘 어울리지 못하는 건 우리 잘못이 아니잖아요. 어른들은 서로 계속 싸우기만 하지만 우리는 친구고 함께 있고 싶단 말예요."

---

* 두께가 두껍고 평평한 난.

모두 조용히, 눈을 내리깔고 있었다. 우리는 아이들이 말하는 진실에 할 말을 잃은 얼굴을 했다. 할머니가 한숨을 쉬며 말했다. "너희들 자신과 아이들에게 부끄러워해야 해. 애들아, 가서 놀거라. 친구가 돼서 서로 돌봐주렴."

아이들은 마지막 한 입을 먹은 뒤 웃고 비명을 지르며 서둘러 나갔다. 가능한 한 우리에게서 멀리 떨어져 있고 싶은 것 같았다. 할머니는 교사 시절을 떠올리며 자식들을 한 명 한 명 응시했다.

"서로 한 번도 본 적 없던 아이들은 친구이자 동반자가 됐구나. 하지만 정작 형제자매인 너희들은 철천지원수가 됐어. 너희들이 다시 한번 함께 지내면서 서로의 손을 잡고, 서로에게 힘이 될 것이라는 사실에 위안을 얻는 모습을 보고 싶었다. 너희들이 공유점에 도달할 수 있도록 나는 되도록 너희들 토론에 간여하지 않으려고 애썼다. 그런데 모든 게 정반대가 됐구나. 너희들은 해야 할 말은 피하고, 대신 하지 말아야 할 말을 하더구나. 관계를 돈독하게 하지는 못할망정 오래된 유대감마저 갈가리 찢어놓았다. 너희들은 지켜야 할 예의의 모든 경계를 허물어버렸어. 며칠 후면 모두 집으로 돌아갈 텐데 도대체 서로에게 어떻게 작별 인사를 하려는 거니? 어떤 감정으로 서로 헤어지려는 거니? 너희들이 여전히 형제로 지낼까? 아니면 과거를 묻고 각자의 길을 갈 거니? 언젠가 서로 적대관계로 만나게 될 길 말이다. 서로를 죽일 셈이냐?" 할머니의 목소리가 떨렸다. "그런 날이 오면 나는 어떻게 되겠니? 나는 너희들 중 누구의 엄마가 될까? 너희들은 내게 나 자신을 조각조각 나누는 것 말고는 다른 선택의 여지를 주지 않는구나."

우리는 고개를 숙인 채 조용히 앉아 있었다. 마침내 마리암 고모가 입을 열었다. "어머니, 그런 건 아니에요. 결국 우리는 형제자매잖아요. 서로를 찢어놓을 수 있을지 몰라도 여전히 서로를 아끼고 있어요."

할머니는 쓴웃음을 지었다. "서로를 찢어놓을 거라면 서로 아끼는 게 무슨 소용이 있겠니? 그 말은 살아 있는 동안에는 서로를 다치게 하다가 어느 쪽이라도 하나가 죽으면 서로를 위해 울어준다는 얘기나 다름없어. 안 돼! 그건 나한테 아무 소용이 없어. 서로를 응원하고, 이해하고, 도와주면 좋겠어."

하미디 고모부가 말했다. "그렇지만 모두에게 같은 방식으로 생각하고 같은 틀에 맞추라고 강요할 수는 없어요."

"우리는 진흙으로 만들어진 게 아니라서 같은 틀에 맞춰지지도 않아. 그래도 여전히 서로의 신념과 생각을 존중할 수는 있어. 서로를 이해하려고 노력할 수 있잖아. 서로의 입장이 되어 공감하려고 노력할 수 있어. 그리고 때때로 서로의 손을 잡고 도울 수도 있고. 그건 가능한 것 같지 않니?"

모두 다시 침묵했다. 몇 초 후 샤파키 고모부가 말했다. "어머니 말씀이 전적으로 옳아요. 모두가 좋은 의도를 가지고 국가의 미래에 관심이 있는 한, 우리의 차이점은 중요하지 않아요. 공유된 해결책을 마련할 수 있어요."

하미디 고모부는 침착함을 유지하려고 애썼다. "당신에겐 좋은 의도와 나라에 대한 관심이 있으니까, 나머지 사람들도 당연히 당신 의도에 맞춰야 한다는 말씀인가요?"

모두가 이 토론에 질린 표정을 지었다. 모하마드 삼촌이 입을 꾹 다물고 주먹으로 테이블을 치며 진지한 어조로 말했다. "당장 그만둬! 지긋지긋해! 하루 종일 논쟁할 수 있게 당신들 정치 전문가들한테 방을 하나 배정해줄게! 그렇지만 당신들 때문에 나머지 사람들이 방해받는 일은 더 이상 용납할 수 없어. 특히 어머니는."

샤파키 고모부가 매우 침착하게 대답했다. "내가 뭐라 했나요? 어머니께서 우리가 친구이자 동맹이 되어야 한다고 하셨잖아요. 그러니까, 동맹이 되려면 비슷한 생각을 가져야죠."

하미디 고모부가 신경질적으로 웃으며 뛰어들었다. "또 시작이군! 저 사람은 우리가 자기 신념을 의심 없이 받아들일 때만 친구라고 생각한다니까요! 어머니, 저 사람이 얼마나 불쾌하고 오만한지 보세요!"

할머니는 달관한 표정으로 고개를 저으며 대답했다. "맞아, 자네도 똑같아. 독단적이고, 일방적이며, 융통성 없고, 용서할 줄 모르고, 사랑이 없어. 서로를 쉽게 배신자라 부르고, 적이 될 수도 있고, 심지어 상대방을 처형하라는 명령서에 서명할 수도 있겠지. 두 사람은 이상하게 닮았어.

그래서 두렵고 걱정돼."

샤파키 고모부와 하미디 고모부 둘 다 할머니의 비난을 견딜 수 없다는 듯 벌떡 일어섰다. 두 사람이 동시에 말하기 시작했다.

"저 사람을 저와 비교하고 있는 건가요?!"

"저와 닮다니요…."

모하마드 삼촌이 급기야 화를 냈다. "그만합시다! 여러분이 군주주의자이건 종교 극단주의자이건 상관없어요. 여러분이 온건파든 개혁파든, 친서방 외교든 친동방 외교든 상관없다고요. 유일하게 나를 괴롭히는 것은 동생과 소통할 수 없다는 거예요. 우리는 왜 서로를 이해할 수 없을까요? 왜 이렇게 멀어졌을까요? 형제애는 어떻게 된 거죠? 내 문제는 더 이상 여러분이 누구인지 모르겠고, 자연히 여러분도 내가 누구인지 모른다는 거예요. 시간적, 공간적 거리와 지리적 거리가 우리를 갈라놓았어요. 우리는 각자가 겪은 일에 대해 더 이상 아무것도 몰라요. 우리는 서로의 기쁨이나 고통을 공유하지 않았죠. 우리의 문제는 서로를 모르기 때문에 서로에 대한 공감이나 애정이 없다는 거예요."

할머니의 얼굴이 환해졌다. 할머니가 말을 이어나갔다. "맞다! 나는 이번 여행이 너희들에게 서로를 다시 알아갈 기회가 되길 바랐는데, 너희에게는 30년 된 기억 말고는 공통점이 하나도 없구나. 너희는 거짓말과 과장으로 시작해서, 진실을 표현할 수 없으니까 대신 정치적 토론을 시작한 거야! 서로 모든 것을 탓하고, 이해하고 존중하는 대신 서로를 조롱하고 적으로 만들었지. 너희들 사이에 이런 오해가 남아 있는 한 나는 집으로 돌아갈 수가 없다. 이 문제를 해결하지 않으면 견딜 수 없을 것 같구나. 나에 대한 사랑과 애정이 조금이라도 남아 있다면, 나를 존중하는 마음이 있다면, 남은 며칠 동안 오해를 풀고 내가 평화로운 마음으로 집에 돌아갈 수 있게 해다오. 강제나 정중한 침묵으로는 불가능할 거야. 서로 터놓고 대화해야 해. 이 기회를 빌려 서로 다시 알아가야 해. 이렇게 하면 이해와 애정으로 이어질 거야. 이게 바로 오늘 우리가 할 일이야."

샤파키 고모부는 당황했다. 그에게는 정치 외에는 할 말이 없었다. 고모부가 시계를 보며 말했다. "하지만 시내에서 모임이 있어요."

"가게. 나는 형제들이 서로 이야기를 나누길 원할 뿐이니까. 자네에게 불편을 끼치고 싶진 않아."

하미디 고모부도 딱 그런 구실을 기다리고 있는 것 같았다. 그가 일어나서 말했다. "그러면 저도 여기 있을 필요가 없겠군요." 고모부는 대답을 기다리지 않고 떠났다.

사나즈가 조용히 웃으며 내게 말했다. "쌈닭들이 사라져서 다행이야!"

나는 웃지 않으려고 입술을 깨물었고, 다른 사람들은 사나즈에게 경고의 눈빛을 보냈다. 사나즈는 당황한 표정으로 시선을 떨궜다. 모두가 마흐나즈 고모와 마리암 고모를 쳐다봤다. 우리는 계면쩍게 웃으며 사과의 의미로 어깨를 으쓱했다. 고모들은 서로를 바라봤고, 억지 미소는 진짜 웃음으로 바뀌었다. 우리는 안도의 한숨을 쉬었다. 고모들도 독단적인 남편에게서 벗어난 데 대해 기뻐하는 것 같았다.

우리는 서둘러서 일을 모두 해치웠다. 한 시간 전의 무기력과 무관심이 새로운 에너지로 대체됐다. 우리는 식탁 치우는 것을 돕고 설거지를 마쳤다. 모하마드 삼촌이 말했다. "점심은 걱정하지 마. 부두에 있는 식당에 갈 거야. 모두 편안한 옷을 입고 둘러앉자. 할 이야기가 많아."

모두가 나만큼 궁금한 것 같았다. 할머니가 가운데 앉았고, 우리는 각자 의자나 소파를 끌어당겨서 동그랗게 할머니 주변에 모였다. 나는 조금 떨어진 주방 조리대 뒤에 앉아 그들을 바라보는 게 더 좋았다. 모든 사람을 동시에 보고 싶었다. 나는 일기장을 펼치고 모하마드 삼촌의 입술에 시선을 고정했다.

"그때는 내가 막 열아홉 살이 됐을 때였어요. 그때까지만 해도 집을 떠나서 단 하룻밤도 지내본 적이 없었죠. 기껏 가본 곳이라곤 쿰 정도였고, 내 영어 실력은 학교에서 배운 수준밖에 안 되었어요. 그런데 그게 얼마나 미미한 수준인지 모두 알 거예요. 긴 비행 끝에 미국에 도착해서 이른 아침 공항에 내리자마자 나는 얼어붙었어요. 마치 다른 행성을 밟는 것 같았어요. 두려웠고, 완전히 혼자라는 기분이

들었죠. 할 수만 있었다면 바로 그 자리에서 이란으로 돌아 갔을 거예요. 익숙한 얼굴을 찾기 위해 주위를 둘러보며 익숙한 단어를 찾아 귀를 쫑긋 세웠죠. 그때만 해도 이란 밖에서 이란인은 거의 만날 수가 없었어요. 마중 나오기로 한 먼 친척인 압돌레자를 찾아봤지만 없었어요. 큰 가방을 찾아 밖으로 나가서 공항 입구의 바깥쪽 계단에 앉았어요. 아버지가 어떻게 아무런 준비도 없이 무작정 나를 이곳으로 보냈는지 궁금했어요. 아버지는 내가 의사가 돼야 한다고 주장하셨고, 시험에 합격하지 못하면 미국으로 보내겠다고 하셨죠. 그래서 내가 이란에 있을 때 대학 시험에 합격하기 위해 열심히 노력하지 않았던 것 같아요. 미국에 가는 것은 꿈만 같았으니까요. 그러나 막상 가고 보니까 외롭고 두려워져 아버지를 탓했어요. 어쩌면 아버지는 나를 눈앞에서 치우고 싶었는지도 몰라요.

하루 종일 춥고 배고픈 상태로 지나가는 사람들을 바라보며 시간을 보냈어요. 그곳에 얼마나 오래 있었는지 모르겠어요. 초저녁에 어떤 경찰관이 와서 뭐라고 하는데 전혀 알아들을 수가 없었어요. 영어를 처음 들어본 것 같았다니까요! 내가 생각할 수 있는 유일한 방법은 짐을 뒤져서 압돌레자의 전화번호를 건네주는 것뿐이었어요. 그들이 공항에서 그에게 전화를 걸었는데, 우리가 보낸 전보를 제때 받지 못한 것 같았어요. 압돌레자가 다른 도시에서 저를 데리러 오려면 시간이 좀 걸릴 것 같았죠. 결국 시내의 한 칙칙

한 호텔에서 이틀을 보냈어요. 내게 아무 일도 일어나지 않았고 어머니가 셔츠 주머니에 꿰매준 이천 달러를 도난당하지 않았으니 그 정도면 운이 좋았던 거죠. 밤이 되면 나는 몸을 웅크린 채 울곤 했어요. 미국에 이제 막 도착했는데 벌써 집의 모든 것이 그리웠어요. 모흐센과 하비브와 티격태격했던 일도, 마흐나즈의 두목 행세도, 마리암의 다정함도, 메흐디의 어린애 같은 재잘거림도 그리웠어요. 그들 모두가 부러웠어요. 내 인생에서 가장 긴 이틀이었어요. 마침내 압돌레자가 도착해서 나를 집으로 데려갔고, 생활은 점차 체계를 갖춰갔어요. 압돌레자가 영어 수업에 등록도 시켜줬죠. 나는 천천히 적응해나갔어요. 대학에 입학했지만 아버지가 보내주신 돈만으로는 충분하지 않았어요. 나는 항상 아버지를 좋은 직책에 돈도 많이 버는 성공한 사람으로 여겼어요. 또한 이란에서는 부족한 것 없이 살았기 때문에 아버지가 왜 나한테 이런 고생을 시키는지 이해할 수가 없었어요. 부족한 돈을 벌려면 일해야 했어요. 집안일이라고는 한 번도 해본 적이 없는데 이제는 식당에서 일하며 밤새 설거지를 해야 했어요! 진공청소기로 청소도 하고요! 다른 나라 언어로 대학 공부를 한다는 건 쉽지 않은 일이었어요. 모든 것을 사전을 찾아가며 봐야 했고, 성적도 당연히 나빴어요.

처음 몇 년 동안은 일을 많이 해야 했고, 미래에 대한 걱정을 잔뜩 하며 보냈어요. 모흐센이 시라즈에 있는 대학에 합격했다는 소식을 듣고, 온 가족이 그를 등록시키고 머물 곳을 찾기 위해 동행했다는 소식을 들었을 때는 나 자신이 무척 불쌍했어요. 모흐센이 머물던 집에서는 아침, 점심, 저녁 세끼를 모두 챙겨주고 또 학기가 끝날 때마다 모흐센은 테헤란으로 돌아갈 수 있었으니까요! 그 당시에는 지금처럼 서로 전화도 할 수 없었다는 사실을 잊지 마세요. 일 년에 겨우 한두 번 정도밖에 이란에 전화할 수가 없었어요. 편지가 도착하는 데도 너무 오래 걸렸고요. 그래서 우리 사이의 거리는 나날이 더 멀어졌죠.

결국에는 이곳 생활에 동화됐어요. 영어 실력이 향상되고 공부가 쉬워졌죠. 미국의 좋은 점도 보이기 시작했고요. 친구들도 생기고 다양한 기회를 활용하기 시작했어요. 미국 생활 중 일부라도 없는 삶은 더 이상 상상할 수 없었죠. 이란에서는 어떻게 살았는지 스스로에게 묻기도 했어요. 때로는 소속감까지 느꼈어요. 그러다 사랑에 빠져 결혼했고요. 캐롤라인은 나를 있는 그대로 받아들여줬고, 내게 부족한 모든 것을 메워줬어요. 아기도 낳았고요. 그 몇 년 동안 이란에 대해 거의 생각하지 않았어요. 오히려 캐롤라인이 가족에게 전화하라고 재촉하곤 했어요. 레지던트 생활을 마치면 이란으로 돌아갈 계획이었어요. 당시 대부분의 이란인은 미국에 장기적으로 머물 계획이 없었어요. 캐롤라인은 페르시아어를 배우기 시작했고, 특히 두 달간 긴 여행을 하며 이란에서 따뜻한 환영을 받았기 때문에 이란으로 옮겨가는 것을 나보다 훨씬 더 고대했어요. 그렇지만 나는 돌아가는 문제를 전혀 서두르지 않았어요. 그때는 내 인생 최고의 시기였으니까요. 하지만 이 모든 것에도 불구하고 이란에서 문제가 생기거나 나쁜 소식을 들을 때마다 향수병으로 견딜 수가 없었어요. 때로는 노래나 향기, 단 한마디의 말로도 향수병이 다시 도질 때가 있었어요.

캐롤라인에게 희망이 남아 있지 않다는 것을 알게 된 날, 나는 제정신이 아니었어요. 목적 없이 길거리를 걸었죠. 어머니의 어깨에 얼굴을 묻고 실컷 울고 싶었어요. 친구들도 아무 소용이 없었고, 가족 곁에 있고만 싶었어요. 동포가, 내 언어를 이해해줄 누군가가 필요했어요. 내가 다시 정신을 차리려고 노력하는 동안 이야기를 나눌 사람이 필요했어요. 내 삶을 다잡아줄 누군가가 필요했어요. 아들을 돌봐줄 누군가가 필요했어요. 결국 아들아이를 캐롤라인의 어머니에게 보냈지만, 장모님도 딸로 인해 너무나 큰 슬픔에 빠져 있었어요. 나는 장모님이 마이클을 돌볼 수 없고, 더 나쁘게는, 아이를 더 빨리 철들게 하리란 걸 알았어요. 외로움을 견딜 수가 없었어요. 그러다 보니 미국에서의 적응이 얼마나 피상적이었는지 깨닫게 됐어요."

할머니가 끼어들었다. "마이클의 손을 잡고 이란으로 돌아왔으면 좋았을 텐데."

"바로 그렇게 했어야 했지만 내게는 결정을 내릴 힘이 없었어요. 내 삶과 계획을 통제할 수가 없었죠. 내 안에 있는 뭔가가 내 모든 시간을 직장에서 보내게 했어요. 일하고 또 일하다가 여가 시간에는 술을 마시면서 보냈어요."

모흐센 삼촌이 말했다. "형이 그때 돌아오지 않아서 다행이야. 전쟁 중이었고 테헤란은 폭격당하고 있었어. 제정신을 가진 사람이라면 미국을 떠나 전쟁 지역으로 이주하지 않을 거야. 배우자를 잃는 비극은 어디에서나 일어날 수 있고, 상황과 관계없이 견딜 수 없는 일이야. 형이 이란에 있었더라도 크게 다르지 않았을 거야."

우리는 침묵했고, 각자 모하마드 삼촌이 무엇을 할 수 있었는지, 혹은 무엇을 했어야 했는지 생각했다. 삼촌은 고개를 저으며 입꼬리를 내린 채 말을 계속했다. "모르겠어. 네 말이 맞을 수도 있어. 다만 내가 그렇게 외롭지 않았다면 그 3년간의 위중한 시기와 긴 우울증이 더 빨리 끝났을 거야. 어쩌면 더 일찍 정상적인 생활로 돌아갈 수 있었을지도 몰라. 그렇지만 가장 이상한 것은 아버지의 죽음이 내게 미친 영향이었어. 내가 성인이 됐으니까 아버지도 나이가 들어서 노인이 됐다는 걸 알고는 있었어. 하지만 내가 생각하는 아버지의 모습은 무엇이든 할 수 있는 강한 남자의 이미지였어. 네가 아버지의 병에 대해 이야기했을 때, 마치 내 환자에 관한 이야기를 듣는 것 같았어. 네 말을 듣고도 아버지가 아프다는 사실이 실감 나게 다가오지 않았어."

모하마드 삼촌이 말을 이어나갔다. "그날 어머니에게 안부 전화를 걸었다가 비명 소리를 듣고 나는 얼어붙었어. 전화기를 떨어뜨렸지. 어떻게 해야 할지 몰랐어. 아버지가 돌아가셨으니까 뭔가를 해야 했지만, 무엇을 해야 할지 몰랐어. 누군가에게 알려야 하는지 계속 스스로에게 물었지만, 도대체 누구에게 알려야 하는지 알 수가 없었어. 내가 묘지에 가야 하나? 하지만 아버지는 지구 반대편에 묻혀 있었어. 혼란스러웠지. 하루 종일 걸어 다녔지만 어디를 갔는지조차 모르겠어. 큰 통곡과 울음소리로 가득한 우리 전통 장례식이 얼마나 도움이 되는지 그때야 깨달았어. 산처럼 거대한, 지울 수 없는 슬픔의 무게에 짓눌려 마음이 무거웠어. 침묵의 눈물로는 내면의 감정을 비우는 데 도움이 되지 않더군. 혼자서 슬퍼하다 보니 거의 미칠 지경이 됐어."

비난의 흔적이라곤 전혀 담기지 않은 목소리로 모흐센 삼촌이 말했다. "형은 적어도 묫자리를 구하고, 장례식을 주도하고, 일주일 내내 조문객들에게 음식을 제공하고, 의식이 예우를 갖췄는지, 망자를 제대로 기리고 있는지 걱정하고, 왜 이런저런 것이 빠졌는지 천 가지 사소한 불평을 해결해야 하는 책임을 면할 수 있었잖아. 그 당시 나는 단 몇 시간이라도 혼자 조용히 내 슬픔을 감당하면서 아버지가 좋아하는 노래를 들으며 실컷 울고 싶었어."

"나는 아버지와 같이 시간을 보낼 수 있었는데도 그러지 못한 일을 포함해서 슬픔을 견딜 수 없는 일이 한두 가지가 아니었어. 아버지의 죽음만 슬퍼할 수 있었던 네가 얼마나 행운이었는지 알아주면 좋겠다. 아버지를 위해 아무것도 해드리지 못한 것에 큰 죄책감을 느꼈어. 하루만이라도 아버지 곁에서 보낼 수 있었으면 좋았을 텐데. 아버지가 살아 계셨을 때, 또 아버지가 돌아가신 후에 네가 아버지를 위해 해드린 수많은 일 중 한 가지라도 내가 할 수 있었으면 좋았을 텐데. 그랬다면 어쩌면 나도 네가 느꼈던 만족감을 조금이나마 느꼈을 거야. 그게 내 슬픔을 덜어주는 데 도움이 됐을 거고."

"참 이상하네! 그 힘든 시기에 나는 내가 형이었으면 좋겠다고 생각했는데! 전립선 수술을 받으러 아버지를 병원에 모시고 갔던 날을 절대 잊지 못할 거야. 모든 것을 미리 차질 없이 준비했다고 생각했는데도 자리가 없어서 이틀 동안 병원 복도에서 보냈어. 불쌍하게 바라보는 수많은 사람 속에서 도뇨관을 달고 있는 것이 아버지에게는 죽을 만큼 불편했을 거야. 결국 아버지는 복도 침대에 누워 있어야 했어. 전쟁 중이라 병원은 부상자들로 가득 차 있었어. 나는 생각해낼 수 있는 모든 사람과 이야기를 나누면서 의사가 입원 서류에 서명했으니까 즉시 수술을 받아야 한다고 설명했어. 하지만 아버지는 노인이었고 젊은 참전용사들을 먼저 치료해야 한다는 대답뿐이었어. 손 써줄 사람을 찾아보면서 다른 병원에도 확인했지만, 의사는 그래 봐야 소용없다고 말했어. 이곳이 시내에서 가장 비싼 병원인데 입원실이 전혀 없다면서 다른 저렴한 병원은 말할 것도 없다고 했어. 아버지는 빈 병상이 나오길 기다리며 기도하자고 하셨어. 우리가 겪은 일을 형은 상상조차 할 수 없을 거야."

아프사네 숙모가 이어서 말했다. "그날들은 나쁜 축에도 안 들었어요. 수술 후에 예정보다 일찍 아버님을 퇴원시켰던 것 기억나요? 내부 출혈이 있었고, 도뇨관이 제대로 작동하지 않아서 한밤중에 병원에 가야 했어요. 하지만 카테터를 씻을 수 있는 정맥주사조차 구할 수가 없었어요."

모호센 삼촌은 고개를 저었다. "정말 정신없는 밤이었어! 아버지는 고통으로 비명을 질러댔고, 내가 할 수 있는 일은 정맥주사를 구하러 미친 사람처럼 시내를 뛰어다니는 것뿐이었어."

모하마드 삼촌이 놀란 표정을 지었다. "병원에 정맥주사조차 없었다는 말이야?"

"상상하기 어렵다는 건 알지만, 없었어. 전쟁 중이었고 모든 것이 부족했으니까. 봉합할 실을 우리가 직접 들고 가야 했어! 어떻게 그때를 버텨냈는지 모르겠어."

"그래서 어떻게 했어?"

"아랍샤히 박사 집에 전화를 걸었어. 아버지 친구잖아. 일요일에 함께 모였던 거 기억하지? 어쨌든, 그분 집에 정맥주사가 있어서 우리에게 가져다주셨어. 또 다른 행운도 있었어. 담당 레지던트가 아랍샤히 박사의 제자였어. 아랍샤히 박사가 가져다준 정맥주사만으로는 충분하지 않았는데 수술실에서 다른 정맥주사를 구해줬어. 마침내 요도관을 제거하고 아버지가 조금 나아지기 시작했지만, 우리에게는 정말 지옥 같았어. 그래서 아프사네에게 이런 말을 했어. '사랑하는 형이 의사인 게 무슨 소용이 있어? 우리 집안의 왕세자는 아버지가 어떤 일을 겪고 있는지 어디서 알고나 있을까? 그는 세상에서 가장 좋은 곳에서 행복하게 지내고 있겠지.' 그리고 나는 형이 너무 부러웠어."

 모하마드 삼촌은 고개를 숙이고 있었다. 삼촌의 얼굴은 붉었고, 마치 잘못을 저지른 학생처럼 창피해하는 것 같았다. 그런 그를 안쓰럽게 여긴 모흐센 삼촌이 달래는 어조로 말했다. "형을 탓하려는 게 아니야. 그저 형이 그때 그곳에 없었던 게 얼마나 행운인지 알려주려고 이런 말을 해주는 거야."
 "아니야. 나도 그때 이런 일을 같이 겪었으면 좋았을 텐데. 사랑하는 사람들이 불에 타는 것을 옆에서 지켜보느니 차라리 불길 속에서 같이 타는 게 나아."
 "그렇지만 합리적으로 생각해봐. 형이 같이 불에 탄다고 무슨 소용이 있겠어?"
 "물론, 그러는 게 전혀 논리적이지는 않지. 그렇지만 사랑하는 사람들이 불타는 모습을 보며 그 속에 내가 들어가 있지 않다는 걸 어떻게 감사해할 수 있겠어? 그 생각이 머릿속을 스쳐 지나가기만 해도 평생 죄책감에 시달릴 거야."
 "형이 왔더라면 좋았을 텐데. 정말 많은 도움이 됐을 거야."

"바로 그 때문에, 내가 괴로워. 함께 있었어야 할 때 함께 하지 못한 것 때문에 말이야. 당시 나는 너희들과 함께하지 못한 것에 대한 변명거리를 천 가지쯤 마련해두고 있었어. 휴가 시간도 충분하지 않았고, 직장을 잃었을지도 몰라. 전쟁과 나라 상황도 두려웠어. 그 당시에는 논리적으로 보였던 변명거리가 많이 있었지만, 지금은 그 어떤 것도 말이 안 돼. 내가 너라면 좋겠어. 네가 겪은 모든 어려움에도 불구하고 네가 지닌 맑은 양심을 위해서라면, 내가 가진 모든 것과 바꿀 거야. 내가 그곳에 있지 않아서 잃어버린 시간, 내가 놓친 애정과 감정을 한순간이라도, 단 일 초라도 가져보길 줄곧 바라왔어. 그리고 나이가 들수록 그렇게 놓친 것이 더 절실해."

두 형제는 눈물로 가득 찬 눈으로 서로를 바라봤다. 둘 다 너무 사랑스럽고, 너무 닮아 보였다.

마흐나즈 고모는 뭔가 고민하는 것처럼 고개를 저었다. 고모가 진지한 어조로 말했다. "나는 양심의 가책을 느끼지 않아요. 돌아오고 싶었지만 내가 돌아오는 걸 원치 않는 사람들이 있었어요. 속은 것 같아요. 내가 견뎌낸 모든 고난과 허비된 젊음에 대해서요. 여러분은 내가 편하게 살았다고 생각하겠죠. 나는 장군의 아내였고 편안한 삶을 살았어요. 매해 그랬던 것처럼 그해 여름, 두 개의 여행 가방과 짧은 여행에 충분할 얼마 안 되는 현금을 들고 출국했어요.

다시 돌아올 수 없을 거라고는 상상도 못 했어요. 샷타리는 상황이 상당히 안 좋다며 사태가 좀 진정될 때까지 귀국하지 말라고 했어요. 얼마나 오랫동안 그래야 하느냐고 물었죠. 가지고 있는 돈이 충분하지 않다고요. 그는 돈을 좀 보내주겠다 했고, 상황이 더 나빠지면 모든 것을 팔고 우리에게 오겠다고 했어요. 그런데 아무리 기다려도 그 사람은 오지 않았어요. 돈을 받은 적도 없고요. 왜 우리에게 이런 일이 일어났는지 아직도 이해할 수 없어요. 왜 우리 자산이 몰수당했나요? 샷타리는 정치에 관여하지 않았어요. 그는 상관의 명령을 따르는 군인이었죠. 그가 진심으로 신경 쓴 것은 시와 음악과 재미뿐이었어요. 그의 예술적인 성격을 고려해보면 왜 군대에 입대했는지 항상 의문이에요. 나는 너무나 무섭고 긴장된 날들을 보냈어요. 결혼한 지 몇 년이 지났는데 갑자기 부양해줄 사람이 없다는 게 어떤 기분인지 상상할 수 없을 거예요. 그 사람이 정말 죽었다는 사실을 믿기까지 오랜 시간이 걸렸어요. 나는 그가 우리와 함께하기를 계속 기다렸어요. 말도 거의 통하지 않는 곳에서 두 아이를 책임지고 미래를 두려워하며 돈도 없이 망명 생활을 하는 것뿐만 아니라, 그의 죽음을 슬퍼하느라 나는 망가졌어요. 아무도 나를 도와주러 오지 않았고, 무엇보다 나를 마음 아프게 한 것은 가족이 취한 입장이었어요. 샷타리가 처형당한 것이 부당한 일은 아니라는 듯 행동했으니까요! 가족으로서 나를 충분히 지지해주지 않았어요."

할머니는 반박하지 않았다. "하지만 사람들이 네 남편에 대해 한 말과 그가 저지른 범죄는 상상할 수 없을 거다. 우리는 너를 난처하게 만들고 싶지 않았다. 네 아버지와 나는 화가 났다. 네 아버지는 너를 삿타리와 결혼시키지 말았어야 했다고 계속 말했었다."

"그러면 사람들이 그에 대해 한 말을 모두 믿었나요?! 우리 집 지하실에 고문실이 있었다는 말을요?! 불쌍한 삿타리! 그이를 모르셨어요? 그 사람이 어머니에게 못되게 굴거나 무례했던 적이 있었나요? 아버지가 그를 좋아하지 않았다는 사실은 알고 있어요. 결혼 승낙을 받으러 왔을 때, 아버지는 삿타리가 저보다 나이가 너무 많다고 하시면서 군인이라는 사실을 마음에 들어하지 않으셨어요. 아버지는 군인들이 종종 폭력적이고 비논리적이며 가정을 군대 막사처럼 운영한다고 믿으셨으니까요. 아버지에게는 선입견이 있었어요. 모든 군인이 아버지가 젊은 시절 군인이었을 때 아버지를 때렸던 장교와 비슷할 거라는. 나는 삿타리가 친절하고 신사적인 사람이라고 말씀드렸죠. 시와 음악을 좋아하고 심지어 악기까지 다룰 줄 안다고요. 아버지는 믿지 않았어요. 어머니는 내가 그를 정말로 사랑한다는 사실을 받아들이지 않았고요. 내가 그의 제복과 권력에 속았다고 생각했죠. 어머니는 그를 진정으로 알지 못했고 그 후에도 사람들이 그에 대해 떠든 모든 거짓말을 믿었어요. 그 점에 있어서는 어머니를 절대 용서하지 않을 거예요!"

"우리는 혼란스러웠다. 전국이 혼란스러웠고 사람들은 그의 범죄에 대한 증거가 있다고 말했어. 무엇이 진실이고, 무엇이 진실이 아닌지 구분할 수 없었다. 우리가 유일하게 감사했던 것은 너와 아이들이 여기에 없었고, 네가 부족함 없이 산다는 것이었다."

"제가 부족함 없이 살았다고요? 어떻게요? 이란에서는 항상 일하는 사람을 두고 살았는데 이제는 다른 사람들 집의 바닥을 청소하고 설거지를 해야 하는 처지가 됐어요! 작고 어두운 방에서 간신히 생계를 유지했다고요. 그리고 그것조차도 모하마드의 지원 덕분이었어요. 육체적, 정서적으로 상처를 받았지만 아이들의 생활비를 마련하기 위해 일해야 했어요."

할머니는 깜짝 놀랐다. "그럼 삿타리가 나라 밖으로 빼낸 돈은 어떻게 됐는데?"

"무슨 돈요?! 우리에게는 이란에 있던 돈밖에 없었어요. 테헤란에 있는 집과 북쪽에 있는 별장, 작은 땅과 차들이 전부였는데 몽땅 압수당했잖아요! 하룻밤 사이에 부자에서 가난뱅이가 됐어요!"

"하지만 파리에 은행 계좌가 있다고 말한 적이 있지 않았니?"

"은행 계좌가 있긴 했죠. 우리가 여행을 갈 때마다 삿타리는 경비로 쓸 돈을 입금하곤 했어요. 제가 은행 계좌에 돈을 잔뜩 넣어뒀을 거라고 상상하셨어요?"

"응!"

우리는 놀라서 마흐나즈 고모를 바라봤다. 그렇다면 고모는 그동안 어떻게 살았을까? 나는 살면서 처음으로 이 문제에 대해 생각해봤다. 잠시 침묵한 후 마흐나즈 고모가 목멘 소리로 말을 이어나갔다. "사랑하는 사람들이 부디 굴욕당하는 일이 없게 해달라고 할머니가 기도하셨던 거 기억하세요? 나는 굴욕을 당했어요. 얼마나 끔찍했는지 상상할 수 없을 거예요."

"왜 집으로 돌아오지 않았니? 그때만 해도 네 아버지가 살아 있었잖아. 네 아버지가 은퇴한 후라 돈을 많이 벌지는 못했지만 어떻게든 살아남았을 텐데. 서로 도우면서 말이다."

"어떻게 돌아갈 수 있었겠어요? 돌아가는 건 불가능했어요. 온갖 끔찍한 소식이 들렸고, 수많은 사람이 이란에서 탈출하고 있었어요. 어쨌든 어디로 돌아갈 수 있었을까요? 어느 집으로요? 어떤 삶으로요? 내가 돌아와서 친구와 가족들 앞에서 애원할 줄 알았어요?"

"남의 집 설거지하고, 네가 겪은 그런 온갖 고난을 견디는 것보다 낫지 않았을까? 고국에서 더 편한 일을 찾을 수 있었을 텐데."

"처형당한 장군의 아내를 고용할 사람이 있었을 것 같아요? 한동안 결근했다는 이유로 사무실로부터 해고됐다는 편지를 받기까지 했어요. 적어도 파리에서는 나를 아는 사람이 아무도 없었어요. 어떤 일이든 닥치는 대로 할 수 있었고 아무도 그것에 신경 쓰지 않았어요. 그런데 이란에서는 아무 일자리나 맡을 수 있었겠어요? 어머니조차 내 뒤에서 수군대는 사람들의 말을 못 견뎠을 거예요. 아니, 당시 내가 처해 있던 상황을 절대 이해할 수 없을 거예요. 나는 이란에 대한 모든 것을 경멸했어요. 남편이 처형당할 때 지켜보며 서서 환호했던 사람들이 미웠어요. 그리고 그들의 거짓말을 믿는 여러분이 미웠어요. 나는 모든 사람을 비난했어요. 증오와 분노로 가득 차 있었죠. 전쟁 소식과 물자 부족에 직면했다는 이란 소식을 들을 때마다 나는 기뻤어요. 그래도 싸다고 느꼈어요. 그렇다고 내가 느낀 고통이 줄어들진 않았어요. 주변의 모든 것이 암흑이었어요. 천천히 적응하는 데 2년이 걸렸죠.

망명을 신청한 서류 작업이 마침내 진행됐고, 프랑스어를 배우고, 일자리를 찾고, 아이들을 학교에 등록시켰어요. 그렇지만 심리적 상황은 나아지지 않았어요. 우울증과 상실감을 지울 수가 없었죠. 약을 먹었고, 항상 피곤했지만 쉴 시간이 없었어요. 혼자 힘으로 삶을 꾸려나가야 했고 좋은 직장도 구해야 했지만 그 모든 게 대학 교육 없이는 불가능했어요. 그래서 마침내 대학에 합격했죠. 내가 이룬 첫 번째 성공이었어요. 행복했죠. 너무 신나서 전화를 걸었지만 부모님의 반응은 너무 차가웠어요. 항상 공부하라고 격려해주던 아버지는 그저 '행운을 빈다'라고만 말씀하셨어요. 아버지는 내가 어떤 분야를 공부하고 있는지조차 묻지 않았어요. 어머니도 다르지 않았어요. 어머니는 반대하며 '아이들을 어떻게 돌보려고 그러니?'라고 말했어요. 그 말이 나를 짓밟았어요. 나는 내 아이들에 대해 걱정하지 말라고 소리를 지르고선 기분이 상해 전화를 끊었어요. 어머니의 마음을 상하게 했다는 죄책감이 분노와 깊은 슬픔에 더해졌어요. 그것 때문에 여전히 마음이 아프고, 우리 사이의 거리는 나날이 더 멀어지고 있어요."

할머니가 대답했다. "당시 우리가 네게 전화할 때마다 너는 집에 없었다. 나질라는 울면서 혼자 있다고 말하곤 했어. 한번은 나질라가 겁에 질려서 우리한테 전화를 걸었더구나. 나데르가 숨을 쉴 수 없어 얼굴이 파랗게 변했는데 네가 없다고 하면서 말이다. 심장마비가 올 뻔했다. 나는 나질라에게 나데르의 목에 뭔가 걸린 것 같다면서 어떻게 해야 할지 설명해줬다. 그렇지만 수화기를 들고 서 있던 나는 무서워 죽을 뻔했다. 네가 왜 그토록 무심해져서 아이들만 그렇게 자주 혼자 놔두는지 도무지 이해할 수가 없었다. 나질라는 그런 무거운 책임을 맡기에 너무 어렸어."

마흐나즈 고모가 슬픈 표정을 지었다. "선택의 여지가 없었어요. 일을 하지 않으면 밥을 먹을 수 없었으니까요. 그리고 학교에 다니지 않으면 평생 바닥을 닦아야 했을 거예요. 나질라가 나보다 더 못 지내고 있다는 걸 몰랐어요. 그 애는 혁명 이전의 우리 삶과 혁명 후에 일어난 일을 모두 경험했기 때문에 그렇게 큰 변화를 잘 받아들이질 못했어요. 나 역시 너무 우울해서 그 애한테 아무런 도움이 되지 못했고요. 그 애는 사춘기를 겪으며 끔찍한 시간을 보냈어요. 고집도 셌고, 공부도 하지 않고, 나쁜 애들과 어울려 다니더니 겨우 열네 살 때 도망쳐버렸죠. 나는 그 시절의 삶을 견딜 수 없었고, 나데르가 아니었다면 스스로 목숨을 끊었을지도 몰라요."

마흐나즈 고모는 조용해졌고, 눈에 눈물이 가득 찼다. 고모가 팔을 뻗어 물 잔을 집어 들었다. 손이 떨리고 있었다. 할머니는 고개를 돌리고 눈물을 닦아냈다. 아프사네 숙모는 입을 벌린 채 고모를 바라보고 있었다.

마흐나즈 고모가 물을 몇 모금 마셨다. 떨리는 목소리가 진정됐다. "나 자신이 불쌍했어요. 그렇게 많은 꿈과 희망을 안고 지은 집이 하룻밤 사이에 사라지다니 믿을 수가 없었어요. 불쌍한 샷타리는 모든 것을 내가 원하는 대로 지었어요. 내가 소유했던 모든 것이 그리워요. 수백 개의 상점을 방문한 후 샀던 가구도 그립고, 냄비와 프라이팬, 주방가전제품도 모두 그리워요. 매일 밤 가족이 모두 집에 모여 이야기하고 웃는 모습을 계속 상상했어요. 부러움으로 가득 차서요. 피곤함과 외로움, 미래에 대한 불안감으로 매일 밤 울었어요. 모하마드는 나를 위로하려고 애썼어요. 처음 몇 년은 힘들다고 나한테 편지 써준 거 기억나지, 오빠? 몇 년 지나면 상황이 나아질 거라며 적응하라고 했잖아. 그런데 노력해도 소용이 없었어요. 아버지가 집을 팔고 작은 아파트를 살 거라는 소식을 들었을 때, 적어도 아이들과 살 집 걱정만큼은 덜 수 있도록 파리 근교에 작은 아파트를 마련하게 도와달라고 아버지께 편지로 부탁했어요. 그런데 아버지는 한 번도 답장해주지 않았어요. 내가 그렇게 쉽게 잊힐 거라는 생각은 한 번도 하지 못했어요. 마치 내가 살든 말든 아무도 신경 쓰지 않는 것 같았어요."

"네 아버지가 널 얼마나 걱정했는데. 어떻게 해야 할지 몰라서 모하마드와 상의했더니 그 애가 널 돌봐주겠다고 약속하더라. 우리더러 걱정하지 말라고 했다."

모하마드 삼촌이 대답했다. "제가 무슨 말을 하겠어요? 마흐나즈가 밤낮으로 울고 있다고 말씀드렸어야 했나요? 마흐나즈가 잘 못 지내고 있다고 말씀드렸어야 했나요? 달리 할 수 있는 일이 있었나요? 마흐나즈에게 돈을 보낼 수 있었어요? 동생을 미국으로 데려올 계획이었지만 인질 상황으로 인해 모든 것이 중단됐어요. 사실대로 말하는 게 무슨 소용이었겠어요? 아버지의 죽음을 앞당겼을 뿐이었겠죠."

마흐나즈 고모는 두 사람이 하는 말에 전혀 신경 쓰지 않았다. "의지할 사람이 아무도 없는 느낌이었어요. 아무도 날 사랑하지 않았다는 것을 깨달았죠. 대부분의 우울증 환자처럼 나도 지금까지 일어난 부정적인 일을 모두 선명하게 기억할 수 있었어요. 따뜻한 가족애 같은 건 전혀 기억나지 않았어요. 모하마드는 이란의 경제 상황이 좋지 않다고 계속 말했어요. 뭔가를 사려면 쿠폰을 모으고 몇 시간 동안 줄을 서야 했어요. 오빠는 환율이 열 배나 올랐다며 아버지가 이런 상황에서 나를 도울 수 없다고 말했어요. 그렇지만 나는 그 말을 믿지 않았어요. 나라를 떠난 지 얼마 되지 않았고, 그 시간 동안 모든 것이 바뀌었을 거라고는 상상할 수 없었으니까요. 아프사네가 부모님이 파리를 떠나 캐나다로 가기 전에 날 만나러 왔어요. 아프사네에게 가서 며칠을 함께 보냈죠. 아프사네, 그때 쇼핑한 거 전부 기억하지? 나보다 상점을 더 잘 알고 있더군요! 옷과 신발, 가전제품, 기념품 등 온갖 물건을 다 사더라고요. 쇼핑을 너무 많이 해서 아프사네의 아버지가 추가 수하물 수수료를 내야 했으니까요. 거짓말이라고 생각했어요. 그렇게 많은 물건을 살 여유가 있는데, 어떻게 경제 상황이 나쁘다고 할 수 있겠어요? 적어도 내 상황보다는 나았을 거예요. 말은 안 했지만 내 분노는 나날이 커졌어요. 매주 전화해서 반복적으로 대화를 했어도 아무런 소용이 없었어요. 특히 아버지가 돌아가신 후 유산을 받지 못했을 때는 내가 완전히 이방인이 된 것 같았어요. 가족 모두에게 화가 났어요."

할머니의 얼굴이 잿빛이 됐다. 할머니가 조용한 목소리로 말했다. "네가 많은 돈을 들고 이란을 떠났다고 모두가 말하더구나. 왕의 군인들은 모두 프랑스 남부에 별장을 가지고 있다면서 말이다. 우리는 네가 재정적으로 궁핍하다는 걸 전혀 몰랐다."

마리암 고모가 이어서 말했다. "부모님이 알았어도 할 수 있는 일이 많지 않았어요. 아버지는 은퇴해서 수입이 절반으로 줄었고, 환율은 배로 올랐고요. 나라 전체가 불안했고 이웃 몇몇이 집에서 살해당했어요. 몇 차례 강도 시도가 있었기 때문에 집을 팔고 더 안전한 아파트로 이사해야 했어요. 부동산 가격이 하락해서 집은 상당히 빨리 팔렸어요. 두 분은 살 만한 곳을 찾을 때까지 아파트를 빌렸죠. 그런데 갑자기 집값이 치솟았어요. 몇 달 후 두 분은 큰 집을 판 돈으로 아파트조차 살 여유가 없었어요. 아버지는 제정신이 아니었어요. 모든 것을 잃었다 여기면서 걱정과 우울증에 시달렸어요. 40년 동안 고위직에 근무했는데 이후 아버지한테 내세울 만한 게 하나도 남아 있지 않았던 거예요. 결국 작은 아파트를 사기 위해 다른 모든 걸 팔아야 했어요. 그나마 운이 좋았던 거예요. 높은 임대료를 고려해보면 얼마 지나지 않아 길거리에서 잠을 자야 했을지도 몰라요! 이란의 경제 상황 때문에 많은 가정이 망했고, 반면 또 다른 많은 가정은 부자가 됐어요. 두 분은 어머니 명의로 아파트를 샀어요. 그래서 아버지가 돌아가신 후 물려받을 것이 정말 없었어요. 언니는 이 사실을 전혀 몰랐어요?"

아프사네 숙모는 여전히 놀란 것처럼 보였다. 마치 혼잣말처럼 숙모가 말했다. "유럽에 있는 부모님을 만나러 갔을 때 마흐나즈가 나를 보러 왔어요. 내가 가져간 기념품을 선물했지만 형님은 기뻐하지 않는 것 같았어요. 마치 다른 걸 기대하는 것 같았죠. 나를 자기 집으로 초대하지도 않았어요. 그 차가운 응대에 정말 불쾌했어요. 이란에서의 상황을 이야기했지만 신경도 쓰지 않는 것 같았죠. 내가 할인 판매로 산 물건들이 형님한테 그렇게 대단한 것처럼 보였을 거라고는 상상도 못 했어요. 나는 항상 외제 물건을 갖고 싶어했고, 마흐나즈가 여행 후 들고 오는 멋진 드레스가 부러웠어요. 그래서 오랫동안 돈을 모았고, 그렇게 유럽에서 쓸 돈을 모으기 위해 아무것도 사지 않았어요. 어떤 동료들은 몇 가지 물건을 사다 달라고 돈을 주기도 했어요. 그리고 캐나다로 영원히 떠날 예정이었던 부모님은 더 이상 필요하지 않은 것을 제게 전부 남겨주셨고요. 형님이 그런 변변찮은 물건을 눈여겨보리라고는 생각도 못 했어요. 더구나 싸구려 물건을 산다고 늘 나를 나무라던 사람이. 다시 이란 밖으로 여행할 수 있을지 알 수 없었기 때문에 난 살 수 있는 건 모두 샀어요. 그중 상당수는 20년이 지난 지금도 여전히 사용하고 있고요."

우리는 다시 침묵했다. 마흐나즈 고모는 아주 멀리 떨어진 곳에 있는 것처럼 보였다. 잠시 후 고모가 말을 이었다. "올케를 만나러 갔을 때 내 재정 상황은 최악이었어요. 나는 올케가 돈을 좀 가져다주길 바라고 있었어요. 그 돈으로 뭘 할 것인지 계획을 엄청 많이 세웠거든요. 원룸을 사거나, 적어도 월세를 절반은 선불로 지불하고 나머지는 매달

낼 수 있을 것 같았죠. 아니면 최소한 월세를 낼 수는 있을 것 같았어요. 그런데 올케가 가져온 것이라고는 내 낡은 파티용 드레스 몇 벌뿐이었어요. 충격을 받았죠. 웃어야 할지 울어야 할지 몰랐어요. 아이들 외투는 왜 가져오지 않았느냐고 물었더니, 지금쯤은 너무 작을 것 같고 내가 이미 몇 벌은 사줬을 것 같았다고 하더군요. 내 상황에 대해 그토록 까맣게 모르고 있다니 놀라울 뿐이었어요. 라디오를 통해, 또 이란을 떠난 다른 사람들로부터 이란에 대해 들은 적이 있어서 올케가 해준 이야기가 크게 흥미롭지는 않았어요. 올케는 내가 자기를 안됐다고 여기길 바랐죠. 그런데 내가 알게 된 사실은 단지, 내가 다른 곳으로 옮겨와서 절망적으로 사는 동안 올케는 여전히 자기 집에서 잘 살고 있다는 것뿐이었어요. 나는 이란에서 일어난 변화의 정도를 가늠할 수가 없었어요. 올케는 내가 상상하거나 이해할 수 없는 일들을 몇 가지 언급했지만, 내 눈으로 본 증거는 그것과 상충하고 모순적이었어요. 그래서 내 가족의 생활에 대해 생각할 때는 예전과 똑같을 거라고 상상했어요. 아마도 나 자신의 문제가 너무 커서 다른 사람들의 문제에 대해 생각할 여유가 없었기 때문일 거예요. 너무 낙담한 나머지 모두가 나한테 빚을 지고 있다고 생각했어요."

아프사네 숙모는 여전히 충격에서 벗어나지 못하고 있었다. "하지만 보내주신 편지와 사진은 늘 너무 아름다웠어요. 우리는 꿈에서만 갈 수 있었던 데서 사진을 찍었잖아요."

"우리가 사는 지하실에서 찍은 사진을 보낼 수는 없잖아! 어머니가 아이들이 얼마나 자랐는지 사진을 찍어 보내 달라고 하면 우리는 제일 좋은 옷을 입고 공원이나 에펠탑 같은 아름다운 곳에 가곤 했어요. 굴욕감을 느끼고 싶지 않았고, 자존심을 잃고 싶지 않았어요. 가족이 나를 동정하지 않았으면 했어요. 그래서 내 인생을 장밋빛으로 보이게 만들었던 거예요. 우리 아이들의 성공에 대해 자랑했고. 한 달에 한 번 다른 이란인들과 모이면 그 일에 대해 과장된 편지를 써서 보내곤 했어요."

할머니는 목이 메었다. 눈물은 보이지 않았지만, 얼굴의 주름살이 그 어느 때보다 더 깊어 보였다. "애야, 왜 우리한테 말하지 않았니?"

"한 번도 물어보지 않으셨잖아요! 어머니는 전화할 때마다 마치 내 쪽은 모든 것이 완벽한 것처럼 본인 문제만 이야기했어요."

"네 말이 맞다, 애야. 나는 네 파리 생활이 완벽하다고 상상했어. 그런데 사실은 우리 둘 다 지옥에 있었구나. 그래서 서로에게 화가 났고! 나는 네가 정이 없는 딸인 줄 알았어. 왜 우리를 그리워하지 않는지, 왜 우리를 보러 오거나 다니러 오라고 초대하지 않는지, 왜 우리에게 필요한 건 없는지 묻지도 않는지 궁금했어…." 할머니는 눈물을 닦으며 걱정스럽게 물었다. "나질라에 대해 말해보렴. 지금 그 애는 어떠니? 어디에 있어? 그 애가 걱정이구나."

"이제 더 이상 걱정할 필요가 없어요. 지금은 비교적 평범한 삶을 살고 있으니까요. 하지만 어른이 되기 전까진 나를 거의 말려 죽일 뻔했어요. 그 애의 삶은 내가 기대했던 것처럼 되지 않았어요. 나쁜 친구들과 사귀었고, 내 말도 듣지 않았고, 고등학교도 간신히 졸업했어요. 그리고 학업을 계속하지도 않았어요. 설사 그걸 원했더라도 성적 때문에 그럴 수 없었어요. 정신과 병동에서 시간을 보내기도 했고요. 다행히도 그 애는 현재의 남자 친구인 프랑수아를 만났어요. 이전의 다른 남자 친구들과 달리 프랑수아는 좋은 사람이에요. 둘이 함께 살고 있고, 프랑수아가 그 애를 잘 다독이고 있어요. 그 애는 여전히 테헤란의 집과 우리 수영장에 대한 꿈을 꾸지만, 예전보다 분노와 증오를 덜 드러내요. 기껏해야 일주일에 한 번씩 나한테 전화하고, 한 달에 한 번 그 애를 볼 수 있어요. 이제는 그 애가 원하는 대로 살도록 내버려두는 법을 배웠고, 그 애에게 가졌던 모든 희망과 꿈을 버려야 한다는 것을 받아들였어요."

마리암 고모가 마흐나즈 고모 옆으로 가서 앉았다. 그러고는 마흐나즈 고모를 껴안고 뺨에 입을 맞추며 말했다. "언니, 걱정하지 마. 어쨌든 모든 게 잘 풀렸잖아. 아이들 모두 건강하고 편안한 삶을 살고 있고. 가진 것에 감사하고 지난 힘든 세월은 그만 생각해." 두 자매는 서로 껴안고 눈물을 흘렸다.

할머니가 물었다. "지금은 재혼하고 나서 상황이 나아졌니? 더 편안한 삶을 살고 있는 거야?"

"학업을 마치고 나니 좋은 직장을 찾을 수 있었어요. 자유 시간이 더 많아졌고 직장도 마음에 들었어요. 안정감도 생겼고요. 그렇지만 여전히 외로웠어요. 샤파키가 그렇게 완벽한 사람은 못 돼도, 그리고 그 사람의 어린 자녀 두 명을 책임진다는 게 쉬운 일은 아니지만, 나를 지지해줄 사람이 필요했어요. 다시 가정을 꾸리는 편이 나데르에게 좋을 거라는 생각도 들었고요. 샤파키는 나데르에게 좋은 역할 모델이 되어주고 있어요. 그는 괜찮은 사람이고 나데르와 좋은 관계를 유지하고 있어요. 샤파키가 애한테 아버지의 자리를 거의 대신해줬어요."

"그러니까 샤파키를 사랑해서 결혼한 건 아니구나? 외로워서 결혼한 거라고?"

"아니요, 꼭 그렇지는 않아요. 우리는 그동안 겪은 고통 때문에 서로에게 끌렸어요. 사랑하진 않더라도 그 사람을 좋아해요. 서로를 잘 이해하니까요. 그도 힘든 시간을 보냈어요."

모흐센 삼촌이 얼굴을 찡그리며 말했다. "그 사람이 무슨 어려움을 겪었는데? 혁명 이전에 왕처럼 살았어. 그 후에는 자기 돈을 몽땅 챙겨 들고 세상에서 가장 아름다운 도시로 가서 젊은 여자들과 결혼해 아기를 낳았잖아."

"너무 성급하게 판단하지 마. 그 사람이 무슨 일을 겪었는지 넌 모르잖아. 그는 첫 번째 아내를 사랑했어. 이란에서 탈출할 때 터키 국경 근처 어디에선가 그녀의 맹장이 터졌대. 병원을 찾았을 때는 이미 너무 늦었고. 그는 젊은 아내가 눈앞에서 죽어가는 것을 봤어. 삶을 다시 시작해야 했지. 혼자 어린 아들을 키우면서 말이야. 아들이 성장해서 독립한 후 이란의 가족이 그를 위해 다른 아내감을 찾아 프랑스로 보냈대. 그 여자는 단지 이란에서 벗어나기 위해 그와 결혼한 그런 유형의 여자였어. 왜 그녀가 그의 아이를 갖기로 했는지 이해할 수가 없어. 결국에는 샤파키와 이혼하고 그가 가진 돈의 절반을 챙겨서 아이들을 두고 이탈리아 남자와 도망쳐버렸어. 내가 그를 만났을 때 그는 너무 우울하고 절망적이어서 안타까웠어. 그에게서 나 자신을 보는 것 같았으니까. 우리는 몇 시간 동안 서로를 위로했어. 그는 교육받은 남자고, 난 그와 함께 있는 게 좋아. 기사나 책에 대해 몇 시간씩 이야기할 수 있고, 그의 문화 활동이 마음에 들어."

"문화 활동이라고 하면 그가 출연하는 라디오 프로그램들을 말하는 거야?"

"아니야! 샤파키가 그런 프로그램들에 출연하는 건 단지 최근에 낸 책을 홍보하기 위해서야. 가끔 정치적인 문제에 대해 의견을 물으면 그들의 질문에 답을 해주는 거지."

"매형이 책을 썼다고?"

"너는 그 사람에 대해 너무 비판적이야. 그 사람이 무슨 일을 하는지조차 묻지 않았어. 샤파키는 자기 책을 선물로

주는 것을 좋아해. 너와 책에 대해 논의하고 네 의견을 묻고 싶어했어. 그런데 너는 그 사람에게 잘 대해주지 않았어."

모흐센 삼촌이 중얼거렸다. "정말 미안해! 노력했지만, 매형이 계속 정치 이야기를 하잖아. 특히 내가 싫어하는 정치 조직에 대해서 말이야. 게다가 자기 말에 동의하지 않으면 기분 나빠하고. 그래서 매형을 피하기로 한 거였어."

"그건 샤파키가 지금까지 너무나 오랫동안 이란으로 돌아가는 것을 꿈꿔왔기 때문이야. 그렇지만 정권 교체가 없으면 그건 불가능해. 바로 그런 이유에서 그에게는 정치가 매우 중요해. 그래서 나와 있을 때도 항상 정치에 대해 논의하고 싶어해."

"그런 남자와 함께 사는 건 힘들어요."

"아냐, 아프사네. 일단 그 사람을 알게 되면 그렇게 어렵지 않아. 완벽한 사람은 아무도 없어. 중요한 것은 그가 가진 좋은 점이 나쁜 점을 뛰어넘는다는 거야. 그렇게 오랜 시간 동안 혼자였다가 샤파키와 동반자가 된 것은 내게 선물과도 같아."

나데르가 방을 가로질러 제 엄마한테 가서 무릎을 꿇고 앉아 고개를 숙이고 그녀의 얼굴을 쳐다봤다. 나데르는 미소 지으며 엄마의 손을 어루만졌다. 마흐나즈 고모가 살짝 미소를 지으며 그의 머리를 헝클어뜨렸다. 우리는 조용히 두 사람을 바라봤다. 아름다운 광경이었다. 나데르는 자기 엄마 옆에 앉을 자리를 마련하고 팔로 그녀의 어깨를 감싸며 말했다. "잘했어요, 엄마! 엄마가 자랑스러워요. 이제 기분이 나아지지 않았어요?"

할머니가 나데르에게 물었다. "그때 너는 어땠니? 많이 힘들었니?"

"아니요! 저는 그때 아이였어요. 엄마나 누나와 달리 저는 이란에 대한 기억이 많지 않아요. 파리에서 자랐으니까요. 제 삶과 집, 친구들과 미래는 모두 거기에 있어요. 그래서 아무것도 그립지 않았어요. 엄마가 아니었다면 지금쯤 저도 페르시아어를 잊어버렸을 거예요. 저는 제가 어떤 사람인지 제 정체성에 대해 별문제가 없었어요. 여기 계신 가족 중 아는 사람이 아무도 없었기 때문에 그리워하지도 않았어요. 솔직히 말해서 여기 계신 가족을 그렇게 잘 이해하진 못했어요. 모두가 왜 그렇게 행동하는지 지금도 여전히 이해할 수 없기는 마찬가지예요. 별것 아닌 일들이 모두에게 왜 그렇게 중요한 문제인지 이해할 수가 없어요. 엄마가 저더러 말할 때 조심하라고 하셔서 정말 미칠 것 같았어요! 제게는 터무니없어 보이는 사소한 것까지 무심결에 입 밖에 내지 않도록 항상 신경을 써야 했으니까요. 예를 들어, 나질라와 프랑수아, 그리고 제가 왜 박사가 돼야 하는지 이해할 수가 없었죠."

사나즈가 자동적으로 물었다. "그럼 박사 과정 학생이 아니에요?"

"그게 너한테 중요해? 내가 박사 과정 학생이 아니라면 나를 더 이상 좋아하지 않을 거야?"

사나즈가 얼굴을 붉히며 대답했다. "엄마는 미래의 남편이 반드시 부자여야 한다고 항상 말씀하세요. 의사나 엔지니어는 부자가 될 수 있어요. 하지만 가장 중요한 것은 지구 반대편에서 살아야 해요."

"너는 어떤데? 미래의 남편감에 대한 네 기준은 뭐야?"

"모르겠어요. 나는 항상 엄마가 옳다고 생각했어요. 하지만 이제는 미래의 남편이 내 친구가 되면 좋겠어요. 상냥하고 느긋하면 좋겠어요. 나를 사랑하고 삶을 사랑했으면 좋겠어요. 내가 그를 존중하고, 그가 나를 존중해주면 좋겠어요. 그와 대화하면서 웃고 비슷한 관심사를 가질 수 있으면 좋겠어요. 지난 며칠 동안 오빠와 함께 즐겼던 것처럼 남편 곁에서 삶을 즐길 수 있으면 좋겠어요."

우리 모두 사나즈가 너무나 순진하게 사랑을 고백하는 모습을 보게 됐다. 내 눈이 평소보다 더 커진 것 같았다. 모흐센 삼촌과 아프사네 숙모는 너무 충격을 받아서 거의 움직이지 못했다. 나데르가 일어나서 웃으며 말했다. "엄마, 저 애가 얼마나 근사한지 보세요! 단순하고 순수해요. 페르시아어를 배우게 해줘서 고마워요!"

분위기가 바뀌었다. 행복과 기쁨이 가득했고, 우리 모두 미소를 짓기 시작했다. 할머니가 나데르를 향해 말했다. "일어나서 페이스트리를 돌리거라. 그리고 사나즈, 가서 차 좀 따라주렴."

하지만 해야 할 말이 아직 더 남았다는 건 우리 모두 알고 있었다. 사나즈가 차를 가져와 자기 어머니 앞에 움직이지 않고 서 있었다. 아프사네 숙모는 잔을 들지 않았다. 나는 숙모의 얼굴을 계속 주시했다. 숙모가 사나즈에게 화가 났을까? 아프사네 숙모의 얼굴에는 분노의 흔적이 전혀 보이지 않았다. 숙모는 다른 생각을 하면서, 다른 곳에 가 있는 것 같았다. 우리의 시선을 받으며 숙모가 마침내 침묵을 깼다. "더 이상 무엇이 옳고 그른지 모르겠어요. 하지만 나는 떠났던 분들이 우리가 이란에서 보낸 것보다 더 나은 날들을 보냈다고 여전히 믿고 있어요. 혁명 이후의 문제들을 겪지 않았잖아요. 체포와 대량 해고, 불안한 치안과 미래에 대한 절망, 가장 중요하게는, 많은 사람이 목숨과 집을 잃은 8년간의 전쟁 같은 문제들을요. 폭탄이나 로켓이 언제든지 떨어질 수 있는 상태로 8년을 보낸다는 것이 어떤 기분인지 상상할 수 없을 거예요. 공습경보 사이렌 소리를 들으면 두려움으로 온몸이 떨렸어요…."

마리암 고모는 조급하게 양팔을 흔들며 말했다. "8년간의 전쟁 내내 우리가 공습 걱정을 하면서 살진 않았어요."

"아니었다고요?"

"아마 전쟁 지역에서는 그랬겠죠. 그렇지만 테헤란에서는 어쩌다 한 번씩만 상황이 심각해지곤 했어요. 아프사네, 올케는 너무 겁이 많았어요. 우리도 올케와 같은 상황이었지만 익숙해졌어요."

아프사네가 날카롭게 대답했다. "나를 겁쟁이라고 부른다면, 맞아요! 나는 겁쟁이예요! 어쩔 수 없어요. 어렸을 때부터 겁쟁이였으니까요. 그 8년 내내 나는 죽음을 가까이에서 느꼈어요. 처음에 폭격이 시작되자마자 도시를 떠나 북쪽이나 친구와 가족이 있는 다른 도시로 향하곤 했죠. 그런데 며칠, 몇 주, 심지어는 일 년 안에 끝날 문제가 아니었어요. 그렇게 오랫동안 다른 사람들에게 짐이 될 수는 없었어요. 가끔은 집에 사람들이 너무 많이 모여서 앉을 자리가 없었어요! 우리를 초대한 집주인들이 불쌍했어요. 그리고 모흐센은 일하러 돌아가야 했고요. 그래서 여행을 그만뒀어요. 이번에는 텐트를 샀어요. 낮에는 시내에서 지내고, 밤에는 도시 외곽에서 캠핑하며 지냈어요. 우리는 온갖 종류의 곤충과 더위와 추위를 경험했고, 텐트가 너무 작아 앉아서 잠이 들어야 했어요. 아이들이 아플 때도 있었어요. 가끔 차 안에서 밤을 보내는 경우도 있었고요. 어느 날 모흐센이 더 이상 집을 떠나지 않겠다고 선언하더군요. 폭탄에 익숙해졌으니 너무 걱정하지 말라면서요. 하지만 나는 죽을 것 같았어요. 사이렌 소리가 들릴 때마다 너무 두려워서 몸을 떨다 보면 이 부딪히는 소리가 들렸어요. 나는 아이들을 계단 아래로 강제로 데려가곤 했죠. 우리는 두려움에 질려 몇 시간 동안 그곳에 앉아 있었고, 마음을 진정시키기 위해 공상에 빠져들곤 했어요. 캐나다나 미국에 살고 있는 부모님과 형제자매 근처에서 지내는 내 모습을 상상하면서요. 내 유일한 꿈은 그들과 함께 있는 것이었어요. 모흐센과 이 문제 때문에 항상 다퉜고, 두 번이나 모든 것을 팔아 나라를 떠날 작정이었어요. 그런데 모흐센이 매번 마음을 바꿨어요. 구실은 부모님이었죠. 아버님이 아직 건강하게 살아 계실 때도 모흐센은 부모님 돌보는 것을 자기 책임이라고 여겼어요. 그렇지만 나는 그게 단지 변명에 불과했다고 생각해요. 사실 떠나기가 두려웠을 거예요. 우리는 여러 라디오 방송을 들었고, 나중에는 위성 채널을 보면서 그들의 관점에서 뉴스를 시청했어요. 그리고 그로 인해서 우리의 상황이 더 비참하게 느껴졌어요. 우리는 뉴스에서 들은 것을 다른 사람들에게 전했고, 다른 반응을 얻었어요. 우리에게 동의하는 사람들과는 친해졌고, 그것이 모두 거짓말이라고 생각하는 사람들과는 관계를 끊었어요.

아이들이 다 컸을 때, 전쟁이 끝나서 여행하기가 더 쉬워졌어요. 이란을 떠났던 사람들은 입가에 미소를 지으며 돌아왔어요. 그들은 멋지고 현대적이었으며, 놀라운 것들로 가득 찬 여행 가방을 들고 왔어요. 남겨두고 떠난 나라와 가족들을 방문하러 왔죠. 아이들은 자유로웠고, 젊은이 특유의 태평스러움을 지니고 있었어요. 그 아이들의 행동과 내 아이들을 비교해보니 시루스는 애늙은이 같았어요. 그 애가 안쓰러웠어요. 손님들을 이해할 수가 없었어요. 그들이 자기 문제를 이야기할 때는 헛웃음이 나왔고, 아이들이 자기들이 누리는 기회를 이야기할 때는 부러웠어요. 여름의 무더위 속에서 어떻게 스카프를 쓰느냐고, 집을 나설 때 왜 그렇게 많이 가렸느냐는 질문을 받으면 나 자신이 불쌍해졌고 히잡을 쓰는 것이 더욱 견디기 힘들어졌어요. 그들은 자기 자식의 남자 친구나 여자 친구, 댄스나 피크닉, 마음대로 할 수 있는 자유를 이야기했어요. 그럴 때면 나는 파티에 가거나 공공장소에서 이성과 이야기를 나누다가 체포된 내 아이들이 채찍질당하지 않도록 보석금을 내고 감옥에서 빼내와야 했던 때를 떠올리곤 했어요. 시험에 합격할 필요 없이 대학에 입학한 자식들에 대해 이야기하는 걸 들을 때면, 집에서 몇 달씩 계속 공부하고도 대학 입학 경쟁이 치열해서 결국 시험에 합격하지 못한 내 아이들이 안쓰러웠어요. 또 그들이 자기 아이들의 독립성과 직장에서 승승장구하는 이야기를 할 때면, 나는 아들을 바라보며 그 아이가 직장도 없고 계획도 없이, 신랄하고 절망적이며 항우울제에 의지하는 사람이라는 걸 깨달았죠.

시루스를 해외로 보내려고 여러 차례 시도해봤지만 그렇게 되질 않았어요. 내 유일한 희망은 사나즈가 다른 나라의 시민과 결혼하는 것이었어요. 내게 다른 선택의 여지가 있었다고 생각하세요? 그런데 지금 여러분이 한 말을 모두 듣고 나니 혼란스러워졌어요. 이란을 떠난 사람들이 우리에게 들려준 말이 전부 거짓말이었나요?"

모하마드 삼촌이 숙모에게 상냥하게 미소를 지었다. "아니요, 거짓말은 아니었어요. 그들의 상황은 분명히 제수씨와 달라요. 그 사람들은 제수씨가 가지지 못한 것들을 가지고 있죠. 제수씨는 그런 것들을 매력적이라고 생각하지만, 그 사람들은 그것들을 그저 평범하다고 생각해요. 반면에, 그 사람들 또한 제수씨가 가진 것들을 부러워해요."

아프사네 숙모가 웃으며 말했다. "예를 들면요? 우리가 가진 것 중에서 아주버님이 부러워하는 게 뭔데요?"

마이클의 목소리가 떨렸다. 그는 평소처럼 정중하게 말했다. "할머니요! 여러분에게는 할머니가 계시잖아요! 그리고 서로가 있고요! 그 고독했던 힘든 시절에 제 곁에 여러분이 있었다면 저는 그렇게 큰 고통을 겪지 않았을 거예요. 그렇게 외롭지 않았을 거라고요. 도키를 보세요. 저는 어머니를 잃었을 뿐인데, 도키는 어린 나이에 부모님을 모두 잃었어요. 그런데도 우리 둘 중 누가 우리 가족과 더 건강한 관계를 맺고 있다고 생각하세요? 도키가 저보다 친척이 많지 않나요? 도키가 사랑과 소속감이 더 깊지 않나요? 도키도 외로움을 느꼈다는 것을 알지만, 저와 같은 정도로 느끼지는 못했을 거라고 확신해요. 여러분 모두가 그 애를 걱정하는 걸 알아요. 여러분은 도키를 친자식처럼 여기며 최선을 다해 돌봐주고 있어요. 도키를 사랑해주고요. 제가 그런 관심을 얼마나 갈망해왔는지 모르실 거예요! 그럼요! 여러분은 여러분 자신이 가진 것의 가치를 깨닫지 못하고 있어요."

나는 깜짝 놀랐다. 가족이 없었다면 정말 어떻게 됐을

까? 마이클이 안쓰럽다는 마음이 들었다. 나는 모하마드 삼촌을 쳐다봤다. 삼촌의 콧수염에 눈물방울이 매달려 있었다. 삼촌이 물었다. "미국에 외할머니와 외삼촌이 계셨잖아. 그분들로 충분하지 않았니?"

"아빠, 그분들은 좋은 분들이었어요. 저에게 다정했죠. 그렇지만 그분들을 본 건 고작해야 일 년에 한두 번뿐이었어요. 그분들이 차갑거나 애정이 없다는 게 아니라, 감정을 다르게 표현했어요. 이란 사람들이 감정을 표현하는 방식과는 다르다는 걸 잘 아시잖아요. 저는 이란계 미국인이에요. 이 이중성이 제 피부색으로만 나타난다고 생각하세요? 아니에요! 제게는 다른 감정적 욕구가 있어요. 제가 완전함을 느끼기 위해서는 양쪽 모두 균형이 필요해요. 그래서 항상 제 안에 뭔가가 빠진 것 같은 느낌이 들어요."

그의 마지막 말은 거의 들리지 않았다. 나는 그가 사람들 앞에서 울지 않기를 바랐다. 마이클은 일어나서 문을 열고 테라스로 나갔다. 나는 그를 너무 잘 이해했다. 자신에게조차 숨겨둔 것들을 고백한 후, 그에게는 혼자 생각할 시간이 필요했다.

우리는 일어나서 잠시 자리를 옮겨 과일을 먹었다. 대니얼이 문으로 뛰어 들어와 자기 아버지 귀에 대고 속삭였다. 메흐디 삼촌이 일어나서 주방으로 가더니 우유 한 잔을 따라 아들에게 건넸다. 이어 삼촌이 주방 조리대에서 쿠키 몇 개를 집어 들고 대니얼과 함께 밖으로 나가려고 할 때 마리암 고모가 거실 저편에서 삼촌을 불러 세웠다. "어딜 가려고 그러니? 오늘은 도망가게 놔두지 않을 거야. 앉으렴. 너한테 물어볼 게 천 가지나 된다. 지금까지 우리 중 누구도 감히 네가 어떻게 지내고 있는지 묻지 않았어. 너는 네 일만 보거나 그렇지 않으면 아들 뒤만 쫓아다니고 있어. 우리를 보러 온 게 아니라 마치 아들을 데리고 휴가를 온 것 같아. 나는 줄곧 너를 바라보며 어떻게 하면 네가 예전에 내가 알던 유머러스하고 다정한 메흐디로 돌아올까 궁금했어. 내가 알던 메흐디는 어디에 있지? 그 애가 왜 그렇게 많이 변한 거니?"

우리는 마리암 고모의 직설적인 질문에 놀라면서도 한편으로는 기뻤다. 우리는 고개를 돌려 메흐디 삼촌을 바라봤다. 삼촌이 발걸음을 멈췄다. 대니얼은 잡고 있던 아버지의 손을 놓고 메이삼이 부르는 소리에 페르시아어와 스웨덴어를 섞어서 답하며 다시 테라스로 뛰어나갔다. 메흐디 삼촌은 침묵을 유지했다. 우리가 계속 주시하자 마침내 삼촌이 거친 목소리로 크게 말했다. "옛날의 메흐디는 죽었어요. 그는 북극의 추위와 어둠 속에 묻혀 있어요!" 할머니의 숨소리가 귀에 들릴 정도로 커져서 나는 할머니를 바라봤다. 메흐디 삼촌이 말을 이어나갔다.

"여러분 모두 제게 선택의 여지가 없었다는 걸 알고 계실 거예요. 저는 이란을 떠나고 싶지 않았어요. 대학에 입학

해서 공부하고 있었죠. 전쟁에서 순교자가 될 기회를 우리 학생들에게 제공하겠다는 아이디어를 도대체 어떤 천재가 떠올렸는지 모르겠어요. 그래서 1988년 새해에, 선물을 주는 것처럼, 그들은 학생들을 훈련이나 준비도 없이 최전선으로 보냈어요. 저는 죽음을 목격하자마자 도망쳤어요. 자기 자리를 떠난 군인들에 대한 처벌이 처형이라는 걸 알고 있었어요. 얼마 후, 탈영한 군인의 수가 너무 많았지만 그들은 어쩔 수 없이 학생병을 사면해야 했어요. 하지만 당시에 우리는 그런 일이 일어날 것이라고 믿지 않았어요. 저는 잠시 샴시 숙모 집에 숨어 있었어요. 아버지는 사면이 이루어지더라도 졸업까지 한 학기밖에 남지 않았기 때문에 떠나야 한다고 말씀하셨어요. 졸업하고 나면 좋든 싫든 군 복무를 해야 한다면서요. 전쟁을 직접 목격하는 것이 너무 두려워서 저는 다시 최전선으로 돌아가지 않기 위해 무엇이든 하려고 했어요. 그래서 이란을 떠나는 것 말고는 달리 선택의 여지가 없었어요. 그래도 떠나기 싫었어요. 사랑하는 사람이 있었고 제가 아는 모든 것이 이란에 있었으니까요. 아버지에게 제가 머물 방법이 없느냐고 물었더니 하비브를 위해서조차 아무것도 할 수 없었다고 하셨어요. 그러니 떠나는 것 외에는 할 수 있는 일이 없었어요.

이곳저곳을 거쳐 마침내 전 스웨덴 북부의 얼어붙은 수용소에 도착했어요. 시선이 미치는 모든 곳에 눈이 덮여 있었고, 햇빛이 이상하게 비스듬히 기울어져 있었어요. 마치 익숙한 시간과 장소의 개념을 벗어나 다른 행성에 와 있는 것 같았어요. 해가 없었기 때문에 낮인지 밤인지 알 수가 없었어요. 언제 자고 언제 일어나야 할지 알 수가 없었어요. 그리고 추위가 뼛속까지 파고들었어요.

저는 석 달 동안 추운 방에서 바깥의 끝없는 어둠과 순백을 바라봤어요. 왜 말이 없어졌냐고요? 말할 언어도, 말할 사람도, 할 말도 없을 때는 침묵하는 것 외에 아무것도 할 수 없기 때문이에요. 말하는 법을 거의 잊어버릴 뻔했지만, 행운이 찾아왔어요. 포루잔이 같은 수용소로 온 거예요. 일주일 만에 사랑에 빠졌고 한 달 만에 결혼했어요. 어떻게 그렇게 짧은 시간에 인생에서 가장 중요한 결정을 내릴 수 있는지 모르겠다며 어머니는 제게 편지를 보내셨어요. 웃음이 났죠. 선택의 여지가 없는데 올바른 선택을 한다는 것이 무슨 의미가 있겠어요? 적어도 포루잔의 존재는 제가 스스로 목숨을 끊지 않도록 해준다는 장점이 있었어요. 그곳에서는 망명 신청자들의 자살이 비일비재했어요. 저는 더 이상 밖을 보지 않았어요. 살아야 할 이유를 찾았죠. 점차 스웨덴어를 배웠고 망명 서류도 통과했어요. 수용소를 떠나 도시로 이사했어요. 일자리를 찾아 포루잔과 함께 다시 삶을 살아나가기 시작했죠. 아이들도 생겼어요. 그렇지만 수용소에 있는 동안 우리는 서로 필요에 의해 함께했을 뿐 우리를 하나로 묶어줬던 그 끈은 이제 더 이상 존재하지 않았어요. 우리가 얼마나 다른지 깨닫기 시작했죠.

공통점이 없었어요. 서로 논쟁할 기운조차 없었어요. 서로 다른 이유로 이란을 떠났기 때문에 서로를 목표 달성의 장애물로 여겼어요. 우리는 적이 됐어요. 그래서 이혼했고, 그녀가 아이들의 양육권을 갖게 됐죠. 저는 다시 혼자가 됐어요. 좋은 직장에 다녔지만 이란에 있는 집이 그리웠어요. 원치 않았던 거리감에 익숙해지지 못했죠. 이류 시민이 된다는 게 무슨 뜻인지 이해할 수 없을 거예요. 아무리 높이 올라가도 그들은 여전히 우리를 외부인으로 여겨요. 제가 이란의 거리 청소부조차 그리워했다고 말하면 미쳤다고 생각하실 거예요!

저는 스스로 결정을 내리는 것이 허용되지 않는 세대였어요. 모든 것을 강요당했고, 상황 때문에 스스로 선택하지 않은 길로 끌려갔어요. 저는 다시 한번 침묵하게 됐어요. 또 무엇을 할 수 있었겠어요? 제가 무슨 말을 할 수 있었겠어요? 침묵은 그렇게 추운 환경에서는 자연스러운 거예요. 저는 그것을 스웨덴 사람들로부터 배웠고, 그게 지금의 저예요. 저는 차갑게 얼어붙어 있어요. 절망적이지도, 운이 좋지도 않아요. 아무 문제가 없어요. 보험에 완전히 가입되어 있고, 보장된 삶을 살고 있어요. 특별한 꿈도 없어요. 가끔은 아직 살아 있는지 스스로에게 묻기도 해요. 어쩌면 오래전에 죽었는데 제가 아직 깨닫지 못했을지도 몰라요. 가끔 저를 살아 있다고 느끼게 해주는 것은 소리와 추억, 향기와 노래처럼 과거나 우리 집을, 행복한 어린 시절과 조국의 따뜻한 태양을 떠올리게 해주는 것뿐이에요."

시루스가 대담하게 웃음을 터뜨렸다. 너무 부적절한 웃음이라 우리 모두 돌아서서 그를 노려봤다. 시루스가 가짜 웃음을 멈추고 말했다. "정말 웃기네요! 이제 '행복에 겨워서 아프다'라는 게 무슨 말인지 알겠어요. 불쌍한 삼촌!" 그러고는 다시 웃기 시작했다. 시루스가 심술궂게 구는 것에 익숙한 나도 그렇게 뻔뻔한 그의 모습은 본 적이 없었다. "삼촌, 이란에 남아 있었어야죠. 그랬다면 최전선에 가서 부상을 당하거나, 아니면 적에게 붙잡히거나, 순교할 수도 있었을 거예요. 감옥에 가서 고문을 당했을 수도 있고요. 실직해서 가난이 어떤 것인지 맛보셨을 수도 있어요. 그러면 다시 살아 있다는 느낌을 받을 수도 있었을 거예요. 삼촌 말이 절대적으로 맞아요! 모든 것이 차분하고 조용할 때, 자유롭게 원하는 대로 할 수 있을 때, 터무니없는 규칙을 따를 필요가 없을 때 너무 힘든 법이죠. 그리고 숙모가 삼촌을 떠난 게 어때서요? 재혼하세요! 아니면 함께 살 다른 여자를 찾아보세요. 여자와 함께 공공장소에 나갈 때마다 결혼 증명서를 보여줘야 하는 것도 아니잖아요. 삼촌은 정말 참을 수 없는 삶을 살고 있어요. 도덕 경찰도 없고, 채찍질도 없고, 사생활에서 무엇이 허용되고, 무엇이 허용되지 않는지 말해줄 사람도 없잖아요!" 시루스의 신경질적인 웃음소리가 더 커졌다.

메흐디 삼촌의 얼굴이 붉어졌다. 화가 난 것 같았다. 삼촌이 시루스를 향해 말했다. "누가 더 비참한지 경쟁하려는 게 아냐! 내가 왜 변했는지 물어서 그동안 겪은 일을 말한 것뿐이야. 너는 내가 경험한 것을 보거나 느끼지 못했기 때문에 나를 이해해줄 거라고 기대하지도 않았어. 나도 널 이해할 수 없어. 내가 이란에 대해 알고 있는 것은 여러 해 전의 일이고, 상황이 바뀌었다는 것도 잘 알고 있어. 특히 네 세대와 동떨어져 있지. 내가 보기에 넌 모순으로 가득 차 있어. 네가 왜 그런 특권의식을 가지고 있는지 이해할 수가 없구나. 마치 전 세계가 너한테 뭔가 빚진 것처럼 말이야! 네가 그렇게 솔직하게 이야기했으니까, 너에 대해 내가 정말로 어떻게 생각하는지 알려줄게. 있잖아, 너는 너무 오만하고, 제멋대로야. 네 모습은 방금 매사추세츠에서 온 것 같은데, 네 생각은 카자르 시대(1794년에서 1925년 사이 이란을 통치한 페르시아 왕조)에 머물러 있는 것 같아. 네 부모는 너한테 할 수 있는 모든 것을 다 해줬는데도 너는 여전히 더 많은 것을 기대하면서 부모님을 하인처럼 대하고 있어. 너는 미래에 대한 생각도 계획도 없고, 의욕도 없고, 흥미로워하는 것도 없어. 항상 기분이 나쁘고 골이 나 있더구나. 지난 이틀 동안 네 아버지와 삼촌들, 고모들과 나라가 너를 위해 해준 게 뭐냐고 묻는 걸 여러 번 들었다. 네 나이였을 때 내게는 미래에 대한 백만 가지 계획이 있었어. 열심히 일했고 진전을 보이면 신이 났어. 나한테는 독립하는 것이 중요했으니까. 부모님에게 모든 것을 의지하는 게 부끄러웠지. 그런데 네 아버지는 언제까지 너를 돌봐줘야 하는 거니? 네 어머니는 얼마나 더 네 빨래를 해줘야 하고? 그런데 너는 진실을 들으면 불쾌해해. 서른 살 된 사람이 이란에서 아무것도 할 수 없었다면, 미국에서도 아무것도 해낼 수 없을 거라고 모하마드 삼촌이 말했다며. 그러자 네가 기분 나빠했다며! 모하마드 삼촌이 거짓말을 하고 있다고 생각하니? 네 어머니는 평생 너를 떠받들었고, 지금도 여전히 너를 먹여주고 돌봐주고 계셔. 식기세척기는 쓸 줄 아니? 바닥을 닦을 줄은 알고? 아니면 마이크로소프트의 최고 직책을 기대하고 있니? 애초에 왜 네 아버지가 너를 대신해서 삼촌에게 이야기했는지 말해봐. 너 스스로 네 생각을 말할 수 없니? 지금까지 네게서 들은 것이라고는 남을 헐뜯는 말뿐이었어. 너의 인생관을 이해해보려고 노력했지만 안 되더구나. 내가 너한테서 본 건 시기와 신랄함과 조롱뿐이야!"

시루스는 따귀를 몇 대 맞은 것처럼 충격을 받은 표정이었다. 그에게 이런 식으로 말해준 사람이 아무도 없었기 때문에, 그는 어떻게 반응해야 할지 몰라서 메흐디 삼촌의 얼굴만 빤히 쳐다봤다. 모흐센 삼촌과 아프사네 숙모도 깜짝 놀란 것 같았다. 마침내 아프사네 숙모가 모성 본능을 발휘해서 아들을 방어하기 위해 나섰다. 숙모는 입술을 앙다물고 메흐디 삼촌을 향해 달려갔다. 숙모가 삼촌을 때리려는 걸까?! 나는 양손으로 눈을 가렸다. 할머니도 같은 생각을 했는지 놀라서 "오, 안 돼!"라고 헐떡이며 말했다. 그런데 아무 소리도 들리지 않았다. 나는 손가락 사이로 두 사람을 살펴봤다. 숙모는 표적 바로 앞에서 멈춰 섰다. 아마도 메흐디 삼촌의 따뜻한 시선에 숙모가 무장 해제된 것 같았다.

"형수님이나 시루스를 화나게 하려는 의도는 없었어요. 형수님은 제게 어머니 같았고 그건 절대 잊지 못할 거예요. 형수님이 임신하고 아팠던 기억이 나지만, 저를 많이 지지해주고 제 속마음을 털어놓을 수 있는 친구가 돼주셨어요. 사랑 때문에 고민한다는 고백을 듣고는 제가 사랑했던 여자를 집으로 초대해주셨잖아요. 제가 왜 이란을 떠나고 싶지 않았는지 알고 있었기 때문에 상처받은 제 마음을 헤아리며 눈물도 흘리셨고요. 시루스는 제가 가장 좋아하는 조카예요. 제가 이란을 떠나기 전에는 항상 제 품에 안겨 있고, 떠나고 나서 첫해에 한동안 가장 그리워했던 사람도 저 아이예요. 믿어주세요, 제가 한 말은 전부 사랑에서 비롯된 것이었어요. 애를 얕잡아 보거나 모욕하려는 의도는 아니었어요. 정신 좀 바짝 차리라고 한 얘기였어요. 너무 우울하고 의욕이 없는 모습을 보니 화가 나서 말이죠. 애가 스스로를 변호할 수 있게 해주세요. 남자가 될 수 있도록 허용해주세요. 제 말을 감정적으로만 받아들이지 말고, 새겨듣게 해주세요. 제가 아니면 누가 이런 말을 하겠어요?"

모하마드 삼촌이 아프사네 숙모에게 다가가서 숙모의

어깨를 팔로 감쌌다. "모흐센의 말이 맞아요. 우리 모두 저 애가 잘되길 바랄 뿐이에요. 내 말을 믿어요. 다 시루스를 아껴서 하는 소리예요. 내가 시루스 같은 만성 우울증 환자를 비행기에 태워 집으로 보내야 했던 일이 얼마나 많았는지 제수씨는 모를 거예요. 그들 중 일부는 너무 재능이 뛰어나서 마음이 아팠어요. 하지만 내가 할 수 있는 일이 아무것도 없었어요. 그들은 평생 보살핌을 받았기 때문에 너무 유하고 연약했죠. 망명의 외로움을 견디질 못했어요. 자립하는 법을 배우지 못했으니까요. 맹세컨대, 제수씨가 생각하는 것과 달리 서양은 파티를 하면서 즐기기만 하는 것이 전부가 아니에요. 진실을 말해줄까요? 두 눈 똑바로 뜨고 올바른 판단을 할 수 있도록 말이죠. 책임을 회피하려는 건 아니지만, 지난 29년 혹은 30년 동안 제수씨가 해왔던 역할을 내가 해줄 걸로 생각한다면 착각이에요. 아이들을 자유롭게 해주세요. 자기 생각을 말하고, 스스로 결정을 내리고, 책임을 받아들이는 법을 배울 수 있게 해줘야 해요. 이건(삼촌이 주머니에서 접힌 종이를 몇 장 꺼냈다), 이건 도키와 시루스를 위해 가져온 대학 지원서예요."

아프사네 숙모는 무장 해제됐다. 할 말을 잃은 것 같았다. 어떻게 해야 할지 엉거주춤 서 있는 숙모를 모하마드 삼촌이 원래 자리로 데려다줬다. 숙모는 여전히 형을 바라보고 있는 모흐센 삼촌 옆에 앉았다.

아무도 말을 하지 않았다. 우리 모두 피곤했던 것 같다. 모하마드 삼촌은 이미 식어버린 차를 집어 들고 단숨에 마셨다. 메흐디 삼촌은 담배에 불을 붙인 다음 고개를 뒤로 젖혔다. 그러나 할머니의 얼굴에 잡힌 주름은 여전히 남아 있었다. 진실이 밝혀졌다는 사실에 할머니가 화가 났는지, 슬퍼하는지, 아니면 기뻐하는지 알 수가 없었다. 마흐나즈 고모가 과일을 깎아서 앞에 놓인 큰 접시에 담았다. 고모의 마음은 다른 곳에 가 있는 것 같았다. 사나즈와 나데르는 평소와 달리 조용했다. 마리암 고모는 빈 찻잔들을 주방 조리대 위에 올려놓았다. 나는 일어나서 마흐나즈 고모가 깎아놓은 과일 접시를 들고 돌렸다. 시루스에게 갔지만 그는 반응하지 않았다. 나를 보지도 못한 것 같았다. 나는 자리로 돌아왔다. 그때 시루스의 지친 목소리가 들려왔다. 그의 입술은 창백하고 건조했다.

"제 첫 번째 기억은 추운 밤이었는데, 그때 어머니가 갑자기 저를 침대에서 끌어내 계단 아래로 데려갔어요. 어두웠고 사이렌 소리가 들렸어요. 어머니가 제 몸을 세게 누르고 있었지만, 어머니는 그걸 깨닫지 못한 것 같았어요. 숨을 쉴 수 없었죠. 어머니는 통제할 수 없이 떨었고 두려움이 제 몸 구석구석까지 전해졌어요. 어머니가 말을 시작한 게 절 위로하려고 한 건지, 아니면 어머니 자신을 위로하려고 한 건지 잘 모르겠어요. '머지않아 우리는 비행기에 올라 구름보다 높은 하늘로 날아오를 거야. 아주 좋은 곳에 도착할 때까지 계속 날아갈 거야. 할아버지, 할머니, 로야 이모와 아이들, 에스판디아 삼촌이 공항에서 우리를 기다리고 있을 거야.' 어머니의 목소리가 더 차분해졌고, 심장 박동도 더 규칙적으로 뛰었어요. 마치 비행기에서 내려 할아버지와 할머니에게 인사하는 것 같았어요. '그들이 우리를 데려갈 거야. 정말 아름다운 도시야! 무척 깨끗하고, 나무와 꽃으로 가득 차 있고, 위로는 푸른 하늘이 펼쳐져 있어. 우리는 할머니 댁에 갈 거야. 할머니와 할아버지는 푸른 잔디밭이 있는 이층집에 사셔. 우리에게 멋지고 편안한 가구가 딸린 윗방을 선물해줄 거야. 그곳은 모든 게 너무 아름다워. 모두가 행복하게 미소 짓고 있고. 전쟁도 폭탄도 없어. 우리는 굉장히 즐겁게 지낼 거야….' 어머니는 말하고 또 말했고, 저는 우리가 향하고 있는 곳을 천국으로 상상했어요. 저는 어린 시절 내내 계단 아래에서 어머니의 몽상을 들으며 보냈어요. 운 좋은 할머니와 이모들과 함께 지내길 갈망하면서 제 어린 시절이 다 지났어요. 그 당시의 좋은 기억과 아름다운 이미지는 모두 이란을 떠난 사람들을 떠올리게 했어요. 텔레비전에 예쁜 집이 나올 때마다 저는 엄마에게 '빨리 와보세요. 로야 이모 집이 나와요!'라고 말하곤 했죠.

제가 왜 긴장하고 불안해하는지 궁금하실 거예요. 8년간이었어요! 제 어린 시절 전체가 정전과 어둠에 대한 두려움, 있던 자리에 그대로 있으라고 명령하는 어머니의 갑작스러운 비명과 한밤중 사이렌 소리에 놀라 잠에서 깼던 일들, 계단 아래에서 쿵쾅거리며 뛰던 어머니의 심장 박동 소리로 가득 차 있었어요. 폭발이 일어날 때마다 어머니는 비명을 지르며 숨을 참곤 했어요. 어머니는 숨을 내쉴 때마다 '여기가 아니어서 다행이야!'라는 말을 했어요. 그러다가 죄책감에 사로잡혀서 이미 잔해에 깔려버린 사람들을 위해 기도하곤 했죠. 매일 저는, 다음은 우리 차례일 거라고 생각했어요. 그 시기 동안 제 안에 박혀 있던 불안감을 떨쳐내지 못했어요. 낮에는 전날 밤 폭탄으로 죽은 사망자 수를 조사했어요. 학교 가는 길에는 전쟁 순교자들의 사진을 세고, 매일 새로운 사진을 찾아보곤 했죠. 마치 동네 사진 앨범 같았어요. 좋은 일은 일어나지 않았어요. 마흐나즈 고모의 남편 일이나 하비브 삼촌의 죽음, 또 메흐디 삼촌이 떠난 일이나 물자 부족과 경제 문제에 대해 저는 아무것도 몰랐어요. 모두가 우울하고, 긴장하고, 걱정하는 것만 봤어요. 아버지는 밤낮으로 라디오를 듣고 우리가 경험했던 것보다 더 나쁜 소식을 들려주곤 했죠.

아버지는 국영 TV 프로그램을 싫어했어요. 그래서 우리의 유일한 오락거리는 몰래 보는 불법 VHS 영화뿐이었어요. 일주일에 한 번씩 배달원이 비디오테이프가 가득 담긴 가방을 들고 왔어요. 마치 헤로인을 사는 것 같았죠! 아버지는 제가 문 옆에 서 있는 동안 길에서 경비를 서고 있었어요. 그러면 엄마가 재빨리 몇 편의 영화를 선택하곤 했죠. 배달원이 떠난 후 30분 동안 우리는 혹시 그가 붙잡혀서 우리를 밀고하지 않을까 걱정하곤 했어요. 부모님은 저더러 학교에서 이 일에 대해 아무것도 언급하지 말라고 몇 번이나 주의를 주셨어요. 아버지가 가끔 술을 마시거나 엄마가 스카프를 쓰지 않은 것에 대해서도 말하지 말라고 했어요. 저는 혼란스러웠고, 더 이상 옳고 그름을 구분할 수 없게 됐어요. 착한 아이는 거짓말을 해야 하는 걸까요? 아니면 사실을 말해야 하는 걸까요? 하지만 우리의 안전은 거짓말에 달려 있었고, 저는 거짓말을 잘하지 못했어요. 어느 날 반 친구에게 큰 비밀을 공개했어요. 전날 밤 아버지 친구분이 집에서 만든 술 한 병을 가져다주어 한 모금 마셔봤는데 맛이 이상했다는 이야기를 해버린 거예요. 심지어 그 후에 영화를 봤다는 말도 했고요. 혹시 친구네 집에 VCR이 있으면 비디오테이프를 빌려줄 수 있다고도 했어요. 일주일 후에 우리는 말다툼을 벌였고 그 애가 저를 교장 선생님께 밀고해버렸어요. 너무 무서웠고, 죄책감이 들었어요! 그들이 와서 우리를 채찍질하고 부모님을 감옥에 데려갈까 봐 겁이 났어요. 병이 들어 열이 나고 일주일 내내 악몽을 꿨어요. 결국 아무 일도 일어나지 않았지만 여덟 살밖에 안 됐는데 죽었다가 다시 태어난 것 같았어요. 그때부터 다시는 아무도 믿지 않겠다고 맹세했어요.

어른들이 모일 때마다 나쁜 소식을 주고받았어요. 서로를 공포에 떨게 만드는 걸 즐기는 것 같았어요. 서로 다른 사람을 능가하려고 애쓰더군요. 그리고 그런 것들이 우리 아이들에게 미치는 영향은 전혀 고려하지 않았죠. 이런 정보 교환은 어른들의 기분을 더욱 나쁘게 만들었어요. 마치 모두가 일종의 사도마조히즘에 사로잡힌 것 같았어요.

어머니는 떠난 사람들이 정말 운이 좋았다는 이야기를 끊임없이 했고, 아버지는 조부모님이 당신을 제때 보내지 않은 것에 대해 화를 내며 불평했어요. 그리고 부모님은 우리가 남아야 하는지 떠나야 하는지에 대해 항상 말다툼을 벌였고요. 어머니는 어떻게든 떠날 거라며, 아이들을 아버지에게 맡겨두고서라도 가겠다고 위협했어요. 그리고 그런 위협 때문에 잠 못 드는 밤이 너무 많았어요. 우리 주변의 모든 것이 폭력적이었죠. 하느님조차도 그랬어요! 학교에서 종교 강사들은 하느님의 모습을 다양하게 묘사했어요. 제 마음속에서 그분은 제 모든 움직임을 지켜보고 있다가 제가 아주 작은 실수만 저질러도 뱀과 전갈로 가득 찬 역겨운 진흙탕에 저를 던져버릴 때를 호시탐탐 엿보고 있는 무시무시한 존재로 바뀌었어요. 하느님이 어떤 벌을 내릴지는 선생님들의 창의력에 따라 달라졌고, 매번 끔찍하고 더 심술궂어졌어요. 한번은 현장 학습으로 묘지에 갔어요. 빈 무덤에 누워서 인생의 마지막에 어떤 기분이 들지 상상해보라는 지시를 받았죠. 20년이 지난 지금도 여전히 그 경험에 대한 꿈을 꾸고 있어요. 하느님이 왜 그렇게 우리를 미워하는지 이해할 수가 없어요. 그분과 연결돼 있다는 느낌을 전혀 받을 수 없고, 도움이 필요하고 불행할 때조차도 의지할 데가 전혀 없다는 기분이 들어요. 거대하고 폭력적인 이 세상에서 완전히 혼자인 것 같아요.

전쟁이 끝났을 때 우리의 불안도 동시에 다 사라졌을 거라고 생각하진 마세요. 아니었어요! 불안의 형태만 바뀌었을 뿐이죠. 이제는 폭격을 맞을 위험은 없어졌지만, 대신 도덕 경찰의 추적을 받았으니까요. 집 밖으로 나갈 때마다 붙잡히지 않도록 조심해야 했어요. 어떤 옷을 입어야 할지 조심해야 했어요. 제 친구 하나는 글씨가 프린트된 셔츠를 입었다가 체포된 적이 있어요. 여기서도 저는 혹시 도덕 경찰이 있진 않은지 끊임없이 경계하고 있어요! 항상 미행당하고 있는 것 같은 기분이 들어요. 제가 무엇을 입고 있든, 누구와 함께 있든, 어떤 불법적인 일을 하고 있든 그렇지 않든 상관없이, 끊임없이 긴장하고 있어요.

우리가 구호를 외치거나 소녀들과 대화를 나누고, 무리지어서 거리 행진을 할 수 있는 유일한 때는 종교적 애도의 날뿐이에요! 말이 돼요? 애도의 날이 우리에게 가장 행복한 날이 된 이런 나라에서 어떻게 사랑에 대해 배울 수 있겠어요?!

엄마가 유럽에 있는 가족을 방문한 후 이란으로 돌아왔을 때, 엄마가 그사이 우리를 그리워하진 않았다는 걸 느낄 수 있었어요. 우리를 다시 보게 돼서 기뻐하기보다는 돌아온 것에 대해 더 화가 나 있었으니까요. 엄마가 가장 먼저

한 말은 '여기는 모든 게 먼지투성이야'였어요. 집에 도착하자마자 엄마는 그곳 사람들이 가진 멋진 것들을 이야기하기 시작했죠. 그들의 화장실이 우리 집 거실보다 더 좋았다면서요. 엄마 얘길 들으며 저는 바다 반대편에서 사는 삶만 가치가 있다고 점점 더 확신하게 됐어요. 제가 가진 모든 것이 싫어지기 시작했어요."

시루스가 잠시 침묵을 지켰다. 그러나 그의 눈빛이 다시 분노로 이글거렸다. 그는 앞으로 무릎을 조금 구부리며 큰 소리로 말을 이어나갔다.

"여러분은 이런 부정적 태도로, 이 모든 분노와 불안감으로 저를 키웠어요. 여러분은 모든 것을 거짓말이라고 불렀고, 우리나라에 일어난 모든 일은 외국인 책임이라고 주장했어요. 모두가 스파이이거나 배신자일 때, 어떻게 누구를 믿을 수 있겠어요? 어딘가에서 직책을 맡은 사람을 여러분은 협력자라고 불렀어요. 그러면 도대체 누구를 역할 모델로 삼을 수 있겠어요? 여러분은 순교한 사람들을 계속 바보라고 불렀어요. 여러분은 젊었을 때 이상주의자에 어리석었다고 주장하면서 자기 자신의 순진함을 비웃어요. 그러면서 이제 와 저더러 왜 이상을 갖지 않느냐고 물어요. 왜 아무것도 지지하지 않느냐고 묻죠. 뭔가를 위해 목숨을 희생할 의지가 없는 거냐고 물어요. 그런데 이런 일에 연관되지 않는 제가 오히려 여러분보다 더 똑똑한 것 아닌가요?

여러분은 제게 왜 대학에 가고 싶어하지 않느냐고, 왜 직장이 없느냐고 물어요. 왜 제가 대학 가는 것에 신경 써야 해요? 아버지는 대학을 나왔지만 그게 아버지 삶에 무슨 도움이 됐나요? 아버지는 사무실에서 일하지만 채소 장수나 이사업자보다도 못 살아요. 우리 집 골목 모퉁이에 있는 정육점 주인의 아들은 농대를 나왔지만, 지금은 자기 아버지 가게에서 일하고 있어요. 사무실에서 일하는 것보다 더 많은 돈을 벌고 있대요. 부모님이 가게나 사무실을 열 수 있게 지원해주면 생계를 유지할 수 있어요. 그런데 수입이 고정적인 회사 봉급 가지고는 원룸 월세도 낼 수 없어요! 회사를 다니면서 교통비와 식사비도 낼 수 없는데 왜 일을 하겠어요? 아버지처럼 매일 사무실에 나가서 고통을 당하느니 저는 그냥 집에서 두 다리 쭉 뻗고 지내며 고통을 피할 거예요. 일도 안 하고, 대학 공부도 마다하고, 여러분이 원하는 만큼 미래에 대한 계획도 없는 제가 당연히 마음에 안 드시겠죠. 그런데 미래가 어둡고 암울해 보이는 이런 상황에서 굳이 계획을 세울 필요가 뭐가 있겠어요?

제가 모든 사람을 싫어하고, 특권의식을 가지고 있다고요? 맞아요. 여러분이 절 그렇게 키웠잖아요. 지금 여러분은 왜 젊은 세대가 그렇게 오만하고 게으른지 모르겠다며 가슴을 치며 한탄하고 있어요. 왜 여러분과 같은 삶을 살지 않느냐면서요. 왜 우리는 행복해하지 않을까요? 왜 삶의 기쁨을 느끼지 못할까요? 왜 의욕이 없을까요? 그런데 이런 것들을 제가 누구에게서 배웠을까요?! 저는 주변에서 큰 소리로 웃는 사람을 본 적이 없어요. 삶을 즐기는 방법을 배울 수 있는 카니발이나 축제, 혹은 가벼운 소풍도 가본 적이 없어요. 주변 사람 중에서 미래를 희망적으로 바라보는 사람을 본 적이 없어요. 다들 그러셨죠. 부모님이 제게 빚진 거라도 있는 것처럼 행동한다고. 맞아요, 빚진 게 있죠. 즐거움과 희망, 사랑과 평온함에 대해 가르치는 대신 부모님은 두려움과 불안과 비관주의로만 저를 채워주셨어요. 여러분은 부모님이 우리를 부양하기 위해 열심히 일했다고 말하죠. 맞아요, 두 분은 제게 옷과 장난감을 사주기 위해 열심히 일했어요. 그리고 저는 계속해서 더 많은 것을 원했어요. 이런 것들을 다른 아이들에게 자랑했어요. 이란의 다른 아이들에게 자랑하면서 해외에 있는 친척들과 비교하며 느꼈던 굴욕을 만회하려 한 거죠. 그런데 이 모든 것이 너무 무의미했어요. 부모님이 형편에 맞지 않게 터무니없이 비싼 돈을 주고 산 모든 것에 대한 홍미는 눈 깜짝할 사이에 사라져버리곤 했어요. 저는 그것들을 던져버리고 더 새로운 것을 원했어요.

하지만 이제는 더 이상 아무것도 원하지 않아요. 지쳤어요. 모든 것에 지쳤어요. 그냥 잊고 싶어요. 도망치고 싶어요. 그리고 그 방법도 알아요. 그건 쉽게 구할 수 있고 가격도 싸요. 다양한 형태에다 맛도 다양해요. 여러분에게도 조금 나눠줄 수 있어요."

시루스는 비꼬듯이 신경질적으로 웃으며 문을 쾅 닫고

나가버렸다. 그의 말이 너무 신랄해서 우리는 한동안 아무 말도 하지 못했다. 우리는 서로를 바라보다가 시선을 돌렸다. 아프사네 숙모의 흐느낌 소리에 침묵이 깨졌다. "저 애 말이 맞아요! 애들은 혁명과 전쟁, 폭력과 불확실성 속에서 자랐어요. 힘든 경험을 한 거죠. 우리는 많은 것을 잊었지만 그것들이 그 아이 영혼에 영향을 미쳤어요. 그리고 이게 그 결과예요."

모흐센 삼촌은 무릎에 팔꿈치를 얹은 채 양손으로 머리를 감싸고 있었다. 그사이 폭삭 늙은 것 같았다. "저는 가족이 편안한 삶을 살 수 있도록 평생 일했어요. 직장에서 온갖 일을 참고 견뎠죠. 그래야 돈을 벌어서 가족을 부양할 수 있었으니까요. 혁명 이후 아프사네가 직장에서 해고됐을 때 부담감이 더 커졌어요. 때때로 책임감에 짓눌리는 것 같은 기분이 들었어요. 부업을 몇 개씩 하고 집으로 돌아갈 때는 죽도록 피곤했어요. 그런데 아무리 열심히 일해도 아내와 아이들의 얼굴에는 슬픔과 비애만 보였어요. 시루스가 운전면허증을 취득했을 때는 차를 사주기 위해 돈을 빌렸어요. 그런데도 그 애는 행복해하지 않았어요. 대신 제 엄마한테 중고차는 싫다고 말했대요. 친구는 아버지가 최신 모델을 사줬다면서요. 무슨 일을 해도 가족을 기쁘게 해줄 수가 없었어요. 달리 뭘 어떻게 해야 할지 알 수가 없었죠. 모든 노력이 헛수고였고 정반대의 결과를 낳는 걸 볼 때마다 느끼는 낭패감은 누구도 상상할 수 없을 거예요."

모하마드 삼촌이 자리에서 일어났다. 나는 그가 모흐센 삼촌을 위로해주려나 보다 생각했다. 그런데 모하마드 삼촌이 문을 열고 소리쳤다. "시루스! 네 할 말만 끝내고 그렇게 나가버리는 법이 어디 있어. 이리 와서 우리 얘기도 좀 들어봐." 시루스가 거실로 돌아왔다. 그는 놀란 것 같았지만 차분하고 호기심 가득한 표정을 지었다. 모하마드 삼촌이 모흐센 삼촌을 향해 날카로운 목소리로 말했다. "너희들은 죄책감을 느끼는 데 전문가인 것 같아! 너는 해야 할 일 그 이상을 해냈어. 그런데 왜 그렇게 낙담한 표정으로 앉아 있는 거야? 자식 일이 전부 네 책임이라고 생각하는 거야? 아니야! 네가 통제할 수 없는 일도 있어. 전쟁과 폭탄 테러, 그로 인한 불안과 불확실성을 네가 만들었어? 아니잖아! 그렇다면 왜 네가 죄책감을 느껴야 하는데? 너는 애들을 부양하면서 먹여 살리고 안전하게 지키기 위해 모든 걸 다 했어. 아이들이 그걸 이해하지 못한다면, 네가 해준 모든 것에 감사하지 않고 더 많은 걸 기대한다면, 그건 그 애들의 문제야. 네가 한 번도 실수한 적이 없다는 말은 아니야. 누구나 실수해. 나는 나 자신을 심리학 전문가라고 생각하지만, 마이클과의 관계에서 무슨 실수를 했는지 알고 있어. 그렇지만 그건 일부러 그런 게 아니잖아. 아들을 걱정시키거나 아프게 하려는 의도는 절대 아니었어. 맞아! 나는 내가 할 수 있는 최선을 다했어. 우리 자식들이 나중에 결혼해 자식이 생기면 그 아이들한테 우리보다 더 많은 것을 해줄 것 같아?" 삼촌은 시루스에게 몸을 돌리고 말을 이어나갔다. "아직도 빚진 게 있다고 생각하는 것 같으니까 우리한테 청구서를 주렴. 나머지는 우리가 부담할게! 네가 기대했던 것 가운데 어떤 걸 네 아버지가 충족시켜주지 못했니?"

"부모님은 나쁜 사람이 아니에요. 저도 알고 있어요. 두 분이 최선을 다했다는 걸 알아요. 하지만 장난감을 사주는 것만으로는 충분하지 않았어요. 저는 사랑과 기쁨, 희망을 느껴보고 싶었어요."

"그들이 널 사랑하지 않았다고 믿니?"

"부모님이 저를 사랑하셨다는 건 잘 알아요. 매우 사랑했지만, 그것을 어떻게 보여줘야 할지 몰랐던 거죠. 아버지는 자신의 상황에 대해 저와 단 한 번도 남자 대 남자로 대화를 나눠본 적이 없어요. 일 때문에 너무 바빠서 우리와 함께 시간을 보낼 수가 없었어요. 저는 돈과 옷이 아니라 기쁨과 희망이 필요했어요. 아버지의 입에서 절망적인 소식이 흘러나오면 더 암담한 기분이 들었어요. 제가 두렵거나 주변 세상이 무너지는 것 같은 기분이 들 때, 부모님이 위로해주면서 상황이 그렇게 나쁘지 않다고, 모든 게 괜찮아질 거라고 말해줬다면 좋았을 것 같아요. 그런데 부모님은 우리가 생각하는 것보다 상황이 더 나쁘다는 말을 계속했어요. 부모님께 더 많은 것을 기대했다는 제 말은 더 많은 돈을 의미하는 게 아니에요. 저는 부모님이 제게 기쁨과 행복, 낙관적인 태도를 가질 수 있도록 해주길 기대했어요."

"시루스, 그런 생각을 해서는 안 된다고 말하는 게 아냐. 네가 왜 그렇게 화가 났는지 이해해. 그리고 네 상황이나 부모님에게 비난의 여지가 없다고 주장하는 것도 아니야. 우리가 처한 상황은 사실상 어쩔 수 없다 치더라도, 네 부모님에 대해서만큼은 이거 하나만 물어보자. 잠시라도 부모님의 입장이 되어서 이해해보려고 노력한 적 있니? 부모님이 너를 사랑하고 너를 위해 자신들의 삶을 희생했다는 사실을 부인할 수 없을 거야. 그런데도 너는 행복하거나 만족하지 못하고 있어. 왜지? 너는 부모님이 행복하거나 희망적이지 않았기 때문이라 말했어. 맞아. 그런데 부모님이 왜 그런 행동을 했는지 이해하려고 노력해본 적 있니? 부모님의 입장에서 두 분이 겪었을 문제를 한번 생각해봐."

"그분들은 많은 문제를 겪었을 거예요. 하지만 저는 제 문제에 대해서만 말할 수 있어요. 부모님의 문제에 대해서는 그분들에게 물어봐야죠."

"아니! 나는 너한테 묻고 있는 거야. 너는 그들의 장남이야. 모든 걸 다 목격했잖아. 이번 한 번은 너 자신을 넘어서 다른 사람을 생각해봐. 가장 가까운 사람들을 생각하고, 그들의 입장이 돼서 그들이 겪어야 했던 문제들을 죽 한번 돌이켜보란 말야. 네가 아버지 입장이 돼서 모든 책임을 떠안았다고 생각해봐. 일에 지칠 대로 지치고, 죽은 동생 때문에 슬퍼하는 가운데 집에서도 평온함이나 애정을 얻지 못하는 상황이라면 어땠을 것 같니? 자식들과 함께 놀면서 시간을 보낼 수 있었을까? 행복한 태도를 유지하며, 아이들을 데리고 나가 함께 시간을 보낼 수 있었을까? 부모님도 다른 모든 사람과 마찬가지로 나약함과 피로, 질병, 때로는 우울증 같은 삶의 한계를 극복해야 했어."

"그러면 저는 어떨까요? 저는 아직 어린아이에 불과해서 그런 것들을 이해하지 못했어요. 그저 평화와 희망, 행복이 필요했을 뿐인데, 부모님은 제게 이런 것들을 주지 않았어요. 그래서 지금의 제가 된 거예요. 그들의 불행을 비춰주는 거울이 된 거라고요!"

메흐디 삼촌이 팔로 소파를 꾹 누르면서 시루스를 향해 말했다. "어떤 것도 지금의 네 모습에 대한 변명이 될 수 없어. 어렸을 때 맞은 적이 있다거나 충분히 사랑받지 못했다고 해서, 또 충분히 놀지 못했다고 해서 모두가 우울하고 병들고 오만해질 권리가 있다고 주장한다면, 오늘날 세상은 암울한 사람들로 가득 차 있을 거야. 그 모든 건 네 어린 시절에 일어난 일들일 뿐이야. 그 시절은 이제 끝났어. 이제는 네 삶을 살면서, 과거의 실수로부터 교훈을 얻어 네 자식에게 그 실수를 반복하지 않으면 되는 거야."

시루스는 다시 신경질적으로 웃으며 모하마드 삼촌에게 말했다. "삼촌은 의사이고 심리학에 대해 잘 아시니까 메흐디 삼촌에게 그게 그렇게 간단하지 않다고 말해주세요. 어린 시절의 부정적인 경험이 평생 영향을 미칠 수 있다는 걸 알려주세요."

모하마드 삼촌이 눈썹을 찡그리고 고개를 저으며 말했다. "그래, 맞아. 그런 게 남아서 영향을 미치긴 하지만 그게 어떤 종류의 영향일까? 어린 시절 학대를 당하기도 하고, 때로는 자신이 학대자가 되어 자기 자식을 때리기도 해. 그렇지만 같은 경험을 했어도, 어떤 사람은 자식에게 절대 손찌검을 하지 않아. 어렸을 때 구타당한 고통과 굴욕을 기억하고 다르게 행동하기로 결심하지. 모든 것은 각자의 성숙함과 관점에 달려 있어. 현명한 사람은 자신의 콤플렉스와 결핍의 희생양이 되지 않아. 현명한 사람은 이전에 자신에게 행해진 일을 반복하지 않고 자신의 문제를 해결하려고 노력해. 자신에게 일어난 일이 다른 사람에게 일어나지 않도록 노력하는 거지. 네 부모를 용서하거나 네가 겪은 일을 경시하는 게 아니야. 모든 아이는 안정적이고 즐겁고 희망적인 환경을 누릴 자격이 있고, 부모는 자신의 문제 때문에 자녀의 행복을 희생해서는 안 돼. 그런데 안타깝게도 그런 일이 일어나. 가정이 제대로 기능하지 못하면 제대로 돌볼 수 없는 부모로부터 자녀를 떼어놓기도 해. 하지만 우리는 지금 평범한 사람들에 대해 이야기하고 있어. 부모는 대체로 자식들에게 모든 것을 다 해주고 싶어하지. 그러기 위해 그들은 최선을 다하지만, 그럼에도 성공하지 못한다면 그건 불행한 일이야. 의도치 않은 범죄로 누군가를 처벌하는 것은 옳지 않아. 의도치 않은 실수는 말할 것도 없고. 용서는 성인이 되는 단계 중 하나야.

어린 시절은 이미 지나가버렸고 너는 이제 어른이 됐어. 네 어린 시절을 하나하나 전부 돌이켜봐. 부모님이 너를 위해 한 일과 하지 않은 일을 모두 검토하고 분석해본 다음, 그들을 용서해! 부모님을 위해서가 아니라 너 자신을 위해서 말이야. 네 인생을 다시 시작하고 그들의 실수를 바로잡을 수 있을 거야. 자신을 개선하기 위해 노력하는 것은 모든 성인의 책임이야. 자기 자신을 불쌍해하며 주저앉아서 모든 것을 책임질 범인을 찾으려고 애쓰는 건 무의미한 일이야. 스스로 책임을 져야 해. 집에서 나와. 네 머릿속 세상에서 빠져나오라고. 세상은 크고, 너는 스스로 배워야 해. 지금까지 늘 부모님의 보살핌 아래 있었기 때문에 너는 독립적인 사람이 될 수 없었어. 결정을 내리고 나가서 이것저것 해봐. 처음에는 어렵겠지만 배우게 될 거야. 기쁨과 행복이 부족해서 너한테 문제가 생겨났다고 생각한다면, 또 그것이 부모님 탓이라고 생각한다면, 집안의 젊은이로서 그걸 바로잡으려고 노력해봐. 아버지가 웃는 법을 다시 기억해낼 수 있도록 도와드려. 어머니와 여동생에게 희망을 줘. 나이 들어가는 아버지를 대신해서 그의 책임 중 일부를 네가 맡도록 해. 사회 속으로 들어가서 집 너머의 세상을 알아봐. 너는 성인기의 가장 큰 단계를 하나 놓쳤어. 일자리를 찾아서 돈 버는 기회를 놓친 거지. 왜 그랬을까? 보수가 많지 않았기 때문이야! 그런데 그건 중요하지 않아! 한 푼도 벌지 못하더라도 경험 자체는 그만한 가치가 있어."

"아버지는 자기 일을 싫어해요. 아버지는 상사들이 충분한 교육을 받지 못했거나 경험이 없는 걸 싫어해요. 그래서 항상 상사들과 싸워요. 그것 때문에 저는 일하는 게 싫어졌어요."

"그러니까 네가 왜 일하는 걸 두려워하게 됐는지 이유를 깨달은 거구나. 그런 상황에서 무엇을 해야 할지 알고 있니? 두려움을 극복해야 해. 변명거리를 생각해내는 대신 두려움에 대처할 방법을 찾아봐. 최악의 직업이라도 미래를 위한 유용한 경험으로 이어질 거야."

"하지만 삼촌은 우리 사회를 몰라요. 모든 것은 규칙이나 규정에 기반하지 않고 아는 사람과 연줄에 달려 있어요. 저는 너무 피곤하고 의욕이 없어요. 어떻게 동기부여를 받아야 할지 모르겠어요."

메흐디 삼촌이 말했다. "모퉁이에 있는 가게에서 그걸 팔고 있더라. 네 아빠가 조금 사다주면 되겠니?"

모하마드 삼촌이 힐난하는 눈초리로 메흐디 삼촌을 쏘아봤다. "네 안에서 동기를 찾아야 해. 그것은 부정성과 비관주의로 덮여서 내면 어딘가에 숨겨져 있을 거야. 찾아봐. 분명히 찾을 수 있을 거야. 씨앗처럼 작을 수도 있지만, 그 씨앗이 네 일부가 될 때까지 키울 수 있을 거야. 그것은 항상 너와 함께할 테고. 그것의 결핍으로 인해 고통받는 일은 없게 될 거야. 사물을 올바르게 보는 법만 배우면 온갖 곳에서 기쁨과 행복을 찾을 수 있어. 그리고 네 관점을 바꾸지 않으면 세상 어디에서도 행복할 수 없어."

오랜 침묵 끝에 메흐디 삼촌이 일어났다. 삼촌의 얼굴에 조금 전의 비꼬던 흔적은 사라졌다. 삼촌은 시루스에게 걸어가서 그의 어깨를 양팔로 감쌌다. "모하마드 삼촌의 말을 들으렴. 날 믿어. 지구 반대편에도 우울증에 걸린 사람들이 많아. 자살률이 아주 높아. 지금 상태로 거기에 가면 너는 망가질 거야. 부모님에게 너무 많은 상처를 주지 말고, 죄책감을 느끼게 하지 마. 부모님에게 무슨 일이 생기면 네가 누구보다 상처를 크게 받을 거야. 결단을 내려! 네 인생을 시작해봐!"

시루스는 몽유병에 걸린 사람처럼 보였다. 그는 멍한 시선으로 메흐디 삼촌 옆을 지나갔다. 우리 중 아무도 보이지 않는 것 같았다. 시루스는 로봇처럼 움직이며 문을 열고 방을 나갔다. 그의 머릿속에서 무슨 일이 벌어지고 있는지 알 수가 없었다. 아까와 달리 문을 쾅 닫지 않았기 때문에 화가 난 것 같지는 않았다. 그러나 입가에 웃음기가 전혀 없었기 때문에 행복해하는 것 같지도 않았다. 그렇다고 슬퍼 보이지도 않았다. 그는 어디로 갔을까?

할머니가 일어나면서 허리를 폈다. 몸은 힘들지만 마음은 행복한 표정이었다. 나는 이 표정을 아주 잘 알고 있었다. 할머니는 이런 기분이 들면 얼굴의 주름이 위로 올라갔다.

"몇 시나 됐지?"

"두 시가 지났어요."

"우리가 정말 오랫동안 이야기를 나눴구나! 아이들은 어떻게 됐지? 아이들이 어디 있는지 아는 사람 있니?"

마리암 고모가 말했다. "하미디가 애들을 마을로 데려갔어요. 거기서 점심을 먹을 거예요."

"뭘 먹을지 생각을 좀 해보자꾸나. 다들 배고플 텐데."

모하마드 삼촌이 주머니에서 명함을 꺼냈다. "이건 부두에 있는 식당 번호예요. 음식이 나쁘지 않아요. 제가 주문할게요. 30분 안에 도착할 테니 식탁을 차리세요."

모두가 여기저기서 움직이기 시작했다. 모두 서로 더 가까워지고 다정해진 것 같았다. 모흐센 삼촌은 여전히 소파에 앉아 있었는데 모하마드 삼촌이 지나가자 형의 손을 잡았다. 두 사람은 서로를 바라보며 미소를 지었다.

오후가 되자 우리는 미리 어떤 약속도 하지 않았는데 다시 모였다. 아직 할 말이 남아 있다는 걸 모두가 잘 알고 있었다. 각자 편안한 자리를 찾아 다른 누군가가 이야기를 시작하길 기다렸다. 그러나 말하는 사람이 아무도 없었다.

마흐나즈 고모가 마리암 고모를 바라보며 미소 띤 얼굴로 말했다. "마리암, 그동안 어떻게 지냈니? 우리 모두 네가 최고의 삶을 살았다고 생각해. 우리 넷과 나이 차가 많이 났고, 우리 모두 너를 사랑했어. 너는 예쁜 데다 항상 웃었어. 내 머릿속에서는 여전히 네 웃음소리가 들려. 그리고 지금 너는 자신이 옳다고 생각하는 삶을 살고 있고 좋은 직장도 다니고 있어. 경제적으로도 괜찮은 것 같고. 너는 외로움이나 망명을 경험한 적도 없고 항상 가족 곁에 있었어. 네가 곡절 없이 잘 살아온 거 같아서 기뻐."

마리암 고모는 놀란 표정으로 마흐나즈 고모를 바라봤다. 마리암 고모가 씁쓸하면서도 냉소적인 미소를 지었다. 어깨를 으쓱하며 그녀가 말했다.

"모르겠어요. 잘 살았다는 게 무슨 뜻인지 정말 모르겠어요. 그게 이란에 남아 있었다는 뜻이라면, 네, 그랬어요. 그렇지만 가족이란 그것을 구성하는 구성원이 있어야 해요. 여러분이 떠났을 때 가족이라는 것도 함께 데리고 떠났기 때문에 내게는 빈자리가 생겼고, 내가 아끼고 사랑했던 모든 게 없어져버렸어요. 정말이지, 떠나는 것보다 남아서 사랑하는 사람들이 떠난 후 빈자리를 보는 게 더 힘들어요. 떠난 사람들은 새로운 세상을 마주하게 되고, 어쩔 수 없이 새로운 삶을 받아들여야 하죠. 여러분은 새로운 것과 새로운 사람들을 찾아냈어요. 하지만 우리는 똑같은 삶과, 여러분이 떠나면서 벗어났던 똑같은 문제들과 함께 남았어요. 여러분이 새로운 곳에서 외로워했다면, 나는 내 집, 내 도시, 내 나라에서 외로웠어요.

나는 항상 여러분을 배웅하고, 남아서 여러분이 떠나는 것을 지켜봐야 하는 사람이었어요. 떠나고 싶은 마음은 없었지만, 여러분이 곁에 없다는 것에 항상 마음이 아팠어요.

지금도 그래요. 여러분은 그 무엇보다도 내가 사랑했던 형제자매들이었어요. 그런데 모두가 갑자기 나를 떠났어요. 각각의 이별 모두 내게 다른 영향을 미쳤어요. 내가 이별의 아픔을 처음 경험한 것은 모하마드가 떠났을 때였어요. 그때 나는 겨우 여덟아홉 살이었고 이별을 쉽게 받아들였어요. 그 이별은 성공과 희망의 표시였죠. 의사로 성공해서 다시 돌아오려고 간 거니까요. 그것은 우리 모두에게 자랑거리였어요. 모하마드 오빠가 돌아오는 것을 상상할 수 있었죠. 반 친구들에게 오빠가 의사가 될 거라고 말하곤 했어요. 그가 돌아오면 아픈 사람들을 모두 치료해줄 거라고요. 오빠가 집에 돌아오면 더 이상 아무도 아프지 않을 거라고 확신했어요! 나는 마음속에서 오빠를 신으로 만들었고 그를 자랑했어요!

하지만 언니와 조카들이 떠났을 때는 달랐어요. 나는 조카들을 무척 아꼈어요. 이별에 대해 입도 벙긋하고 싶지 않았어요. 내 인생에서 중요한 역할을 해야 했던 유일한 언니가 갑자기 나를 버렸어요. 언니가 떠났을 때 내 안의 뭔가가 무너져 내렸어요. 그리고 언니가 떠난 것보다 더 안 좋았던 것은 우리 사이의 거리가 점점 더 멀어지고 있다는 거였어요. 어느 순간 언니가 모르는 사람처럼 느껴졌으니까요. 이란을 떠나는 사람들이 정을 뗀다고 하더군요. 그걸 믿고 싶지 않았지만, 언니에게도 그런 일이 일어나고 있다는 걸 깨달았죠. 언니가 있다는 사실을 점점 잊게 됐고, 이

것에 대해 언니를 용서할 수 없었어요. 하지만 최악의 재앙은 하비브를 잃은 거였어요. 그 일은 우리 모두에게 가장 큰 타격이었고, 난 그 충격에서 회복할 수가 없었어요. 그의 죽음은 여러분과의 이별을 사소한 것으로 만들어버렸어요. 언젠가는 여러분 모두를 볼 수 있을 것이라는 희망이 있지만, 하비브는 부활의 날까지 다시 볼 수 없을 테니까요. 적어도 메흐디는 여전히 우리 곁에 있다고 나 자신을 위로했지만, 갑자기 그도 떠나야 했어요! 메흐디와의 이별은 참을 수가 없었어요. 모흐센 오빠와 나만 남았지만, 오빠는 자기 생각에 너무 빠져 있어서 떠나고 없는 것이나 마찬가지였어요. 다섯 명의 형제자매가 있었지만 내게는 아무도 없다는 것을 깨달았죠. 나이 들고 슬픔에 잠긴 부모님이 내게 남겨졌고, 그들에 대한 책임감이 나를 살게 한 유일한 동기였어요.

나는 슬픔과 상실을 직접 경험한 세대예요. 절망의 슬픔 속에서 나 자신을 잃을 수도 있었고, 반란을 일으켜 목숨을 위기에 빠뜨릴 수도 있었어요. 그리고 여러분처럼 세상의 안전한 곳으로 도망칠 수도 있었어요. 그렇지만 나는 그냥 앉아서 골이나 내며 불평하는 게 싫었어요. 이성은 내게 지금은 반란을 일으킬 때가 아니라고 말해줬어요. 그리고 애착과 연민 때문에 부모님을 두고 떠날 수도 없었어요. 함께 지내는 법을 배우는 것 외에는 할 일이 없었어요. 나는 모든 것을 받아들이고 삶을 이어갔어요."

"어떻게 절망감을 피할 수 있었니? 네 행동에서 네가 말한 고통의 흔적이 전혀 보이지 않던데."

"처음에는 막막하고 혼란스러웠어요. 머릿속은 답이 없는 질문들로 가득 찼어요. 주변에서 좋은 감정을 느낄 수 있는 것이 보이지 않았어요. 삶에 대한 열망과 동기를 얻기 위해서는 가치 있는 것을 찾아야 했어요. 그때 하느님을, 대화를 나누고 믿을 수 있는 다정하고 관대한 하느님을 발견했어요. 그분과 함께하면서 나는 더 이상 혼자가 아니게 됐고 모든 질문에 대한 답을 찾을 수 있었어요. 모든 것이 하느님의 뜻이었기 때문에, 그 모든 것을 견딜 수 있게 됐어요. 그때만 해도 내 감정에는 종교적인 특성이 없었어요. 단순하고 아름다운 믿음이었죠. 하느님을 느끼기 위해서는 중개자가 필요하지 않았어요. 하미디는 내 믿음에 잘 어울릴 의식과 행동을 가르치려고 애쓴 사람이에요. 지금은 내가 많은 것을 할 줄 알지만, 이전에 가졌던 깊고 아름다운 연결고리를 잃어버려서 섭섭해요.

여러분은 이해하기 어렵겠지만, 나를 구해주고 어려움을 극복할 수 있게 해준 건 내 믿음이었어요. 나는 교사에 어머니이고, 아내이자 딸이기 때문에, 책임질 일이 너무 많아서 생각하거나 걱정하거나 슬퍼할 시간이 없어요. 그래서 아이들에게 행복한 삶을 사는 법을 가르치기 위해 상황을 받아들이고 만족하기로 결심했어요."

"잘됐구나! 나는 종교적인 사람을 좋아하지 않고 그들을 내 모든 문제의 원인으로 생각하지만, 네 믿음은 마음에 들어. 다른 많은 사람처럼 너도 필요에 의해 영적인 그 무엇에 의지했겠지. 이제는 요즘 왜 그렇게 다양한 종교 강의가 쏟아져 나오는지 알겠어. 사람들이 인간에 대한 희망을 잃었기 때문에 더 강한 힘을 가진 존재를 믿으려는 거겠지. 어쨌든 네가 믿음으로 안락함과 희망을 느낄 수 있게 됐다니 다행이라고 생각해. 그렇지만 어떻게 그렇게 많은 문제를 참을 수 있는지 아직도 이해할 수가 없어."

"무슨 문제요? 나는 여러분이 생각하는 문제를 믿지 않아요. 내 눈에 보이는 것들은 부정적일 수 있지만, 그런 것은 모든 사회에 존재해요. 어차피 우리 중 누구도 유토피아에 살고 있는 사람은 없어요. 내 요령은 문제에 노출되지 않는 거예요. 모흐센 오빠가 항상 적극적으로 문제를 찾아서 듣고 걱정하는 것과는 다르죠."

"그렇다면 진실은 어떻게 알 수 있는데?"

"진실은 절대 알 수 없을 거예요. 현실이 뭔지도 모르는데요. 그래서 그 문제는 그냥 내버려두기로 했어요. 어떤 일에 대해 내가 할 수 있는 게 아무것도 없다면, 그 때문에 굳이 나 자신을 괴롭히지 않아요. 모든 것에 비관적인 사람들과 어울리지도 않고요. 그리고 이란에서 비롯된 것이든, 해외에서 흘러들어온 것이든 가짜 뉴스는 듣지 않아요. 이건 모흐센 오빠의 삶을 관찰하면서 배운 거예요. 나는 아이들이 끊임없는 모순에 노출되지 않도록, 아이들을 혼란으로부터 보호해주는 집을 만드는 법을 배웠어요. 집에서는 이렇게 행동하고 사회에서는 저렇게 행동하라는 말을 듣지 않는 그런 집 말이에요. 나는 한 가지 삶의 방식을 받아들였고, 그것을 고수해왔어요."

"그래서 행복했니?"

"나는 이게 더 편해요. 그리고 내 아이들은 더 건강하고 안전해요."

"정말? 자유와 네 권리를 위해 싸우는 건 어떻게 하고? 중학교 1학년 때 교장 선생님의 부당함에 대해 글을 썼던 그 아이와 네가 같은 사람 맞아? 학교에서 널 재입학시켜 줄 때까지 아버지가 한 달 내내 학교에 찾아가셨잖아! 이제는 어려운 문제에 관해 이야기하는 사람은 보지도, 듣지도, 어울리지도 않는다고? 그러는 대신 기도하고 종교 수업에 참석하는구나. 도대체 무슨 일이 있었던 거니? 넌 누구야? 더 이상 널 모르겠다."

"마흐나즈 언니, 날 그냥 내버려둬. 언니는 이해하지 못할 거야. 언니는 지구 반대편에서 편안하게 살면서 구호나 외치고 있잖아."

"편안한 삶을 살고 있다고 해서 아무 말도 할 수 없는 건 아니지! 그래! 나는 편안한 삶을 살고 있지만 여동생을 위해 무엇이든 할 의향이 있어! 문제는 너 자신을 위해 네가 무엇이라도 할 의지가 있느냐는 거야."

"제발 날 내버려둬. 더 이상 참을 수가 없어! 나는 평화롭게 살고 싶어. 내 상황을 받아들이고, 내 아이들이 나처럼 혹은 모흐센 오빠의 자식들처럼 고통받는 것을 원하지 않아."

"그래서 너는 모든 것이 괜찮고 아이들이 잘될 거라고 스스로 설득했나 보구나. 네 아이들은 자기 아버지와 똑같은 사람이 될 거야. 그래도 너한테는 괜찮겠지."

"아니야. 아이들이 자기 아버지와 똑같은 사람이 되지 않았으면 좋겠어. 하미디는 차분한 사람은 아니야. 가끔은 너무 신경질적이고 독단적이지. 나는 아이들이 열린 마음으로 행복하면 좋겠어."

"네가 선택한 길에 그런 일이 일어날 것 같니?"

"모르겠어! 더 이상 모르겠어! 아이들이 어렸을 때는 모든 걸 통제했는데 아이들이 자랄수록 내가 그럴 수 있을지 의구심이 커져만 가. 아이들의 질문과 요구를 받으면 걱정이 돼. 내가 그동안 해온 모든 것에도 불구하고 아이들의 믿음은 뿌리가 깊지 않아. 아이들을 구하지 못할까 봐 걱정돼."

모하마드 삼촌이 물었다. "아이들을 무엇으로부터 구하는데?"

"외부의 위험으로부터, 부패와 외고집, 절망감과 여러 정치 운동으로부터 구하고 싶어요. 나는 더 이상 사소한 일로 곤경에 빠지고 싶지 않아요. 참을 만큼 참았어요."

"평생 아이들의 구세주 역할을 할 수는 없어. 그들에게 정보를 제공해야 해. 외부 세계의 위험으로부터 자신을 구할 수 있도록 아이들에게 외부 세계와 익숙해지게 만들어줘야 해. 문을 열고 아이들에게 선택하도록 해야 해."

"그게 말이에요. 하미디가 매우 엄격해요. 그 사람은 어떤 변화도 받아들이지 않을 거예요. 아이들을 밀어낼까 봐 걱정돼요."

마흐나즈 고모는 마침내 내내 마음속에 품고 있던 질문을 던졌다. "왜 그 사람과 결혼했니? 그 사람은 완전히 종교적 광신자야. 미안해. 더 이상의 긴장을 불러일으킬 생각은 절대 없지만, 지금까지 줄곧 신경 쓰이던 문제야. 너처럼 다정하고 섬세한 영혼을 지닌 사람이 어떻게 그런 남자와 결혼할 수 있었니?"

"그 사람도 섬세한 영혼을 지니고 있어. 믿지 않겠지만 그에게는 사랑스러운 점이 많아. 그는 진정한 동반자이고, 그의 겉모습은 그저 과시하기 위한 게 아냐. 진짜 신념을 가진 사람이야. 때때로 그 사람의 신념이 독단적으로 변한다는 건 나도 동의하지만, 자기도 어쩔 수가 없나 봐. 그렇게 자랐으니까. 그이 아버지는 사바크SAVAK(정식 명칭은 국가정보안보기구로 이란 팔레비 왕조 시대의 정보기관 겸 비밀경찰)에게 살해당했어."

"30년 전에 사바크가 아버지를 살해했다고 해서 모두가 지금 그 사람의 말을 따라야 하는 건 아니야! 우리 모두에게 복수를 하면 안 되지. 이 정권에게 자기 아버지가 살해됐다고 장차 내 아이들이 여기 와서 사람들을 죽여도 괜찮은 걸까?"

"아니, 그러면 안 되지. 그 사람도 그래서는 안 되고. 그렇지만 어쩔 수가 없나 봐. 그 사람은 평생 증오하면서 살아왔어. 그는 아직도 악몽을 꾸다 깨어나. 꿈에서 아버지가 고문당해 죽는 것을 본대. 어린 시절과 가난, 외로움과 유기에 관해 이야기할 때면 아기처럼 떨어. 그래도 그 사람이 왜 그렇게 엄격한지 이해는 하지만 동의할 수는 없어. 그리고 그이도 그걸 알고 있어. 그래서 변하려고 노력했어. 더 차분해지고 더 너그러워지려고 노력했어. 여전히 때때로 화를 내지만 다른 사람들에게 더 관대해지는 법을 배우고 있어. 그를 판단하려 하지만 말고 잠깐이라도 그에게 연민을 가지고 다가가면 그이의 성격에서 긍정적인 면을 보게 될 거야. 정의를 위해 기꺼이 자신을 희생하려는 면을 볼 수 있을 거야."

"어떤 정의? 그 사람이 생각하는 정의를 말하는 거니? 아니면 내가 공정하다고 생각하는 것을 말하는 거야?"

"정의는 단 하나뿐이야."

"그렇지 않아. 정의는 서로 다른 이념에 따라 다르게 정의되는 상대적인 거야. 그래서 그 사람을 믿을 수 없는 거고. 그 사람이 생각하는 정의라는 것 때문에 많은 이들을 해칠 수 있어. 자살 폭탄 테러범처럼 말이야."

"아니야! 그 사람은 절대 누구도 해치지 않아. 얼마나 다정한데. 개미 한 마리도 해치지 않아. 제발 그 사람을 이해하려고 노력해줘. 그는 괴물이 아냐."

"아니! 미안하지만 난 그 사람을 참을 수가 없어! 그의 턱수염과 묵주를 보면, 그리고 내 눈을 피하는 모습을 보면 가슴이 떨려. 그 사람은 내가 불행의 근원이라고 생각하는 것의 화신이야."

"불쌍한 하미디! 그 사람은 언니가 자기를 증오하는 눈빛으로 바라본다고 말했어. 난 그 말을 믿지 않았어. 피해망상이라고 하면서 말이야. 아버지가 살해당한 것에 대해 비난할 대상을 찾고 있는 거라고 했어. 너무 비판적이라고도 말해줬어. 그렇지만 그이는 자기도 어쩔 수 없다고 했어. 언니가 그렇게 공격적으로 자기를 바라보면 자동으로 방어 자세에 들어간다고. 마흐나즈 언니, 이런 식으로 계속되면 서로 대화도 힘들어질 거야. 그 사람과 잘 지낼 수 없을 거고 결국 그에 대한 증오를 극복할 수 없을 거야."

"왜 내가 그 사람과 잘 지내야 하는데? 그 사람과 잘 지내는 것은 적과 동맹을 맺는 것이나 다름없어. 아니, 그들이 내게 저지른 일을 두고 절대 그렇게 할 수 없을 거야."

"그렇지만 그 사람은 이제 가족의 일원이야. 좋든 싫든 그를 받아들여야 할 거야. 언니가 언젠가 이란으로 돌아와서 정부를 장악한다면 어떨까? 그럼 어떻게 할 거야? 내 아이들의 아버지에게 어떻게 할 거야? 그 사람을 추방할 거야? 아니면 처형할 거야? 어머니 말이 맞았어! 언니는 동전의 양면이야. 자유와 민주주의에 대한 언니의 말은 그저 쇼에 불과해. 내가 샤파키 씨를 마음에 들어한다고 생각해? 내가 형부의 생각에 동의한다고 생각해? 아니야, 전혀! 그래도 나는 그를 가족의 일원으로 받아들였어."

마흐나즈 고모가 말이 없어졌다. 우리는 모두 앞서 주고받은 이야기를 곱씹고 있었다. 이런 차이점을 어떻게 해결할 수 있을까? 진짜로 잘 지낼 방법이 없을까? 할머니가 침묵을 깨고 물었다. "정치 이야기는 하지 않기로 했잖아. 이건 정치적인 거였니, 아니면 가족에 관한 거였니?"

메흐디 삼촌이 억지로 미소를 지으며 대답했다. "어머니, 정치와 삶을 분리할 수 없을 때도 있어요. 특히 정치가 우리 삶에 깊이 영향을 미칠 때는 더 그렇죠."

아이들이 한꺼번에 정원으로 걸어 들어왔다. 우리는 몸을 돌려 창문으로 그들을 바라봤다. 이리도 소란스럽다는 것은 무슨 일이 일어났다는 신호였다. 아르데시르가 가장 먼저 들어왔다. "이리 들어오세요. 제가 다리 쪽을 잡아드릴게요. 좋아요, 이제 돌아서서 뒤로 들어오세요."

누군가 한 아이를 어깨에 둘러메고 있었지만, 나데르가 내 시야를 가리고 있어서 누군지 알 수가 없었다. 옆으로 들여다보니 샘을 업은 하미디 고모부가 방 한가운데로 걸어 들어오고 있었다. 고모부는 가쁘게 숨을 몰아쉬고 있었다. 우리는 황급히 그들에게 다가갔다. 고모부가 샘을 소파에 내려놓으려 하자 샘이 고통스러워하며 비명을 질렀다. 삼촌들이 도우러 달려가자 샘이 조용해졌다. 샘의 얼굴에

멍이 들고 눈썹 위로 피가 굳어 있었다.

모두가 동시에 물었다. "무슨 일이 있었나요?"

하미디 고모부는 의자에 털썩 주저앉아 양쪽 팔걸이에 팔을 늘어뜨렸다. 땀이 얼굴을 타고 굵은 수염으로 흘러내렸다. 그 얼굴이 매우 창백해 보여서 질문에 대답할 수 없을 것 같았기 때문에 우리는 아르데시르에게 물었다. "무슨 일이야?"

아르데시르가 답을 알고 있다는 데 대해 뿌듯해하는 표정으로 말했다. "샘이 떨어졌어요! 절벽 아래로 추락했어요. 거의 죽을 뻔한걸요. 다리가 부러졌어요."

아르데시르가 과장하고 있는 것이 분명했다. 마지막으로 샤파키 고모부가 절뚝거리며 방 안으로 들어왔다. 하미디 고모부와 샤파키 고모부가 어디서 마주쳤는지는 알 수 없었다. 마흐나즈 고모가 샤파키 고모부에게로 달려갔다. "무슨 일이에요?"

"아이들이 언덕에서 놀고 있었는데, 뭘 하고 있었는지 모르겠지만 샘이 언덕 아래로 떨어졌소." 고모부가 모하마드 삼촌을 향해 물었다. "의사 선생, 샘의 다리가 부러진 것 같아요. 어떻게 해야 할까요? 병원에 데려가야 할까요?"

모하마드 삼촌이 소파 옆에 앉아 멍이 든 부위를 살펴보았다. 우리는 걱정스러운 얼굴로 말없이 지켜봤다. 샤파키 고모부의 눈이 붉게 충혈되고 부어 있었다. 그도 아파 보였다. 샘은 모하마드 삼촌이 다리를 만지기도 전에 비명을 지르기 시작했다. 모하마드 삼촌이 부드럽게 말했다. "얘야, 봐. 아직 너한테 손도 안 댔잖아. 바지를 자르고 다리를 볼 거야. 건드리지 않을게. 약속해."

마흐나즈 고모는 주방으로 가서 가위를 들고 와 모하마드 삼촌에게 건넸다. 샘의 종아리는 멍들고 부어 있었다. 모하마드 삼촌이 다리를 진찰하는 동안 샘은 울었다. 그 모습을 보고 싶지 않아서 나는 고개를 돌렸다. 사라는 구석에 서서 눈물을 흘리며 옷깃을 깨물고 있었다. 소마예가 사라를 위로했다. 나는 주변을 둘러보며 마리암 고모를 찾았다. 고모는 하미디 고모부에게 물잔을 건네고 있었다. 티슈로 그의 땀을 닦아내는 고모의 얼굴에 남편에 대한 지극한 사랑이 고스란히 드러났다. 모하마드 삼촌이 일어나서 말했다. "부러지지는 않았어요." 그 말에 우리 모두 안도의 한숨을 내쉬었다.

"누구든 내 가방 좀 가져다줘요. 다리를 붕대로 감아야겠어요. 며칠 쉬어야 해요. 다리에 부담을 주면 안 되니까요."

샤파키 고모부의 얼굴이 환해지자 마흐나즈 고모가 "다행이네요!"라고 말했다.

마이클이 아버지에게 의료 가방을 건네자 모하마드 삼촌이 다리에 붕대를 감기 시작했다. 샘은 다리가 부러지지 않았다는 말을 듣자, 울음을 멈췄다.

마흐나즈 고모가 남편에게 물었다. "아이들과 함께 있지 않았나요? 어떻게 이런 일이 일어났어요?"

"모르겠소. 벤치에 앉아서 어떤 이란 남자와 이야기를 나누고 있는데 아이들의 비명이 들렸어요. 당황해서 어떻게 해야 할지 몰랐소." 샤파키 고모부는 고개를 돌려 감사의 눈빛으로 하미디 고모부를 바라봤다. "하미디가 마침 그때 도착해서 다행이었어요. 그렇지 않았다면 어떻게 했을지 잘 모르겠소."

모흐센 삼촌이 하미디 고모부에게 물었다. "샘을 여기까지 업고 왔다고?! 상당히 무거웠을 텐데!"

"날 과소평가하는군요! 아이 하나 옮기지 못할 정도로 무능력하진 않아요!"

"그래도 매제 상황에서는…."

마흐나즈 고모가 돌아서서 할머니에게 속삭였다. "저 사람에게 무슨 문제라도 있나요?"

"몰랐니? 저 사람 몸에 파편이 잔뜩 들어 있어. 심장 옆에도 파편이 박혀 있어서 힘을 쓰면 안 돼."

마흐나즈 고모가 눈썹을 치켜뜨고 입꼬리를 내리며 믿을 수 없다는 표정을 지었다.

모든 게 정상으로 돌아왔고, 모두 저녁 식사 이야기를 나누고 있었다. 나는 방을 나왔다. 나한테 뭐가 문제인지 알 수가 없었다. 모든 것이 괜찮아 보였지만 행복하거나 평온한 느낌이 들지 않았다. 내가 그들로부터 동떨어져 있다는 느낌이 들었다. 목이 메었다. 왜 아무도 내가 겪은 일을 묻지 않았을까? 내게는 불평할 권리가 없는 것 같았다. 나는 밖으로 산책하러 나갔다. 그러면 내 생각과 헛된 분노가 사라질 것 같았다. 사진 앨범을 넘기듯이 내 삶을 되돌아봤지만, 내게 남겨진 것은 찢어지고 구겨진 귀퉁이 조각뿐이었다. 일부 페이지는 완전히 사라지고 없었다. 암울했던 시절이 어디로 가버렸는지 알 수가 없었다. 가족에게 질문할 수 있는 이번 기회를 놓치면 남아 있던 희미한 기억조차 영원히 사라질 것 같았다.

사나즈의 목소리가 들려서 돌아섰다. "도키 언니, 안으로 들어와. 저녁 먹을 거야."

"배고프지 않아."

"그럼 먹지는 말고 들어와서 그냥 아빠와 메흐디 삼촌의 이야기를 들어봐. 재미있는 농담을 하고 있어."

"나 좀 혼자 내버려둬. 그럴 기분이 아니야."

사나즈가 놀란 눈으로 나를 바라보더니 내 얼굴을 더 자세히 살피려고 고개를 숙였다. "왜? 무슨 일이라도 있었어?"

"아니. 그냥 혼자 있고 싶어!"

사나즈는 어깨를 으쓱하고 다시 안으로 들어갔다. 나는 한동안 정원을 돌아다니다 정원의 가장 어두운 구석에 있는 나무들 뒤에 앉아 난간에 몸을 기댔다. 시간이 얼마나 지났는지 모르겠다. 머릿속은 흩어진 생각으로 가득 찼다. 나는 왜 다른 젊은이들처럼 행복하게 삶을 즐길 수 없을까? 내가 끊임없이 느끼는 이 불안감은, 이 두려움과 불안정한 느낌은 어디서 온 걸까? 할머니는 내 성격이 원래 명랑하고 쾌활한데 외부 영향 때문에 생동감을 잃었다고 말했다. 그러나 할머니는 외부 영향이 구체적으로 무엇인지 알려주지 않았다. 시끄러운 소리가 나서 나는 다시 현재로 돌아왔다. 집과 정원에서 여느 때와 다른 소란이 벌어지고 있었다. 뒤에서 마이클의 목소리가 들렸다. "여기 있었구나?! 다들 널 찾고 있었어. 왜 혼자 여기 앉아 있는 거야?"

"나를 찾았다고요? 길을 잃은 것도 아닌데요!"

"한 시간째 널 찾아서 이름을 부르고 다녔어! 왜 대답하지 않았어?"

"한 시간이나요?! 아무 소리도 못 들었어요!"

"자, 할머니가 심장마비 걸리기 전에 들어가자."

나는 복도 한가운데 서 있었다. 내게 쏟아지는 질문들 때문에 혼란스러웠다.

"어디 있었니?"

"몸이 안 좋은 거야?"

"아픈 거니?"

"누가 뭐라고 했어?"

"뭐 필요한 거 있니?"

머리에 피가 솟구쳤다. 나는 자제력을 잃고 비명을 질렀다. "제가 뭘 어쨌는데요? 저한테는 혼자서 생각할 권리도 없나요? 마이클은 항상 혼자 나가도 아무도 찾지 않잖아요. 나간 지 한 시간밖에 안 됐는데 이것 좀 보세요!"

"그렇지만 애야, 너는 어디 갈 때면 항상 말하고 가잖니. 그래서 걱정한 거야."

"바로 그거예요! 항상 여러분 곁에 붙어 있었던 게 제 잘못이에요!"

모두가 충격에 빠져서 나를 쳐다봤다. 모하마드 삼촌이 나서서 말했다. "좋아. 이제는 네 차례다."

"제 차례라니요? 뭐가요?"

"네가 오랫동안 말하고 싶었던 것들, 너를 괴롭혔던 것들에 대해 이야기할 차례야. 계속해봐. 우리에게 묻고 싶은 게 있을 거야. 네게는 질문할 권리가 있고, 우리에게는 네 질문에 답할 책임이 있다. 뭐든 다 대답해줄게. 약속해."

분노의 눈물이 내 얼굴을 타고 흘러내렸다. "그럼, 말해주세요! 더 이상 숨바꼭질은 그만하시고요! 지금까지만으로도 충분해요! 말씀해주세요! 저는 누구인가요? 제가 저 자신에 대해 알고 있는 유일한 사실은 한 번도 만난 적 없는 아버지 하비브가 이 집안의 네 번째 자식이었다는 것뿐이에요. 어머니에 대해서는 아무것도 몰라요. 제 어머니는 누구였나요? 왜 어머니는 단 한 장의 사진도, 그 어떤 이미지도, 이름도, 기억도, 하다못해 작은 기념품이라도 남기지 않은 건가요? 제가 물어볼 때마다 여러분은 어머니가 죽었다고 말해요. 그런데 왜요? 언제요? 어떻게요? 여러분은 너무나 혼란스럽고 불확실하게 저를 키웠어요. 모두에게 저는 잃어버린 누군가의 사진과 같을 뿐이에요. 저를 보면 하비브를 볼 수 있으니까요. 여러분은 저를 사랑해요. 제가 여러분에게 아버지를 떠올리게 해주니까요. 모두가 제게 다정해요. 아버지에게 빚졌다고 생각하니까요. 저 자체로는 아무 가치가 없어요. 저는 중요하지 않아요. 여러분은 제 어머니에 대해 아무 말도 하지 않아요. 왜 진실을 말해주지 않으세요? 제가 악몽 때문에 얼마나 더 오래 고통받아야 하나요? 제발 지금 당장 이걸 끝내주세요!"

나는 심하게 울면서 온몸을 떨었다. 내 목소리가 낯설게 들렸다. 의식이 있는 상태에서 비명을 지른 것은 이번이 처음이었다.

마흐나즈 고모가 나서서 나를 안아주며 말했다. "진정해라, 애야. 너는 우리의 가장 소중한 기념품이야. 우리에게 너는 우리 자식들보다 더 소중해. 이렇게 화내지 말거라."

"어떻게 진정을 해요! 더 이상 잘하고 싶지 않아요! 모두가 상냥하고 친절하게 대해주는데 그마저 잃을까 너무 무서워서 전 여러분이 말한 것을 모두 받아들였어요. 그렇지만 이제는 진실을 말해주지 않으면, 어디로든 떠나서 헤매고 다닐 거예요!"

모두가 믿을 수 없다는 표정으로 나를 쳐다봤다. 눈앞의 내가 자신들이 알던 도키가 맞나 얼떨떨해하는 표정에서 그들이 느낀 충격이 고스란히 전해졌다. 할머니가 침묵을 깼다. "하비브는 내 네 번째 자식이었지만, 그 애가 한 모든 일은 내게 새로웠다. 그 애는 다른 아이들과 달랐어. 너무 친절하고 이타적이어서 가끔 나를 당황하게 했다. 내가 모흐센을 벌주려고 할 때마다 그 애가 나서서 비난을 감수하곤 했다. 모흐센, 기억나지?"

"네! 그것 때문에 제가 미쳐버릴 뻔했어요! 그 애는 항상 자기가 형인 것처럼 저를 돌봐줬어요!"

"그 애는 자기 자신을 모두의 보호자라고 생각했다. 누구라도 나이가 많든 적든 상관없이 말이다. 누구를 위해서건 자신을 희생할 준비가 되어 있었다. 너희 아버지는 아들의 미래에 대해 걱정했다. 그 애가 이용당할 것이라고 했지. 그런데 결국 그렇게 됐어."

모하마드 삼촌이 끼어들었다. "어머니, 그 애는 자신의 길을 선택했어요. 아무도 그 애를 이용하지 않았어요. 신중하게 말씀하셔야 해요." 삼촌이 나를 가리켰다.

"나도 어쩔 수가 없구나. 그 애가 대학 2학년이었을 때 결혼하고 싶다고 하더구나. 우리는 충격을 받았다. 나는 그 애한테 너무 어리다고 했어. 직업도, 집도 없었고 대학 공부도, 군 복무도 아직 마치지 않은 상태였으니까. 아직 결혼할 때가 아니었어. 그런데도 그 애는 고집을 부렸어. 아가씨의 가족에게 가서 결혼 승낙을 받아달라고 요청하더구나. 한 번도 내 뜻을 거역한 적이 없던 그 애가 고집을 부려가면서까지 자신이 요청한 일을 우리에게 강요했어. 아들의 마음을 훔쳐서 그토록 나와 맞서게 만든 그 아가씨가 미웠다. 하지만 그 애는 우리 말을 듣지 않고 어느 날 그 아가씨를 집으로 데려왔더구나. 나는 충격을 받았고 어떻게 해야 할지 몰랐다. 그 아가씨는 예쁘지도 않았어. 게다가 하비브보다 나이가 많은 게 분명했다. 내가 나이에 대해 언급했을 때 두 사람은 부인하지 않았어. 그녀는 자신감이 넘쳤고, 내가 좋아하든 싫어하든 결혼할 것이라고 하더구나. 강한 아가씨라는 걸 알 수 있었다. 그렇지만 나는 적대감을 버리고 다른 방식으로 그 애와 맞서 싸울 만큼 똑똑하지는 않았다. 그래서 그 아가씨에 대해 조사를 좀 했지. 그녀는 어머니와 함께 살고 있었어. 아버지는 죽었는지, 아니면 단순히 가족을 떠난 것인지 알 수 없었다. 나중에 그가 동독에 있다는 것을 알게 됐지. 그녀의 모든 것이 마음에 들지 않았다. 샴시 숙모는 그들이 하비브에게 마법을 건 게 틀림없다고 했지만, 나는 마법이 필요하진 않았으리라는 걸 알고 있었다. 내 아들을 잘 알고 있었으니까. 구세주가 되고 싶다는 그 애의 감정을 그 아가씨가 자극하기만 하면 그걸로 충분했다. 마침내 그녀가 이겼고, 하비브는 짐을 싸서 떠났어. 내가 울며 애원하고 기절하고 위협도 했지만, 그 애는 슬픈 눈빛으로 나를 바라볼 뿐 집으로 돌아오지 않았다. 내 하루하루가 암울해졌지. 나는 여전히 진실을 알지 못했어. 나는 그것이 사랑 때문이라고 생각했고 그 애가 어떤 곤경에 처하게 될지 깨닫지 못했다. 그 둘의 결혼이 하비브가 조직에 합류한 결과인지, 아니면 그 애가 그 아가씨와 결혼한 후 조직에 합류한 것인지는 모르겠다. 어느 쪽이든, 그녀는 내 아들을 훔쳐서 그 애를 망쳐놓았다. 나는 결코 그 아가씨를 용서하지 않았고 그녀의 이름을 입에 올리지도 않았어."

마흐나즈 고모가 할머니의 손을 잡고 말했다. "모든 게 그녀 탓은 아니었어요. 하비브도 그걸 원했어요. 도키, 할머니 말에 화내지 말거라."

할머니는 화를 내며 말했다. "나한테 모든 진실을 말해달라고 하지 않았니? 이건 내가 생각하는 진실이다. 만약 그것 때문에 저 아이가 화를 낸다면, 멈추마!"

"아니요. 계속하세요."

모호센 삼촌은 일어나서 몇 걸음 걸으며 양손으로 머리를 감쌌다. "멈추지 마세요! 그런데 진실을 말하려면 그 무고한 아가씨에 대해서도 제대로 말해야 해요. 어머니를 화나게 하지 않기 위해 이런 말을 한 적은 없지만, 사실 어머니는 다른 문제에 대해서는 현명하신 분인데 자식 문제만큼은 너무 비논리적이고, 걸핏하면 다른 사람을 탓해요."

아프사네 숙모가 투덜댔다. "모호센, 지금 그 얘기를 꺼낼 필요는 없어요. 어머니가 원하는 대로 말씀하시도록 하고 나중에 도키에게 설명해주면 돼요."

"도키를 위해서가 아니에요. 내 양심의 가책을 떨쳐내기 위해서라도 다 말하고 싶어요. 어머니는 여러 해 동안 그녀를 괴물로 만들어왔지만, 사실은 아니에요. 어머니, 하비브는 좋은 아이였지만 그녀가 하비브와 그렇게 간절하게 결혼하고 싶어할 만큼 그 애한테 무슨 특별한 점이 있다고 생각하세요? 그녀는 하비브가 정치 조직에 가입할 때 아무 역할도 하지 않았어요. 그들의 결혼은 조직이 내린 결정이었고, 그건 하비브를 위한 것이었어요. 우리 집에는 질서와 체계가 잡혀 있었기 때문에 어디 가는지 알리지도 않은 채 하비브가 며칠씩 그냥 사라질 수 없었어요. 우리가 항상 통금 시간을 지켜야 했기 때문에 하비브는 원하는 만큼 조직을 위해 봉사할 수 없었던 거죠. 해결책은 결혼하는 것이었어요. 불쌍한 말리헤가 신부로 선택된 거고요. 그녀는 조직의 신자이자 신봉자였지만, 당시 상황에서 말리헤가 하비브보다 더 많은 것을 희생했어요. 그녀는 하비브에게 쉴 곳을 주고 그의 삶을 더 편하게 만들어주면서 곧 그를 사랑하게도 됐으니까요. 두 사람을 함께 만난 적이 몇 번 있어요. 그들의 관계는 더할 나위 없이 좋았고, 두 사람은 매우 높은 이상을 품고 있었어요. 말리헤는 하비브 못지않게 친절하고, 순수하고, 이타적이었어요. 만약에 말리헤가 그런 결혼 생활을 하지 않았다면 그녀도 다른 많은 사람처럼 나중에는 정치로부터 멀어졌을지 몰라요. 그런데 하비브는 말리헤가 익사할 때까지 그녀를 끌고 다녔어요. 말리헤에 대해 이렇게 불공평하게 이야기하는 것은 옳지 않아요."

할머니는 먼 곳을 응시하고 있었다. 그러고는 마치 혼잣

말을 하듯이 말하기 시작했다.

"내가 어떻게 그걸 놓쳤을까? 왜 그렇게 현실과 동떨어져 있었을까? 그 애가 사건으로 사망했다는 소식을 들었을 때 믿을 수가 없었어. 매일 사람들이 체포되고 끌려가는 것을 목격했지만 내 아들에게 그런 일이 일어나리라고는 생각지도 못했다. 나는 착오가 생긴 게 틀림없다고 말했지. 내 아들은 예술가인데 정치와 무슨 관련이 있겠어? 하지만 너희 아버지가 시신을 확인한 후 창백한 얼굴로 돌아와 몸을 웅크리며 우는 걸 보고 진실을 깨달았다. 나는 그 애가 어떤 조직에 가입했는지, 왜 죽었는지 한 번도 알려고 하지 않았어. 안다고 뭐가 달라지겠니? 확실하게 알 수 있었던 건 내가 평생을 슬퍼하며 보낼 것이라는 사실뿐이었다. 하비브의 아내에 대해 아무것도 알고 싶지 않았고, 그 아이도 우리를 보러 온 적이 한 번도 없었다.

하비브가 사망하고 4년 후, 에빈 감옥에서 전화가 왔어. 어떤 거친 목소리가 내게 하비브 유세피의 어머니냐고 묻더구나. 나는 거의 기절할 뻔했다. 천 가지 생각이 머릿속을 스쳐 지나갔지. 어쩌면 그들이 우리에게 거짓말을 했고, 하비브가 아직 살아 있을지도 모른다는 생각이 들었다! 내가 하비브의 어머니가 맞는다고 대답하자, 그 목소리가 다른 말 없이 '와서 아이를 데려가세요.'라고 하더구나. 나는 전화기를 떨어뜨렸다. 움직일 수가 없었어. 하비브의 아버지가 수화기를 들었다. 무슨 말을 들었는지 모르겠지만 어찌 되었건, 너희 아버지는 그 아이가 하비브의 아이라고 확신했다. 하비브에게 우리가 알지도 못하는 네댓 살짜리 아이가 있다니 믿을 수가 없었다. 다시 한번 내 아들을 훔친 여자에게 화가 났다. 그녀는 보고 싶지 않았어. 그렇지만 동시에 하비브가 남긴 그 아이만큼은 빨리 만나서 안아보고 싶었다.

우리는 감옥으로 찾아갔어. 그곳에서 하비브가 살해된 사건이 일어났을 때 말리헤가 임신한 몸으로 체포됐다는 사실을 알게 됐지. 아이는 감옥에서 태어나 그곳에서 자랐다. 하비브의 아내는 자기 어머니가 돌아가셔서 아이를 돌봐줄 사람이 없고, 우리에게는 손주에 대해 알리고 싶지 않다고 주장했다고 하더구나. 우리가 아이를 빼앗아 가지 않을까 걱정했던 거야. 그렇다면 왜 이제 와서 아이를 데려가라 하는 거냐고 물었더니, 그녀가 처형당했다고 했어. 처음으로 그녀가 안쓰럽다는 생각이 들었다.

그들이 우리에게 도키를 데려온 순간을 절대 잊지 못할 거야. 그 애는 죄수복을 입은 다른 아가씨의 손을 잡고 있었어. 아이는 마르고 창백했으며, 작은 얼굴에 커다란 검은 눈이 유난히 커 보였다. 삐뚤게 자른 머리에 얇은 옷을 입고 있었지. 아이를 보자마자 심장이 오그라드는 것 같았다. 어린아이다운 쾌활함이 전혀 보이지 않았어. 대신 아이의 두 눈에 깊은 슬픔이 담겨 있어서 눈물이 났다. 아이는 입을 꼭 다물고 아가씨의 손을 놓으려 하지 않았어. 아가씨가

'애가 이란 도크트예요. 잘 돌봐주세요.'라고 하면서 도키의 손을 놓았지만 도키는 그녀에게 달라붙어 뒤에 숨으려고 했다. 그녀가 도키를 부드럽게 내 쪽으로 밀며 말했어. '아가, 이분이 너의 할머니야. 할머니에게 가봐.' 그런데 도키가 '싫어요, 엄마! 제발 저를 보내지 말아요. 앞으로 착한 아이가 될게요. 약속해요.'라고 대답하더구나.

내가 깜짝 놀라서 물었다. '지금 이 아이가 당신을 엄마라고 불렀어요?'

'네, 저희가 애한테 우리 여섯 명 모두를 엄마라고 부르라고 가르쳤어요. 그러면 우리 중 누가 사라지더라도 다른 사람이 저 애를 돌보고 엄마가 되어줄 수 있으니까요. 그렇지만 저 애가 여기에 계속 있는 것은 좋지 않아요. 저 애는 이 지옥에서 우리에게 기쁨을 주는 유일한 존재지만, 여기 있으면 아이의 영혼이 죽을 거예요.'

'가고 싶지 않아요! 안 갈래요!'

아가씨는 아이를 들어 올려 내 품에 안겨주고 서둘러 방을 나갔다. 아이는 계속 울었어. '착한 아이가 될 거라고 약속할게요! 제발 저를 여기 있게 해주세요! 다시는 여행 가방에 손도 대지 않을게요!'

어떻게 해야 할지 알 수가 없었다. 노인이 다 됐는데 갑자기 네다섯 살짜리 아이를 돌봐야 하는 처지가 됐다. 정말 이상한 아이였어. 간수의 목소리를 듣더니 아이가 갑자기 진정되더구나. 아이가 로봇처럼 우리를 따라오기 시작했어. 다른 선택의 여지가 없다는 것을 알고 자신의 운명을 받아들이는 것 같았다. 아이는 울지도 않았고 아무 말도 하지 않았어. 아이가 불평하지는 않았지만, 눈이 너무 슬퍼서 차마 아이를 바라볼 수가 없었다. 길거리에서 그 어떤 것도 아이의 시선을 사로잡지 못했어. 감옥에서 자란 아이에게 외부 세계가 흥미로울 것 같았지만, 이 아이에게는 그렇지 않았다. 마치 아무것도 보지 못하는 것 같았어. 아이는 내가 모르는 자신만의 세계에 갇혀 있었다.

집에 도착했을 때 아이에게 열이 났어. 열은 일주일 동안 계속됐다. 여러 의사에게 다녀오고 나서 열은 점차 내려갔지만 아이는 여전히 상당히 허약하고 창백했어. 아이는 구석에 앉아 천장의 한 지점을 몇 시간 동안 바라봤다. 문제를 일으키지도 않았고, 놀지도 않았으며, 아무것도 요청하지 않았다. 사실 아이는 전혀 아이답지 않았어. 작은 몸을 가진 어른이었지. 마침내 아이가 우리를 받아들이고 우리의 일부가 되기까지 일 년이 걸렸다. 나는 아이와 정이 많이 들었다. 하비브를 빼앗아 갈 때 내게 이 작은 천사를 남겨준 하느님께 감사드렸다. 남편이 세상을 떠난 후 나를 계속 살아가게 해준 유일한 존재는 바로 이 아이였다. 아이의 아버지가 그랬던 것처럼 아이는 내 삶을 사랑과 애정으로 가득 채워줬다. 아이는 엄마에 대해 한 번도 말하지 않았고 나는 오히려 잘됐다고 생각했다. 아이가 엄마를 잊어버렸다고 생각했다. 다만 악몽에 대해서만 걱정했다. 아이가 어렸을 때 의사들은 하나같이 말했지. 그 나이 또래의 아이들이 악몽을 꾸는 것은 자연스러운 일이라 시간이 지나면 나아질 거라고. 그런데 아이는 나아지지 않았어. 오히려 예전보다 더 나빠졌지. 지난번에 너희도 봤듯이 그 애는 악몽을 꾼 후 숨을 제대로 쉬지 못했다.

그 애는 과거 이야기를 듣고 싶어하면서도 감히 내게 직접 묻지는 않았지. 그리고 나도 무슨 말을 해야 할지 몰라서 피해오기만 했어. 그 애가 감옥에서 태어났다고 누구에게 말할 수 있었겠니? 범죄를 저지른 것도 아닌데 감옥에서 4년을 보냈다는 말을 어떻게 하겠어? 애가 그곳에서 무슨 일을 겪었는지는 모르겠지만, 절대 좋은 일은 아니었을 거라고 확신한다. 그 애의 악몽은 그 시절에 대해 그 애가 얼마나 쓰라린 기억을 지니고 있는지 보여주는 증거야."

다른 말은 들리지 않았다. 나는 짙은 안개 속을 빠져나오고 있었다. 사방이 어두웠지만 빛의 섬광이 내 마음속의 여러 이미지를 밝혀줬고, 그 이미지들이 점차 서로 연결됐다. 나 자신에게조차 낯설게 들리는 목소리로 내가 물었다. "그 사람들은 저를 이란 도크트라고 불렀는데 왜 여기서는 저를 도키라고 부르나요?" 방 냄새도 기억났다. 꿉꿉한 냄새와 음식 냄새, 오줌 냄새가 났다.

나는 혼잣말처럼 계속 말했다. "그들은 새 감방으로 옮겨졌어요. 골리 엄마가 '일곱 명만 쓴다고? 믿을 수가 없어! 게다가 한 명은 어린아이고.'라고 말했어요. 전에는 서른에서 마흔 명 정도의 수감자와 함께 붐비는 감방에 갇혀 있었기 때문에 그들에게 7인용 감방은 천국처럼 보였죠. 서로를 알고 신뢰했기 때문에 특히 더 그랬어요. 자리 엄마가 '설마 여기에는 쥐새끼가 없겠지?'라고 말했어요. 쥐가 무슨 뜻인지 저는 알고 있었어요. 그들이 쓰는 은어를 모두 알고 있었죠. 말하기 시작하면서 배운 단어들이 전부 은어였으니까요. 그들은 각자 저를 껴안고 입을 맞췄어요. 그날 밤 무슨 일이 생길 경우를 대비해서 그들 모두 제 엄마가 되어주기로 결정했어요. 저는 화장실이나 마당에서 보는 다른 여자들은 이모라고 불렀지만 이 여섯 명은 엄마라고 불렀어요.

그날 밤… 그 지옥 같은 밤에는 아무도 저와 함께 놀아주지 않았어요… 그들은 계속 이야기를 나눴어요. 그들의 소리 없는 토론에는 이미 익숙해진 상태였어요. 그들은 더러운 싱크대가 있는 감방 뒤쪽으로 가서 무언가 씻는 척하며 머리를 맞대고 속삭였어요… 시간이 오래 걸렸죠. 저는 높고 더러운 벽과 천장에 달린 먼지 쌓인 전구를 쳐다보고 있었어요. 철망으로 덮인, 천장 근처의 구멍에서 보이지 않는 눈이 항상 우리를 지켜보고 있었어요. 혼자 있자니 지겨워졌어요. 아이가 얼마나 오래 천장을 응시할 수 있겠어요? 그래서 인형을 찾기 시작했어요. 엄마들이 조각을 하나씩 꿰매서 만들어준 인형이었어요. 녹색 드레스를 입고, 한쪽 눈에는 갈색 단추가, 다른 쪽 눈에는 검은 단추가 달려 있었어요. 그런데 인형이 없어진 거예요! 인형이 어디 갔느냐고 물어도 아무도 대답해주지 않았어요. 그래서 방구석에 있는 3층 침대로 갔어요. 침대 위에는 접시와 옷이 널려 있었어요. 저는 침대 밑에서 오래된 여행 가방을 꺼냈어요. 그런데 가방의 검은색 걸쇠가 잘 안 열렸어요. 간신히 가방을 연 다음 가방에서 모든 것을 꺼냈어요. 손가락이 걸려서 보니 여행 가방 바닥에 작은 구멍이 하나 있었어요. 손가락을 빼려고 움직이는데 바닥이 같이 움직였어요. 밑에 뭔가 있는 것처럼요. 손가락을 밀어 넣어봤더니 조금 아프긴 했지만 구멍 속으로 더 깊이 들어갔어요. 그래서 손가락을 구부려 가방 바닥을 위로 당겼어요. 가방 바닥이 손가락에 딸려 올라왔어요. 밑에는 종이가 가득 차 있었어요.

우리는 종이를 가지고 노는 것을 좋아했어요! 종이에 글씨를 쓰기도 하고 그림을 그리기도 할 수 있었으니까요. 엄마들은 저를 위해 그것들로 종이 인형을 만들어주곤 했어요. 그 인형들은 마법의 인형이었어요. 처음에는 한 개처럼 보였지만 펼치면 손을 잡고 줄줄이 이어지는 여러 개의 인형으로 변했어요. 우리는 웃으며 그 인형들을 가지고 놀곤 했어요. 엄마가 '저 사람들 누구야?'라고 물으면 저는 '아시 엄마, 파르빈 엄마, 자리 엄마, 나히드 엄마, 말리헤 엄마, 골리 엄마!'라고 대답하곤 했어요… 그런데 지금 종이가 여러 장 생긴 거예요! 그래서 가방에서 종이를 모두 꺼냈어요! 한 엄마가 비명을 질렀어요. 엄마들이 저를 향해 달려와 서둘러 종이를 모으기 시작했어요. 그때 갑자기 감방 문이 열렸어요. 간수들이… 간수들이 우르르 몰려들었어요… 저는 두려움에 구석으로 도망쳤어요. 엄마들 뒤에 숨었어요. 엄마들 모두 떨고 있었어요. 그렇게 두려움에 사로잡힌 엄마들의 눈을 본 적이 없었어요. 그들은 서류와 함께 엄마를 끌고 갔어요. 그들이 엄마를 끌고 갔어요!"

내 목소리가 점점 더 커졌다. 더 이상 나 자신을 통제할 수 없었다. "그들이 엄마를 끌고 갔어요! 그게 무슨 뜻인지 알아요? 모르실 거예요! 그런 일을 본 적이 없을 테니까요! 그들이 엄마를 다시 데려왔을 때 어땠는지 모를 거예요!"

누군가 내 앞에 물잔을 내밀었다. 나는 물잔을 밀쳐냈다. 뭔가가 깨졌다. 나는 양쪽 귀를 손으로 막고 있는 힘껏 비명을 질렀다. "엄마에게 다리가 없었어요! 그들이 엄마를 데려왔을 때 다리가 없었어요! 우리 엄마가, 다리가 없었어요! 두 사람이 엄마를 잡아끌고 왔어요. 엄마는 걸을 수가 없었어요. 그들이 엄마를 눕혔고 엄마는 잠을 잤어요. 엄마가 있는 쪽으로 가까이 가봤어요. 자리 엄마가 엄마의 다리에 냄새가 고약한 노란색 연고를 발랐어요. 다리는 붓고 멍이 들어 있었어요. 다리 아래쪽은 검푸르고 빨갰고, 더 위쪽은 노랗고 푸르스름했어요. 다리가 보기 흉했어요. 엄마는 그날 밤 내내 울었어요. 우리 모두 잠을 못 잤어요. 아침에 그들이 다시 엄마를 데리러 왔을 때 제가 앞으로 나섰어요. 이미 결심이 돼 있었기 때문에, 그들 앞을 막고 섰어요. 제 머리는 그들의 허벅지 끝에 겨우 닿았어요. 그들의 얼굴을 보기 위해 고개를 젖혔어요. '절 데려가세요! 절 데려가요! 제 잘못이었어요!' 그들이 저를 쳐다봤어요. 그러더니 큰 여자가 저를 밀쳐냈어요. 제 말을 이해하지도 못한 것 같았어요. 그 여자는 곧장 엄마 쪽으로 가서 엄마를 데려갔어요. 하루 종일 비명을 질렀던 것 같아요. '제 잘못이었어요! 절 데려가세요! 제 잘못이었어요!'…"

모하마드 삼촌이 나를 꼭 안았다. 내가 너무 심하게 떨고 있었기 때문에 삼촌의 몸도 함께 떨렸다. 누군가 삼촌에게 물 한 잔을 건넸다. 유리잔이 내 이에 부딪혀 흔들렸다. 삼촌이 내 입에 알약을 넣었고 나는 물을 한 모금 마셨다. 내가 머리를 그의 가슴에 대고 있었기 때문에 삼촌 셔츠가 내 눈물로 젖었다. 내 손 위로 그의 눈물이 흘러내렸다.

열째 날

 아침에 눈을 뜨고 싶지 않았다. 전날 밤에 내가 했던 말들이 머릿속을 맴돌았다. 기억이 형성되고 있었지만, 기억 속에서 새로운 걸 발견하지 못해 오히려 신기했다. 마치 마음 한구석에서는 내가 이미 모든 것을 알고 있었던 것 같다. 그런데 이제는 기억이 더 명확해졌기 때문에 더 이상 기억의 모호함으로 인해 괴로워하지 않아도 될 것 같았다. 씁쓸한 기억이었지만, 한편으로는 친숙했다. 이상하면서도 새로운 기분을 느끼며 나는 눈을 떴다.

 창문 너머로 하늘 한 모퉁이가 보였다. 하늘이 환했다. 밤이 지나고 아침이 다가오고 있었다. 입이 타는 것 같았다. 나는 물을 조금 따라서 단숨에 마셨다. 방 어디선가 소리가 나서 살펴보니 어두운 형체가 보였다. 눈썹을 치켜올리며 눈을 더 크게 떴다. 할머니인가? 할머니가 왜 저렇게 작아 보이지? 어깨가 들썩이는 걸로 봐서 할머니가 다시 울고 있는 것 같았다. 나는 잔에 물을 채운 다음 할머니 옆으로 가서 앉았다.

"물 좀 드릴까요?"

할머니가 나를 쳐다봤다. 새벽의 여명 속에서 그녀의 얼굴이 선명하게 보이지 않았다. 할머니의 목소리가 쉬어 있었다. "깼구나. 기분이 어떠니?"

"괜찮아요. 머리가 약간 멍하지만 약 때문인 것 같아요. 물 좀 드세요."

물잔을 받는 할머니의 손이 떨렸다. 침대를 살펴보니 흐트러진 흔적이 전혀 없었다. "한숨도 못 주무신 거예요? 밤새도록 여기 앉아서 우셨어요?"

할머니가 흐느꼈다. 어깨가 심하게 들썩여서 물잔이 떨어질 뻔했다. 나는 할머니에게서 물잔을 받아 테이블 위에 얹었다.

"무슨 일이세요? 왜 울고 계세요?"

할머니의 목소리는 거의 들리지 않았다.

"왜 울고 있냐고? 모든 게 날 울리는구나. 내가 사랑하는 모든 사람 때문에 울고 있단다. 내 자식들 때문에. 성공한 의사로 행복한 삶을 살고 있다고 생각했던 모하마드 때문에 운다. 이제는 그 애가 얼마나 외롭고 힘든 시간을 보냈는지 알게 됐어. 자신이 누구인지조차 모르는 마이클 때문에 운다. 자기 이름이 다리우쉬인지 마이클인지도 모르는. 세상에서 가장 아름다운 도시에서 편안한 삶을 살고 있다고 생각했던 마흐나즈 때문에 운다. 이제는 자존심 센 내 딸이 혼자 두 아이를 키우면서 힘든 삶을 살았다는 것을 알게 됐어. 평생을 내 곁에 있었지만 떠나지 않은 것을 항상 후회했던 모흐센 때문에 운다. 이상주의적 신념 때문에 어린 나이에 목숨을 잃은 하비브 때문에 운다. 입가에 미소를 머금은 채 모든 것을 참는 마리암 때문에 운다. 그리고 졸업을 한 학기 남겨두고 추위와 어둠의 땅으로 추방된 막내 메흐디 때문에 운다. 그렇게 쓰라린 기억으로 어린 시절을 잃은 너 때문에 운다. 항상 꿈의 땅에 가기를 바랐지만 부러움으로 젊은 시절을 어둡게 만든 아프사네 때문에 운다. 두려움과 증오로 자라 이란에서 자리 잡고 살 수도, 다른 선택의 여지도 없어 삶의 의미를 잃고 애늙은이가 돼버린 시루스 때문에 운다. 부모의 혼란스러운 삶을 겪으면서 반항심을 단검으로 바꿔 자기 자신을 찌른 나질라 때문에 운다. 모든 것을 목격한 나데르 때문에 운다. 서로의 언어를 이해하지 못한 채 낯선 삶을 살면서 뿌리도 없이, 자신이 진짜 누구인지 모르는 어리고 순진한 내 모든 손주 때문에 운다. 사람들은 행복하고 성공한 자식이 부모에게 가장 큰 복이라고 말한다. 그런데 내 자식들은 행복하지가 않아. 떠난 자식들과 남은 자식 중 누구도 조용하고 즐거운 삶을 살지 못했어. 그 애들 모두 고통을 겪었는데, 어떻게 내가 울지 않을 수가 있겠니?"

"할머니 말씀을 들으니 놀라운데요. 살다 보면 좋은 날도 있고 나쁜 날도 있지만 중요한 건 최종 결과라고 항상 말씀하셨잖아요. 할머니 자식들은 이제 모두 성공해서 행복해요. 제발 스스로를 괴롭히지 마세요. 할머니는 우리의 닻이에요. 할머니가 불행하고 희망이 없으면 우리 모두 길을 잃게 돼요. 우리가 모두 여기에 와 있는 유일한 이유는 할머니 때문이에요. 피곤하실 거예요. 침대로 가서 잠을 좀 주무세요. 모하마드 삼촌을 불러올까요?"

"아니다, 얘야. 안 돼. 그냥 조용히 있게 해주렴. 기도하고 나서 자볼게."

"좀 주무세요. 그렇지 않으면 모두를 깨워서 할머니가 밤새 울고 계신다고 이를 거예요."

할머니가 마침내 잠이 들었다. 나는 일기장을 집어 들고 테라스로 나갔다. 이른 아침 바람이 매우 상쾌했다. 나는 글을 쓰기 시작했다. 쓸 것이 너무 많았다. 마음속으로는 깊은 슬픔을 느꼈지만, 정신은 가벼워졌다. 마치 새로 태어난 것 같았다. 내 안의 한 목소리가 말했다. '아니, 네 잘못이 아니었어.' 나는 이제야 불안함의 원인을 알았다. 내가 그리워하는 사람이 누구인지 알았고, 내가 직면해야 했던 것이 무엇인지도 알았다. 나는 증오와 어둠이 내 영혼에 남아 있지 않게 하자고 결심했다. 증오와 어둠이 나를 무너뜨리게 내버려두지 않으리라. 모든 것을 다시 짓자. 살아 있고 싶다!

나는 몸을 뒤로 젖히고 하늘의 백만 가지 파란색 색조를 바라봤다. 전에는 해가 뜨는 동안 그렇게 많은 색이 있다는 걸 알아차리지 못했다. 나뭇가지 끝의 녹색 잎이 푸른 하늘을 배경으로 움직이는 모습이 마치 나뭇잎이 하늘을 날아다니는 것 같았다. 밤에 테라스에 앉아 있을 때 할머니가 가끔 사용했던 가벼운 담요가 옆에 놓여 있었다. 나는 담요를 끌어당겨서 덮고 허공 속을 표류하며 잠이 들었다.

태양의 열기와 메흐디 삼촌의 걱정스러운 시선이 느껴졌다. 나는 한쪽 눈을 뜨고 손가락으로 머리카락을 쓸어올렸다. 메흐디 삼촌이 웃으며 말했다. "꼭 고양이처럼 기지개를 켜고 하품을 하는구나." 나도 웃었다. 그의 눈이 더 이상 차가워 보이지 않았다.

"몇 시예요? 모두 일어났어요?"

"10시 15분이다. 오늘 아침에는 모두 늦잠을 자네. 어머니조차 아직 안 내려오셨어."

"할머니가 밤새도록 우셨어요."

"왜?"

"자식들 때문에요. 이번에 처음으로 자식들이 무슨 일을 겪었는지 모두 들으셨잖아요."

"어젯밤 우리 모두 자기 생각과 싸웠던 것 같아."

"삼촌, 열흘 만에 처음으로 저와 대화하는 거 알고 계셨어요?"

"정말? 다른 사람과의 소통을 가로막는 벽이 나를 둘러싸고 있었던 것 같아. 내가 진짜 바보가 됐나 봐!"

마침내 모두가 일어났다. 다들 눈이 부어 있었지만 더 이상 서로의 시선을 피하지 않았다. 다른 사람 옆을 지날 때도 거리를 유지하려 하지 않았다.

마흐나즈 고모와 아프사네 숙모, 마리암 고모는 아침 식탁을 차리며 빠르게 대화를 나눴다. 모하마드 삼촌은 지나가던 시루스의 등에 손을 얹고 말했다. "어때, 친구? 너를 위한 계획이 정말 많아."

시루스도 삼촌을 바라보며 대답했다. "사실, 저도 계획이 많아요!"

마리암 고모는 걱정스럽게 물었다. "왜 어머니가 안 내려오시죠? 어머니를 깨워야 할까요?"

모하마드 삼촌이 대답했다. "아니, 더 주무시게 해드려. 쉬셔야 해. 아이들이 배고프다고 하면 어머니를 굳이 기다릴 필요 없어."

"아이들은 이미 아침을 먹고 밖에서 놀고 있어요. 아이들은 이곳에서의 마지막 날을 즐기고 싶어해요."

아프사네 숙모가 마흐나즈 고모에게 꾸러미를 건넸다. 고모가 깜짝 놀라며 상자를 열었다. "이 셔츠 진짜 예뻐! 이거 기억나! 어디서 샀느냐고 내가 가게 주소를 물어봤잖아!"

"가져요. 마음에 들어하니까 선물로 줄게요."

"고마워! 다정도 해라." 마흐나즈 고모는 일어나서 아프사네 숙모의 뺨에 입을 맞췄다.

마리암 고모가 나를 향해 말했다. "내 새 스카프 봤니? 라벨 좀 보렴! 진품이야. 예쁘지 않니?"

"예쁘네요. 어디서 났어요?"

"마흐나즈 언니가 사줬어!"

마흐나즈 고모가 웃었다.

"왜 웃어?"

"그게 무슨 뜻인지 알아? 네가 히잡을 쓰더라도 널 사랑한다는 뜻이야!"

"그건 스카프를 주기 전부터 알고 있었어!"

모흐센 삼촌은 소파에 앉아 메흐디 삼촌과 이야기를 나누고 있었다. 나는 커피 테이블에서 접시를 가져오는 척하며 삼촌들이 하는 말에 귀를 기울였다. "진짜야. 너도 그렇게 할 수 있어. 많은 사람이 돌아왔어. 얼마 전 길거리에서 아바스 라피에이를 봤어. 어떻게 돌아왔느냐고 물어봤더니 불법으로 출국했던 사람들이 이제는 돌아올 수 있다고 하더라. 네 서류와 이란 여권을 구해볼게. 네가 이란으로 와서 살지 않더라도, 언제든지 방문할 수는 있을 거야."

메흐디 삼촌의 눈에서 희망이 반짝였다. 마이클은 신이 나서 물었다. "저는요? 저도 갈 수 있어요?"

"물론 가능하지. 너는 아무 문제 없어. 정말 오고 싶니?"

"네! 이제 가족을 찾았으니 절대 놓치지 않을 거예요!"

모하마드 삼촌이 말했다. "마이클 말은 진심이야. 조심하는 게 좋을 거야!"

우리 모두 웃었다. 마리암 고모가 말했다. "얘야, 너는 우리 집에서 언제나 환영이야."

마흐나즈 고모의 침실 문이 열려 있었다. 샘이 다친 다리를 들어 올린 채 막대기를 짚고 걸어 나왔다. 샤파키 고모부가 아들의 다른 쪽 팔을 붙잡아줬다. 샘은 한쪽 다리로 깡충깡충 뛰어서 거실로 들어와 소파에 앉았다. 샤파키 고모부는 주방으로 들어가 쟁반에 잔을 올려놓고 주전자를 집어 들었다. 그러다 주전자가 너무 뜨거워서 손을 데자 두리번거리며 오븐 장갑을 찾았다. 마흐나즈 고모가 고모부를 도와주러 갔고, 두 사람은 치즈와 버터를 쟁반에 놓으며 이야기를 나눴다.

하미디 고모부는 창백하고 수척한 모습으로 천천히 계단을 내려왔다. 마리암 고모가 다가가 도와주려 했지만, 고모부는 고모의 손을 옆으로 밀치며 귀에 뭐라고 속삭였다. 모두가 자신을 바라보고 있는 것이 쑥스러운 모양이었다. 고모부는 허리를 곧게 펴고 걸으려 애쓰며 소파에 가서 앉았다. 마리암 고모는 주방으로 들어가서 샤파키 고모부가 했던 대로 아침 쟁반을 준비했다.

샘이 하미디 고모부를 빤히 쳐다봤다. 하미디 고모부는 샘의 시선에 불편하게 몸을 움직이다가 결국 이유를 물었다. "왜 그러니, 애야. 왜 그렇게 날 쳐다보는 거야?"

"진짜로 최전선에 있었어요?"

"그래, 맞아. 왜?"

샘의 눈이 빛났다. "탱크를 타본 적이 있나요? 어떻게 발포해요?"

"탱크 안에 한두 번 들어간 적은 있는데 정확히 어떻게 작동하는지는 몰라. 나는 다른 연대에 있었어."

"어떤 무기를 사용했나요? 밤에 참호에서 잠을 잤어요?"

메이삼이 그들을 향해 달려가며 자랑스럽게 말했다. "우리 아빠는 온갖 종류의 총을 다 쏠 수 있어. 전쟁에서 RPG-7을 쐈어!"

"정말요?!"

하미디 고모부가 미소를 지었다. 그의 눈은 더 이상 몇 분 전의 생기 없는 눈이 아니었다. 고모부는 샘을 향해 몸을 구부리고 신나게 뭔가를 설명하기 시작했다. 다른 아이들도 하나둘 그들 곁으로 모여들었다.

샤파키 고모부는 아침 식사 쟁반을 아들 앞에 놓고 하미디 고모부 맞은편에 앉았다. 혹시 두 사람이 또 다른 논쟁을 시작하지 않을까 걱정이 됐다. 내가 마리암 고모 쪽으로 몸을 돌렸지만, 고모는 이쪽으로는 전혀 신경 쓰지 않은 채 마흐나즈 고모의 말을 듣고 있었다. 나는 최대한 조용히 고모들 쪽으로 걸어갔다.

"마리암, 들어봐. 가만히 앉아서 손 놓고 있으면 안 돼. 유럽에는 더 많은 의료 옵션이 있을 거야. 우리가 훌륭한 의사들을 알고 있어. 그냥 여행 삼아 그를 데려와봐."

마리암 고모가 눈썹을 치켜떴다. 고모가 눈썹을 위로 치켜뜨는 정도와 상대의 말을 불신하는 정도는 비례했다. 그런데 지금 고모의 눈썹은 더 이상 올라갈 수 없을 정도로 높이 올라가 있었다. 마리암 고모가 잠시 마흐나즈 고모를 바라보다 말했다. "그 사람은 절대 안 갈 거야. 얼마나 고집이 센지 알잖아."

"샤파키의 제안이라고 말하지 말고 너 혼자 준비해봐."

내 눈썹도 덩달아 올라가서 내려올 줄 몰랐다.

모흐센 삼촌과 모하마드 삼촌이 테라스에서 들어왔다. 모흐센 삼촌이 샤파키 고모부를 향해 큰 목소리로 말했다. "항의 하나 해도 돼요? 우리는 어떻게 된 거예요?! 우리는 별로예요?"

지금 논쟁을 다시 시작하려는 걸까? 샤파키 고모부가 대답했다. "왜요? 내가 뭘 어쨌다는 거요?"

"모하마드 형과 메흐디에게는 책을 줬더군요. 나는 어떻게 된 거예요? 나는 못 받는 거예요?"

우리는 안도의 한숨을 내쉬었다. 샤파키 고모부가 웃으며 말했다. "마음에 들어하지 않을 것 같았소. 당신에게 주려고 가져온 책은 다시 가방에 넣어뒀어요."

"내가 왜 싫어하겠어요. 모하마드 형 말로는 흥미로운 연구서라고 하던데요."

"흥미로운지는 잘 모르겠는데, 연구서는 확실해요! 수년에 걸쳐 이 책을 쓰면서 유럽의 거의 모든 도서관을 다녔어요. 고대 이란에 관한 책 중에서 내가 읽어보지 않은 것은 없는 것 같소."

"모하마드 형이 말하는 걸 들으니 매우 흥미롭던데요. 최근의 발굴 때문에 정말 이 모든 사달이 났을까요?"

샤파키 고모부가 똑바로 앉자 키가 더 커 보였다. 고모부가 열정적으로 강의를 시작했고 우리는 그의 주변으로 모여들었다. 강의가 너무 좋아서 고모부가 우리 대학의 교수가 되면 좋겠다는 생각이 들 정도였다. 하미디 고모부는 조용히 듣고만 있었다. 샤파키 고모부가 하미디 고모부를 향해 말했다. "당신 것도 한 권 가져왔소. 하나 드릴까요?"

"물론이죠! 저는 논픽션 책을 정말 좋아해요. 사실 제가 유일하게 아쉬웠던 게 대학 교육을 받을 기회를 놓친 거예요. 여러분은 대학 교육을 받았지만 저는 그러질 못했어요. 어렸을 때부터 항상 공부하며 배우고 싶었죠."

"그런데 왜 안 했어요?"

"시간이 없었어요. 대학 대신 최전선으로 파견됐고, 그곳에서는 책 대신 소총이 지급됐어요. 그런 다음에는 백 가지 다른 책임을 맡았고요. 어쨌든 지금은 너무 늦었어요."

나데르와 사나즈가 우울한 표정으로 해변에서 돌아왔다. 오늘 아침 일찍 일어난 사람은 그들 둘뿐이었다. 두 사람이 안쓰러웠다. 헤어지기가 얼마나 힘들까. 그들만이 아니라 다들 힘들기는 마찬가지일 것이다. 이제 막 서로를 알게 됐는데 작별 인사를 할 때가 됐으니.

마흐나즈 고모는 계단을 바라보며 물었다. "어머니는 안 내려오시나? 아직 주무시는 건가?" 그러고는 질문하는 표정으로 나를 바라봤다.

"할머니가 밤새 우셨어요."

"그건 우리 잘못이야. 어머니 앞에서 우리가 겪은 일을 전부 털어놓지 말았어야 했는데."

메흐디 삼촌이 답했다. "어머니의 계획은 우리가 대화를 나누도록 만드는 것이었고, 성공하셨어."

우리는 할머니의 발소리에 몸을 돌렸다. 마흐나즈 고모가 할머니에게 다가가서 말했다. "좋은 아침이에요. 몸은 좀 어떠세요?"

할머니는 창백하고 피곤해 보였지만 슬퍼 보이지는 않았다. 어젯밤 울었다는 유일한 표시는 부어오른 눈뿐이었다.

"내게 뭘 말하지 말았어야 했다는 거니?"

"어제 우리가 이야기한 모든 것들요. 그것 때문에 어머니가 어젯밤 속상해서 잠을 못 주무신 것 같아요."

"아니다! 나는 그 모든 얘기를 듣게 돼서 정말 행복하구나. 그게 이 여행의 핵심이었어. 암울한 부분도 있었지만 그 또한 진실이었다. 여러 해를 거치면서 서로가 너무 멀어져버렸기 때문에 우리를 연결해주는 유일한 끈은 이름에 붙은 성뿐이었다. 그대로 헤어졌다면 다시는 서로를 볼 수 없었을 거야. 그러나 이제는 어디에나 나름의 어려움이 있다는 걸 알게 됐잖니. 자식들이 겪는 어려움에 대해 듣는 것이 어미에게 쉬운 일은 아니지만, 그게 인생이다. 좋을 때도 있고 나쁠 때도 있기 마련이지. 중요한 것은 우리에게 여전히 서로가 있다는 거야. 오늘은 산뜻한 마음으로 떠날 거야. 다시 만날 수 없을지 모르지만, 어디서든 서로를 응원하고 함께해주길 부탁한다."

바쁜 하루였다. 아침 식사 후 우리는 가방을 싸고 각자 물건을 챙겼다. 마리암 고모가 말했다. "이렇게 빨리 지나다니 믿을 수가 없어요. 오늘 밤 떠나야 하는데 언제 다시 만날 수 있을지 모르겠어요!"

모하마드 삼촌이 단호하게 대답했다. "서로 멀어지게 내버려두지 않을 거야. 다음번에는 꼭 집에서 모이게 될 거야."

우리는 마지막 몇 시간을 미래에 대한 계획을 짜면서 보냈다. 힘들었지만 사랑과 애정으로 가득한 이별이었다.

땅이 내 눈앞에서 빠르게 사라진다. 띄엄띄엄 서 있는 나무들은 나와 함께 움직이는 것 같지만, 저 멀리 있는 산들은 전혀 움직이지 않는다. 할머니는 내 맞은편에 앉아 있다. 이상하게도 평온해 보인다. 모두를 만나러 갈 때와 달리 할머니는 흥분한 기색이 전혀 없다. 슬픈 기색도 없다. 모흐센 삼촌과 아프사네 숙모는 통로 맞은편에 앉아 있다.

아프사네 숙모가 한숨을 쉬며 묻는다. "너무 멀어요. 언제 도착할 수 있을까요?"

삼촌이 숙모를 바라보며 대답한다. "급한 일이 있어요? 집에 가고 싶소?"

"그럼요!"

모하마드 삼촌의 마지막 말이 떠오른다. "도키야, 나랑 같이 가지 않을래?"

"삼촌, 제가 어떻게 갈 수 있어요? 제 이름은 이란 도크트예요. 아직 끝내지 못한 일이 많아요. 찾아야 할 사람도 많고요. 이제 막 저 자신을 알게 됐고, 저 자신을 새롭게 다시 지어야 해요. 삼촌이 오셔야 해요."

"그러마. 우리 모두 그렇게. 약속하마."

옮긴이의 말

『데카메론』적 서술 구조를 띤 가족 해체와 화해 이야기

파리누쉬 사니이의 최신작 『떠난 이들과 남은 이들』은 우리나라에서 번역된 그녀의 세 번째 작품으로 첫 번째 소설 『나의 몫』은 2017년에, 두 번째 소설 『목소리를 삼킨 아이』는 2020년에 우리말로 번역, 출간되었다. 『나의 몫』은 이란 혁명 전후의 격동을 고스란히 겪어낸 한 여성의 일생을 파노라마처럼 보여준 대하 소설급 작품이다. 박경리의 『토지』속 최서희나 리사 시Lisa See의 『해녀들의 섬』에 등장하는 영숙의 삶에 한국의 근대사가 응축된 것처럼, 『나의 몫』에서는 마수메의 파란만장한 삶에 팔라비 왕조 시대를 거쳐 이슬람 혁명 후 현재에 이르는 이란의 역사가 고스란히 담겨 있다. 가모장 같은 면모에도 불구하고 남편이 지향하는 민주주의 가치를 위한 투쟁보다 가족을 우선시하고, 자식들의 결혼에 간여하며, 사회적 위신 때문에 첫사랑을 포기하는 등 전통적인 가치관에서 벗어나지 못한 마수메의 모습에 우리네 어머니들이 겹쳐 보인다.

『나의 몫』이 이란의 정치, 사회적 격변사를 통시적으로 관통하는 소설이라면 『목소리를 삼킨 아이』는 이란의 정치적 상황에서 살짝 벗어나 한 아이의 심리에 집중한 성장소설이라 할 수 있다. 물론, 이 소설에도 도덕 경찰의 존재가 이따금 어두운 그림자를 드리우긴 하지만 시종일관 진지하고 긴장된 상태로 전개되는 『나의 몫』이나 『떠난 이들과 남은 이들』과 달리 『목소리를 삼킨 아이』에는 가끔 웃음을 터트릴 수 있는 유머 포인트가 있다. 아버지에 대한 강한 적대감을 지닌 샤허브의 모습은 어머니의 사랑을 독점하고자 하는 어린아이의 무의식적 욕망을 그린 프랭크 오코너Frank O'Connor의 단편소설 『나의 오이디푸스 콤플렉스』를 떠올리게도 한다.

『나의 몫』이 이란의 정치, 사회적 변화가 개인의 삶에 미치는 영향을 그리고 있다면 『떠난 이들과 남은 이들』은 돌이킬 수 없을 정도로 해체된 것처럼 보이는 한 가족을 통해 이란 혁명이 가족 관계에 미친 부정적인 결과를 보여준다. 혁명 후 많은 이란인이 이런저런 다양한 이유로 이란을 떠났다. 어떤 사람들은 자발적으로 또 어떤 사람들은 어쩔 수 없이 다른 나라로 이주했고, 이런 이주로 인해 가족 구성원 사이에는 물리적 거리뿐만 아니라 감정적인 분리가 일어났다. 떠난 사람들은 조국에 대한 소속감을 상실한 채 자신의 정체성에 혼란스러워하고 남은 사람들은 해외의 친척들이 누리는 부와 안락함을 부러워한다. 떨어져 지내는 사이 켜켜이 쌓인 오해와 불신으로 인해 이란을 떠난 가족과 이란에 남은 가족 사이에는 도저히 해소할 수 없을 것 같은 거리감이 생겨난다.『떠난 이들과 남은 이들』은 30년 만에 재회한 한 가족이 열흘간 함께 지내면서 이런 거리감을 극복하고 이해와 화해에 이르는 과정을 극적으로 보여주는 소설이다.

『떠난 이들과 남은 이들』은 여러 가지 면에서 독특한 구성 양식을 보여준다. 우선, 서술자가 있되 서술자가 독자에게 등장인물과 배경에 대한 정보를 하나하나 제공해주지 않는다. 서술자가 거의 모든 정보를 제공해주는『나의 몫』이나『목소리를 삼킨 아이』와 달리, 이 소설에서는 서술자의 서술과 등장인물들의 대화를 통해 독자가 모든 것을 추정해야 한다. 심지어는 가족들이 재회하는 곳이 어느 나라, 어느 도시인지조차 알 수가 없다. 서술자인 도키의 부모, 하비브와 말리헤가 어떤 반정부 활동을 벌였는지도 알 수 없다.『나의 몫』에서 마수메의 남편 하미드는 이란 혁명 이전에는 전제적인 팔레비 왕조에 맞서, 또 이란 혁명 이후에는 강압적이고 보수적인 이슬람 정권에 맞서 공산주의 조직에서 반체제 활동을 벌인다.『떠난 이들과 남은 이들』의 하비브와 말리헤 역시 이슬람 정권에 맞서는 반체제 조직의 일원으로 활동한 것 같다. 그러나 정확히 어떤 종류의 반체제 조직인지 알 수가 없다. 등장인물에 대한 대부분의 정보는 서술자의 서술이나 사건이 아니라 등장인물들의 이야기를 통해 전달된다. 그런데 등장인물들의 이야기 방식이 독특하다. 작품 여기저기에 흩어져 있는 정보의 조각들이 모여 각 등장인물에 대한 그림이 완성되는 게 아니라, 등장인물이 모두 한자리에 모여 지난 이야기를 쏟아내며 자신에 대한 정보를 한 번에 대방출한다. 마치 연극배우들이 한곳에 죽 둘러앉아 돌아가며 자기 이야기를 들려주는 것 같다. 이 소설은 등장인물에 대한 심리 묘사나 서술도, 사건도 거의 없이 대부분 대사에 의지해서 등장인물에 대한 정보를 제공한다.

『떠난 이들과 남은 이들』이 한 장소에서 열흘이라는 제한된 시간 동안 벌어진 일을 그리고 있다는 점에서도 연극적인 요소를 발견할 수 있다. 마치 연극의 삼일치三一致 법칙을 따르듯 이 작품은 등장인물들이 이란 접경 국가의 바닷가 작은 도시에서 딱 열흘 동안 같이 지내며 벌어진 일을 그리고 있다. 아리스토텔레스는 『시학』(기원전 335)에서, 연극에서는 하나의 사건(행동의 일치)이 같은 장소(장소의 일치)를 배경으로 하루 안(시간의 일치)에 이루어져야 한다는 '삼일치 법칙'을 정립했다. 『로미오와 줄리엣』에서 로미오와 줄리엣의 비극적인 사랑이 하루 안에 마무리되기는 불가능하다 하더라도, 만남에서 죽음에 이르는 시간이 닷새밖에 되지 않는 것은 셰익스피어가 시간의 일치를 최대한 따르려고 노력한 결과일 수 있다. 닷새 안에 모든 사건이 마무리되는 『로미오와 줄리엣』보다 두 배의 시간이 갖춰져 있지만 『떠난 이들과 남은 이들』은 딱 열흘이라는 한정된 시간 동안 벌어진 일을 그리고 있다. 또한 재회 장소에 오고 가는 첫 장면과 마지막 장면을 제외하면 장소의 이동이 일어나지도 않는다. 등장인물들이 마음속 상처를 치유하고 극적 화해에 이르는 한 가지 사건으로 모든 이야기가 수렴된다.

등장인물들이 한곳에 모여 열흘 동안 같이 지내며 이야기를 나눈다는 소설의 모티브는 자연스럽게 조반니 보카치오Giovanni Boccaccio의 『데카메론』을 떠올리게 한다. 사니이가 『나의 몫』으로 2010년 '보카치오 문학상'을 수상했다는 사실 때문에 『떠난 이들과 남은 이들』과 『데카메론』의 연관성이 더 커지는 것 같다. 『데카메론』에서는 흑사병을 피해 시골 마을의 별장에 모인 열 명의 남녀가 열흘 동안 하루에 한 가지씩 총 100편의 이야기를 들려준다. 다만, 『떠난 이들과 남은 이들』에서는 『데카메론』과 달리 등장인물들이 아홉 번째 날에만 자기 이야기를 들려준다.

『떠난 이들과 남은 이들』과 『데카메론』의 연관성은 과거 이야기를 들려주는 등장인물이 열 명이라는 점에서도 희미하게 나타난다. 『떠난 이들과 남은 이들』에는 총 22명의 등장인물이 나온다. 이 중 과거 이야기를 들려주는 인물은 할머니, 장남 모하마드와 그의 아들 마이클, 장녀 마흐나즈, 차남 모흐센과 그의 아내 아프사네 그리고 이들의 아들 시루스, 차녀 마리암, 막내 메흐디, 끝으로 소설의 서술자인 도키, 이렇게 열 사람이다. 물론 마흐나즈의 아들인 나데르와 모흐센의 딸 사나즈도 이야기를 곁들이지만 한두 문단 정도에 불과하다.

소설 전체를 아우르는 도키의 서술 속에 이 열 명의 등장인물이 전하는 이야기는 독립된 각각의 이야기로 일종의 액자식 구성을 보여준다. 미국에서 의사가 됐지만 아내를 여의고 홀로 아들을 키우며 외로운 삶을 산 모하마드, 이란에서 부모를 돌보며 형을 부러워하는 모흐센, 이란 혁명 후 남편이 처형당하고 파리에서 혼자 아이들을 키우며 고생한 마흐나즈, 전쟁의 공포에 시달리며 외국 생활을 동경한 아프사네, 매사 냉소적이고 부정적인 시루스, 형제들이 외국으로 떠난 후 종교에서 위안을 찾은 마리암, 탈영 후 스웨덴에서 난민으로 살며 외로움에 시달리는 메흐디, 어지러운 정치 상황 속에서 자식들을 뒷바라지하며 온갖 힘든 일을 견뎌온 할머니, 어머니가 겪은 고문과 죽음으로 인해 생긴 트라우마로 기억 상실과 호흡곤란을 겪는 도키의 이야기는 한마디로 압축하면 고생담이다. 이란을 떠난 사람들은 떠난 사람들 나름대로, 이란에 남은 사람들은 남은 사람들 나름대로 온갖 고생을 했고 이 열 개의 이야기는 그런 고생을 총망라해놓은 고생담 혹은 한풀이 종합 세트라 할 수 있다.

모두 모여 앉아 그동안 살아온 이야기를 한꺼번에 풀어놓는 장면은 마치 조문객이 떠난 초상집에서 한밤에 모여 앉은 자식들이 술잔을 기울이며 돌아가신 부모와 형제자매에 대해 그동안 눌러놓았던 원망과 섭섭함을 한꺼번에 봇물 터지듯 쏟아내다가 큰 싸움으로 번지는 상갓집 풍경을 연상하게 한다. 물론 이 소설에서는 고성은 오갔어도 (그럴 뻔했지만) 멱살잡이가 벌어지진 않는다. 다양한 이유로 낯선 나라에서 새 삶을 시작해야 했던 가족들은 언어와 생활고 문제, 외로움과 정체성 혼란처럼 이란에 남은 사람들이 겪지 못한 어려움과 여러 문제를 겪었다. 반면, 이란에 남은 사람들은 군주정치에서 이슬람 공화국으로 통치 형태가 바뀌는 전환기에 온갖 정치적 혼란과 갈등을 겪었다. 이라크와의 전쟁으로 경제적, 정신적 어려움에 직면했고, 히잡 착용을 강요당했으며, 도덕 경찰 같은 이슬람 정부의 억압 정책으로 자유를 제한당했다. 반정부 활동을 하던 하비브와 말리헤는 적법한 절차 없이 체포된 후 처형당했다.

이란을 떠난 사람들은 남은 사람들이 어떤 어려움을 겪고 있는지 모른 채 이란의 가족이 자신들에게 섭섭하게 했던 것만 기억한다. 이란에 남은 사람들은 떠난 가족들이 부유하고 안락한 삶을 살면서 이란의 가족들이 겪는 고통에 무심하다며 섭섭해한다. 그러나 이야기를 통해 떠난 가족과 남은 가족은 서로에 대해 품었던 오해와 원망을 접고 마침내 이해와 화해에 이르게 된다. 또한 기억을 잃고 악몽과 호흡곤란에 시달리던 도키는 이야기를 통해 과거의 기억을 되살리고 심리적 외상의 원인에 다가가게 된다. 서사(이야기)의 치유 효과라 할 수 있을 것이다.

『떠난 이들과 남은 이들』은 오랜 세월 멀리 떨어져 지내는 동안 거의 타인이 된 한 가족이 고국 땅도 아닌 타국에서 30년 만에 만나 열흘 동안 함께 지내며 서로에 대한 무지와 오해에서 벗어나 가족에 대한 사랑을 되찾는 치유와 회복에 관한 이야기다. 작가는 이란에서 벌어지고 있는 가족 해체의 원인을 산업화나 개인주의의 확산 같은 근대화의 일반적인 특성이 아니라 이슬람 혁명으로 상정함으로써, 이란 혁명이 개인의 삶뿐만 아니라 가족 관계에 미친 부정적인 영향을 한 가족을 통해 파노라마처럼 전방위적으로 보여준다. 가족이라는 이름으로 매끈하게 발라놓았던 표면에 조금씩 균열이 생기기 시작하다가 할머니의 땜질로도 막을 수 없을 만큼 틈새가 커지는 소설 초반부터 중반까지는 큰 사건의 부재로 소설에 대한 집중도가 살짝 떨어질 수 있다. 그러나 가족들이 각자 자신의 이야기를 쏟아내는 후반부에 이르면 롤러코스터가 최고점을 향해 천천히 올라갈 때처럼 긴장감이 밀려온다. 앞선 모든 이야기를 압도할 정도로 강렬하고 극적인 도키의 이야기에 다다르면 롤러코스터를 타고 최고점에 닿았다가 전속력으로 내려가는 기분이 든다.

소설을 다 읽고 나면 롤러코스터가 멈추고 다시 땅을 밟고 설 때의 안도감을 느낄 수 있을 것이다. 많은 분이 『떠난 이들과 남은 이들』이라는 롤러코스터를 즐겨보시길 바란다.

2025년 7월
이미선

옮긴이 · 이미선

경희대학교 영어영문학과를 졸업하고 동 대학원에서 영문학 석사와 박사학위를 취득했다. 캘리포니아 주립대학교에서는 영어 교육학 석사학위를 취득했다. 저서로 『자크 라캉의 욕망 이론과 셰익스피어 텍스트 읽기』, 『우리는 어떻게 사랑에 빠지는가』(공저)가 있고 번역서로 『자크 라캉: 욕망이론』(공역), 『자크 라캉』, 『연을 쫓는 아이』, 『순수의 시대』, 『제인 에어』, 『채털리 부인의 연인』, 『그들의 눈은 신을 보고 있었다』, 『오만과 편견』, 『해녀들의 섬』, 『세 여자』 등이 있다. 현재 책 읽는 사회문화재단 웹진 나비에 「이미선의 그리스 신화 읽기」를 연재하고 있다.

떠난 이들과 남은 이들

초판 1쇄 발행 · 2025년 7월 18일

지은이	파리누쉬 사니이
옮긴이	이미선
펴낸이	김요안
편집	강희진
디자인	부추밭

펴낸곳	북레시피
주소	서울시 마포구 신수로 59-1
전화	02-716-1228
팩스	02-6442-9684
이메일	bookrecipe2015@naver.com | esop98@hanmail.net
홈페이지	https://bookrecipe.co.kr
등록	2015년 4월 24일(제2015-000141호)
창립	2015년 9월 9일

ISBN 979-11-93551-41-7 03890

종이 · 화인페이퍼   인쇄 · 삼신문화사   후가공 · 금성LSM   제본 · 대흥제책